NHK BOOKS
1285

# 「和歌所」の鎌倉時代

## 勅撰集はいかに編纂され、なぜ続いたか

ogawa takeo
小川 剛生

NHK出版

目次

校　閲　髙松完子
本文組版　佐藤裕久

# 皇室系図

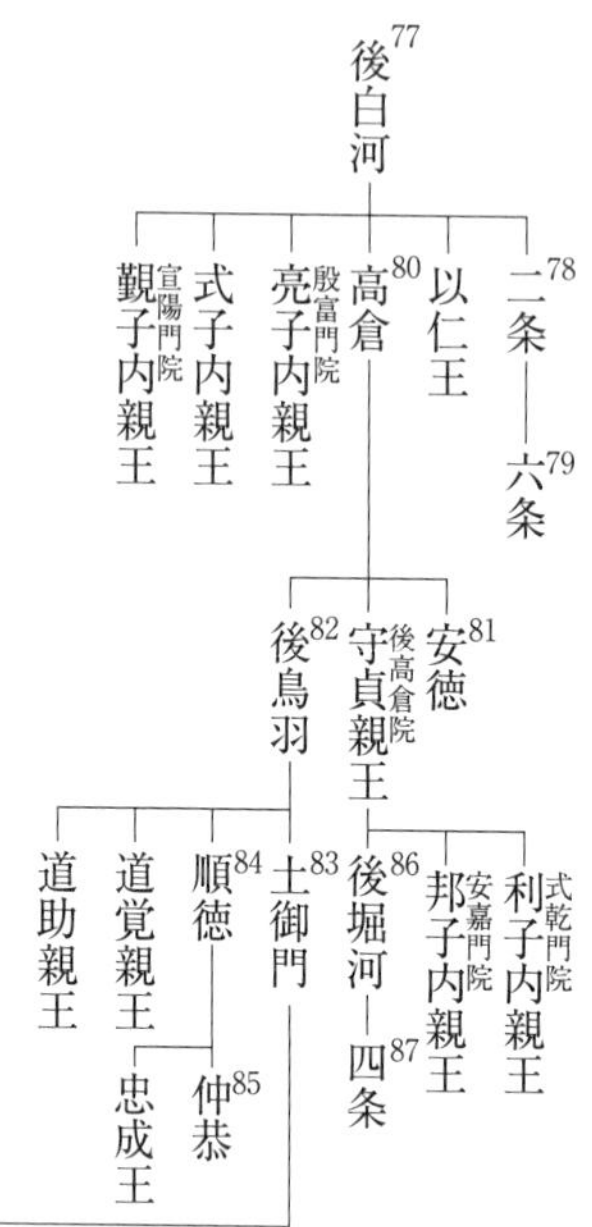


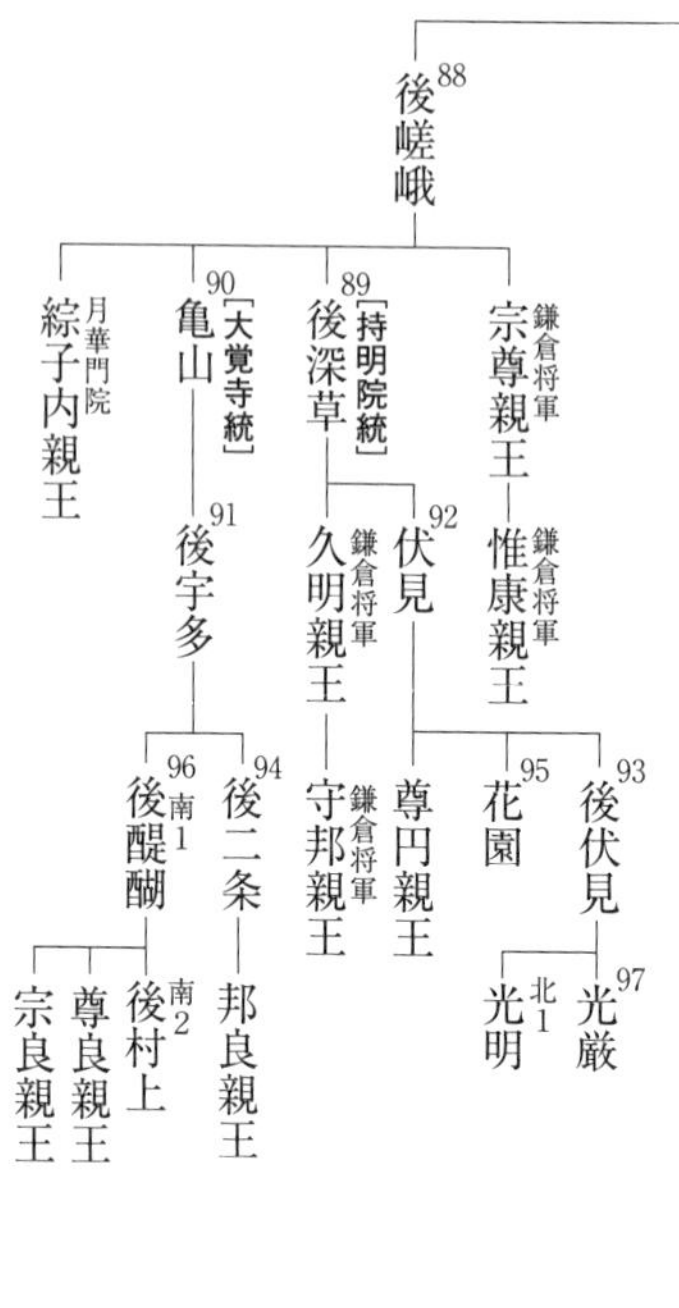


＊数字は代数

# 摂関家・西園寺家系図

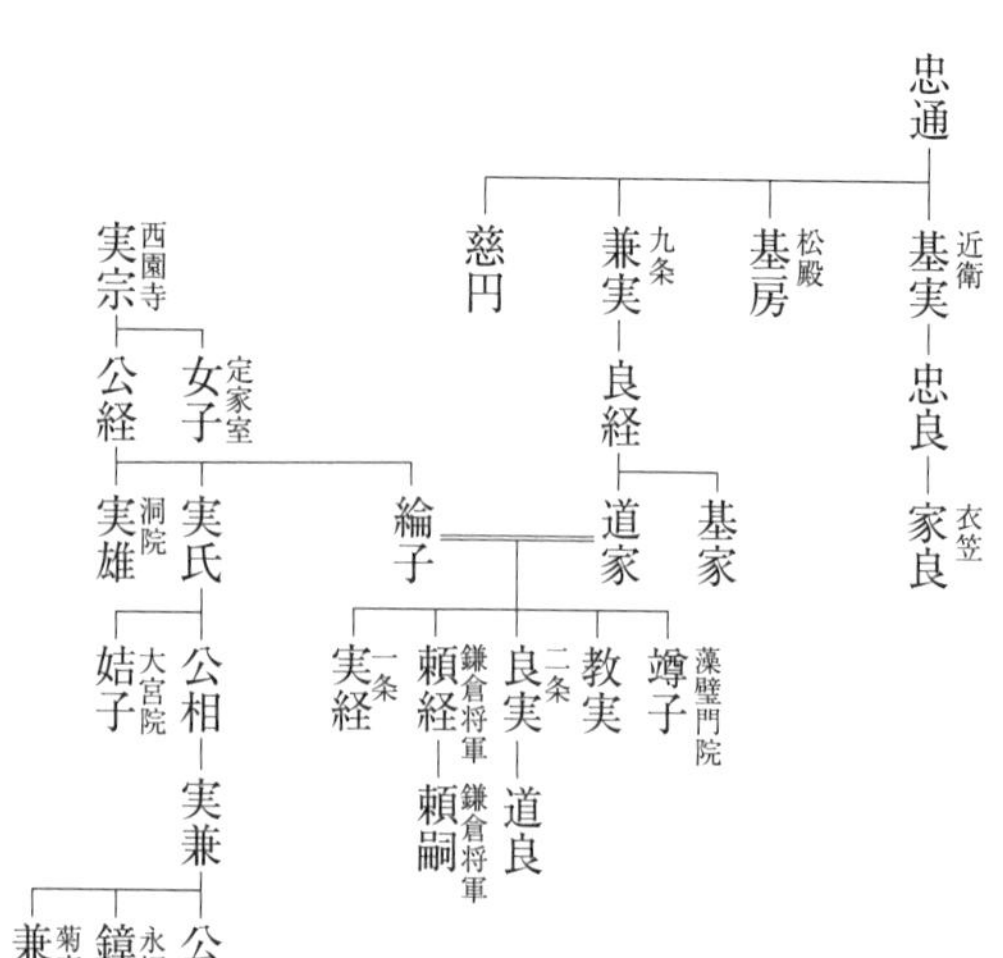

## 御子左家・飛鳥井家系図

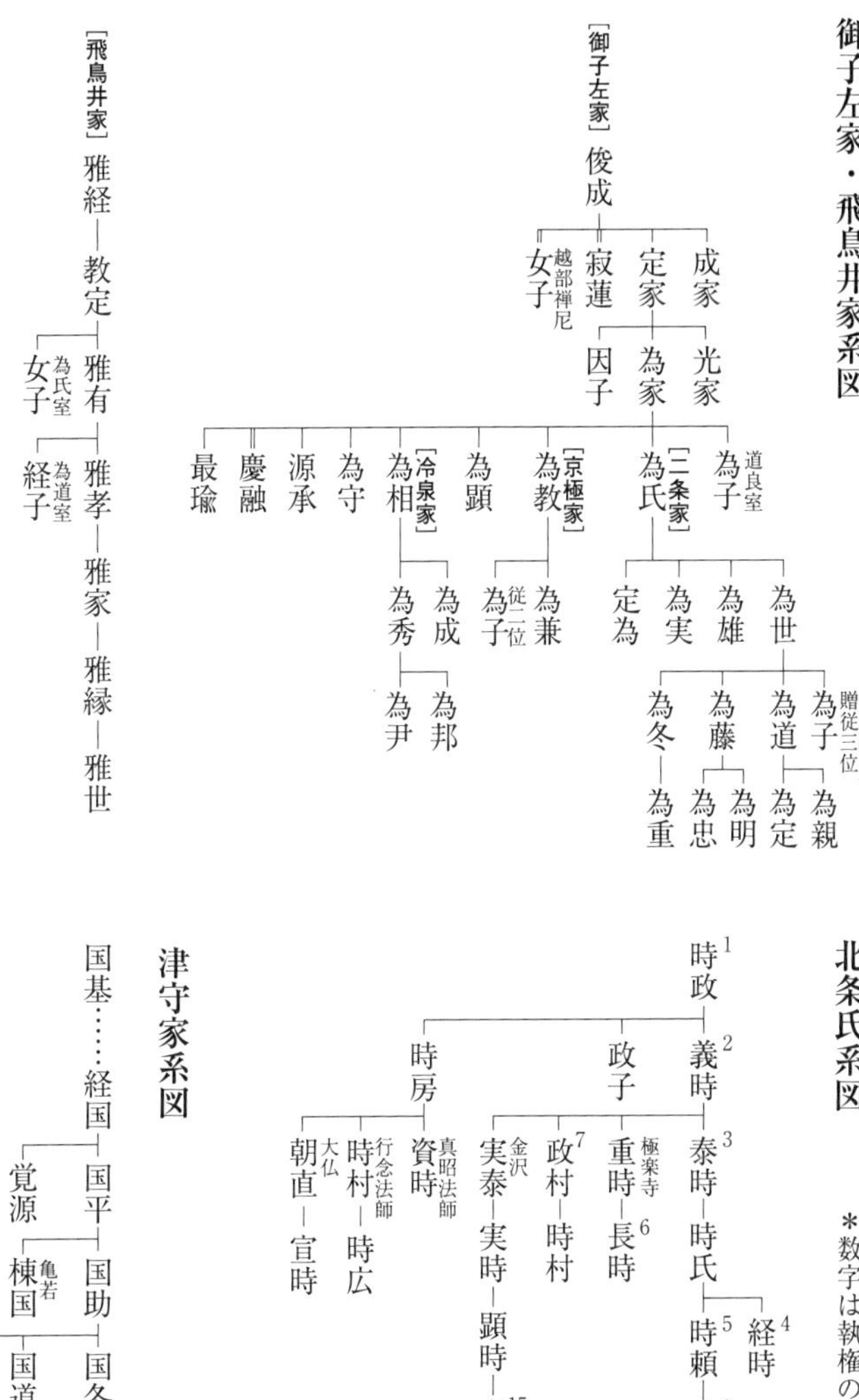


## 北条氏系図

*数字は執権の就任順序



## 津守家系図

## 勅撰集一覧

| | 集名 | 下命・執奏 | 撰者 | 成立年時 | 歌数 | 作者数 |
|---|---|---|---|---|---|---|
| 1 | 古今和歌集 | 醍醐天皇 | 紀友則・紀貫之・凡河内躬恒・壬生忠岑 | (序)延喜五・四・一八 | 一一〇〇 | 一二九 |
| 2 | 後撰和歌集 | 村上天皇 | 源順・大中臣能宣・清原元輔・坂上望城・紀時文 | (完成)天暦五以後 | 一四二五 | 二二一 |
| 3 | 拾遺和歌集 | | 花山法皇親撰 | (完成)寛弘二~四頃 | 一三五一 | 一九六 |
| 4 | 後拾遺和歌集 | 白河天皇 | 藤原通俊 | (序)応徳三・九・一六 | 一二一八 | 三二三 |
| 5 | 金葉和歌集 | 白河法皇 | 源俊頼 | (二度本完成)天治二か | 六六五 | 二三六 |
| 6 | 詞花和歌集 | 崇徳上皇 | 藤原顕輔 | (完成)仁平元 | 四一五 | 一九七 |
| 7 | 千載和歌集 | 後白河法皇 | 藤原俊成 | (序)文治三・九・二〇(奏覧)文治四・四・二二 | 一二八八 | 三八五 |
| 8 | 新古今和歌集 | 後鳥羽上皇 | 源通具・藤原有家・同定家・同家隆・寂蓮 | (竟宴)元久二・三・二六 | 一九七八 | 四一一 |
| 9 | 新勅撰和歌集 | 後堀河天皇 | 藤原定家 | (奏覧)貞永元年・一〇・二(完成)嘉禎元・三・一二 | 一三七四 | 三九四 |
| 10 | 続後撰和歌集 | 後嵯峨上皇 | 藤原為家 | (奏覧)建長三・一二・二五 | 一三七一 | 四二二 |
| 11 | 続古今和歌集 | 後嵯峨上皇 | 九条基家・衣笠家良・藤原為家・同行家・葉室光俊 | (序)文永二・一二・二六(竟宴)文永三・三・一二 | 一九一五 | 四七八 |
| 12 | 続拾遺和歌集 | 亀山上皇 | 二条為氏 | (奏覧)弘安元・一二・二七 | 一四五九 | 四三六 |

| | | | | | | |
|---|---|---|---|---|---|---|
| 13 | 新後撰和歌集 | 後宇多上皇 | 二条為世 | (奏覧)嘉元元・一二・一九 | 一六〇七 | 五〇六 |
| 14 | 玉葉和歌集 | 伏見上皇 | 京極為兼 | (奏覧)正和元・三・二八 | 二八〇〇 | 七六二 |
| 15 | 続千載和歌集 | 後宇多法皇 | 二条為世 | (奏覧)元応元・四・一九(返納)元応二・七・二五 | 二一四三 | 七一八 |
| 16 | 続後拾遺和歌集 | 後醍醐天皇 | 二条為藤・同為定 | (奏覧)正中二・一二・一八(返納)嘉暦元・六・九 | 一三五三 | 五五九 |
| 17 | 風雅和歌集 | | 光厳上皇親撰 | (竟宴)貞和二・一一・九(完成)貞和五・九頃 | 二二一一 | 五六〇 |
| 18 | 新千載和歌集 | 後光厳天皇・足利尊氏執奏 | 二条為定 | (奏覧)延文四・四・二八(返納)同・一二・二五 | 二三六五 | 八八〇 |
| 19 | 新拾遺和歌集 | 後光厳天皇・足利義詮執奏 | 二条為明 頓阿助成 | (奏覧)貞治三・四・二〇(返納)同・一二・ | 一九二〇 | 七五八 |
| 20 | 新後拾遺和歌集 | 後円融天皇・足利義満執奏 | 二条為遠・同為重 | (奏覧)永徳二・三・一七(返納)永徳三・一〇・二八 | 一五五四 | 六五八 |
| 21 | 新続古今和歌集 | 後花園天皇・足利義教執奏 | 飛鳥井雅世 | (奏覧)永享一〇・八・二三(返納)同一一・六・二七 | 二一四四 | 七七〇 |
| | 新葉和歌集 | 長慶天皇 | 宗良親王 | (准勅撰)弘和元・一〇・三 | 一四二六 | 一五一 |

## はじめに

勅撰和歌集とは天皇の命を受けて編纂された歌集のことである。延喜五年（九〇五）醍醐天皇の古今和歌集に始まり、後花園天皇の新続古今和歌集まで、二十一集が成立している。その期間は五百年間にも亘る。また「和歌所」は撰和歌所の略、平安時代中期、村上天皇の代、内裏昭陽舎（梨壺）に初めて設置された。勅撰和歌集の編纂は公的な事業であるから、内裏に和歌所が置かれたことは当然のように思える。

ところが平安時代の勅撰和歌集にはそこまでの権威はなかった。和歌所もまた常設の機関ではなく、かつ必ずしも内裏には置かれなかった。後鳥羽上皇が新古今和歌集のために設置したのは仙洞（院御所）であり、それも一集限りのことであった。

勅撰和歌集の権威が確立するのはむしろ鎌倉時代である。百五十年間に九つの集が成立している。後鳥羽上皇から後醍醐天皇まで七人が命を下しているが、下命者は必ず治天の君（天皇家の惣領、院政を敷く上皇か親政時の天皇）であり、編纂はいわば政治日程の上に位置づけられた。そして撰者（編者）の私邸を「和歌所」と称するようになる。撰者は時の歌壇の第一人者である歌人が指名されるが、この時代には御子左家（藤原長家の子孫で、俊成・定家・為家を出した家系）に独占される。とくに嫡流の二条家が「和歌所」そのものとなるのであった。

勅撰和歌集がこの和歌所で、いかなる手続きを経て、編纂されたものか、書物としての性格を考えつつ、新しい知見を述べてみたいと思う。

このような事柄は意外なほどに分かっていない。勅撰和歌集は、単に秀歌を集めて並べた書物ではなく、四季・恋・雑と、当時の感性と世界観を反映する巻々を立て、主題別に分類した和歌を整然と収める、有機的に統一された編纂物である。「撰」とは、「選」と同義であるが、自分の好むところを集めて何かを主張する、という義がより重要である。碑文のごとき文飾を凝らした文章を記すのに「撰ぶ（撰す）」と言うのも、古典の一節を羅列し、もって自分の意を述べることを含意する。「撰ぶ」ことは「詠む」「作る」ことと同義であったとしてさしつかえない。

しかも、歌集は各主題の内側でも、自然と時間や視点が推移するように、長大な絵巻物を眺めるような、霊妙で、神経の行き届いた配列の工夫がある。これを完成させるには、すべてが紙と筆の時代、たいへんな労苦が払われたはずである。

古い時代では、広く資料を集め、よいと思う歌を選んで、分類して並べたのだろう、と誰でも思いつきそうな推測ができるだけであるが、中世以後は「和歌所」について史料が充実して来るから、いくつかの歌集では、その過程を復元することができる。

ただし、アンソロジーは収録作品を味読するものである。それがどのように作られたかを一般書の形式で敢えて書こうとするのには理由がある。

勅撰和歌集のうち、古今集・後撰集・拾遺集の「三代集」が正典である。また古今集から新古今集までの八つの集も「八代集」として尊称される。本歌取りされるのも八代集までである。いっぽう次の新勅撰集から最後の新続古今集までは「十三代集」として一括されるが、総じて評価は低い。

十三代集の和歌は、総計およそ二万四千二百首にもなる。八代集が約九千四百首だから、玉石混淆、それも石の方が多くなることは容易に察せられる。いかに繊細な配列があるといっても、いざ繙いてみれば、ともかく似たような個性のない和歌が蜿蜒と並ぶように見える。撰者の名も集名も似たようなものばかりで印象に乏しい。そもそも、時代になじみがない。和歌は作者の名前が公式に明らかにされる、数少ない古典文学である。作品と作者はいくら別であるといっても、十三代集の歌人は知名度がないから、その和歌に親しみを持てといっても難しい。無名の作者の優れた作品も交じっているのだが、それを見出すほどに現代人は時間もないし忍耐強くもない。気負って手に取ったところで、どうしようもない退屈を感じて、投げ出してしまう。とくに実作者の立場からは、十三代集に殺意を覚えた人も少なくないらしい。正岡子規は古今集を全否定し、返す刀で「何代集の彼ン代集のと申しても皆古今の糟粕の糟粕の糟粕の糟粕ばかりに御座候」(「再び歌よみに与ふる書」『新聞 日本』一八九八年)と切って捨て、折口信夫(釈迢空)は「彼(注・藤原為家)の死後分裂した二条・冷泉・京極の三流の中、前二者の流派から出たすべての勅撰集及び、多くの家集は、今日までの私の鑑賞法からは、寧、劫火の降つて整理してくれることを望んでゐる」（「短歌本質成立の時代」『古代研究』第二部・国文学篇〈大岡山書店、一九二九年〉）という。近年、和歌文学大系（明治書院）で注釈書がようやく刊行されているが、一般に読まれるのはやはり八代集までで、これほどの暴言は浴びせられることはなくとも、十三代集は依然無関心の厚い砂の下に埋もれている。

これは鎌倉後期・南北朝は混迷頽廃した時代であるとの史観、あるいは雅と俗とを対立的にとらえ、「因襲に囚われ低迷する」雅文藝よりも、「革新的で躍動する」俗文藝にこそ価値があるとの認識とも通底しよう。しかし、実際には作歌人口はこの時代を通じて等比級数的に増え、少なくとも破綻のない、整った和歌が大量に詠み出されたのであった。もし本人たちがつまらない、価値がないと感じていたら、決してそうはならないし、ましてその「精華」が十三代集の形で結実することも起こり得ないであろう。

それに、和歌は時代に応じて変化するものではない。この時代の和歌はほぼ題詠であるが、歌材や着想もまた三代集を通じて洗練され、このほかにはない、というところまで選りすぐられている。定められた枠内での美を追究することになるが、そこでは自身の経験を直接反映させない。むしろ不易なるものに忠実に寄り添うことで、他人も初めて感動を共有できる。また現実の社会や生活が汚泥にまみれ転変極まりないからこそ、題詠の伝統に参入することは歌人には大きな喜びであった。そのような和歌の特性を担保し続けたのが勅撰和歌集であった。その編纂の歴史は、六国史より長く続いた。

いっぽう、歌風は変わらないという前提で子細に眺めれば、勅撰和歌集という器は時代の波に洗われている。武家政権の干渉と武士入集の増大は、政治と文学との相克として現れ、分かり易い特色であるが、その軋みをどのように勅撰集の世界が吸収したのかはよく分かっていない。各集ごとにさまざまな問題があり、またその時々の宗教、風俗、社会の諸現象が刻印され、派生する作品もあり、それを知れば飽きることはあまりない。たとえば、鎌倉時代の和歌で直接元寇を詠んだものはほとんどない。歌人の視野狭窄を非難しがちであるが、対外の脅威は確実に内面の変動をもたらし、その影響は長く続く。仏教に主導された神国思想の高揚があり、それは勅撰集の神祇の巻に鮮明に反映されている。

十三代集は、八代集とは異なる力学によって作られている。この時代の勅撰集は、まったく文学史の範疇にとどまらないのは確かで、便宜上新古今集から始めたが、十三代集を取り上げ、かつ「和歌所」に注目する所以である。

外形的な知識は一瞬で得られる現代である。本書ではたくさんの人物や事物が現れては消えていく。その流れをとらえられるように工夫し、勅撰集の歴史と勅撰集から見える歴史を追った。無理に関説して洩れ落ちるところも少なくなかろうが、実験的な試みとして見ていただければ幸いである。執筆依頼を受けて七年、大きなテーマに筆が停滞し、荏苒時を過ごしてしまったが、この間慫慂していただいた編集部伊藤大河氏に深く感謝する。図版掲載許可を頂戴した所蔵者に厚く御礼申し上げる。わけても大垣博氏からは格別のご配慮を賜った。

先行研究を本文では逐一は挙げられなかったので、末尾の参考文献を参照されたい。

二〇二四年四月二十三日

著者

＊和歌本文と番号はとくに断らない限りは新編国歌大観によった。引用本文の表記は読みやすい形に改めている。附録Ⅰ〜Ⅲは底本の通りとした。また書名のうちの「和歌」は適宜略している。

# 序章

# 和歌所とその源流

## 内裏の諸所

和歌所は平安時代前期の朝廷に設置された「諸所」の一つとされている。蔵人所(くろうどどころ)・御書所(ごしょどころ)・大歌所(おおうたどころ)・作物所(つくもどころ)・楽所(がくしょ)・画所(えどころ)など、およそ二十余りが知られる。

「所」は総じて天皇の家政機関としての性格が濃く、小規模で、庁舎も独立せず、内裏の殿舎や廊に置かれたものが目立つ。新設の命令も、詔勅(しょうちょく)ではなく、簡便な宣旨(せんじ)によった。職員は除目(じもく)では任命されず、他に本官を持つ者を必要に応じて補充した。その長はしばしば「別当(べっとう)」と呼ばれるが、これも本官を持つ者が、他の機関の長の職に別に当たったゆえの名称であろう。これらの「所」は蔵人所の管轄下にあったようで、別当も蔵人が兼ねることが多い。蔵人は天皇の身辺に侍り、殿上の経営に当たるからであろう。

現代の組織になぞらえるならば、時限付きの研究施設などに似たところがある。特化した目的で設置され、職員は組織内からふさわしい人材を抜擢して兼務させる。目的が完了すれば解散となるが、少人数ゆえに機動的であるから、いつしか別の業務も担当させられ、遂に常設となるものもあろう。前者では、歴史書の編纂のために設けられた撰国史所がそれに当たるし（完成すれば役目は終わる）、後者の典型は蔵人所であろう。厳格な上下関係がなく、特定の技藝に秀でた者が抜擢され、かつしばしば宿直で寝食を共にするからか、「所」の職員間ではある種の仲間意識も醸成されやすかった。

## 内御書所と古今集の撰者

延喜五年（九〇五）、紀貫之ほか四人の歌人が、醍醐天皇の命で初めて勅撰和歌集を撰ぶ。この古今和歌集がどこで編纂されたかは明記されず、わずかに貫之集に「承香殿の東なる所」で事に当たった、と記されている。承香殿とは紫宸殿の北にある殿舎であり、その東のどこかで作業をしたことになる。

その場所はちょうど内御書所に相当する。内裏の外、式乾門の東、蘭林坊の一角には朝廷の書物を蒐集管理する御書所があったが、延喜年間に承香殿の東片庇に建物が新築されたという（西宮記）。これが内御書所である。天皇の私的な蔵書を収めるために御書所の分室が設置された

## 平安京内裏図

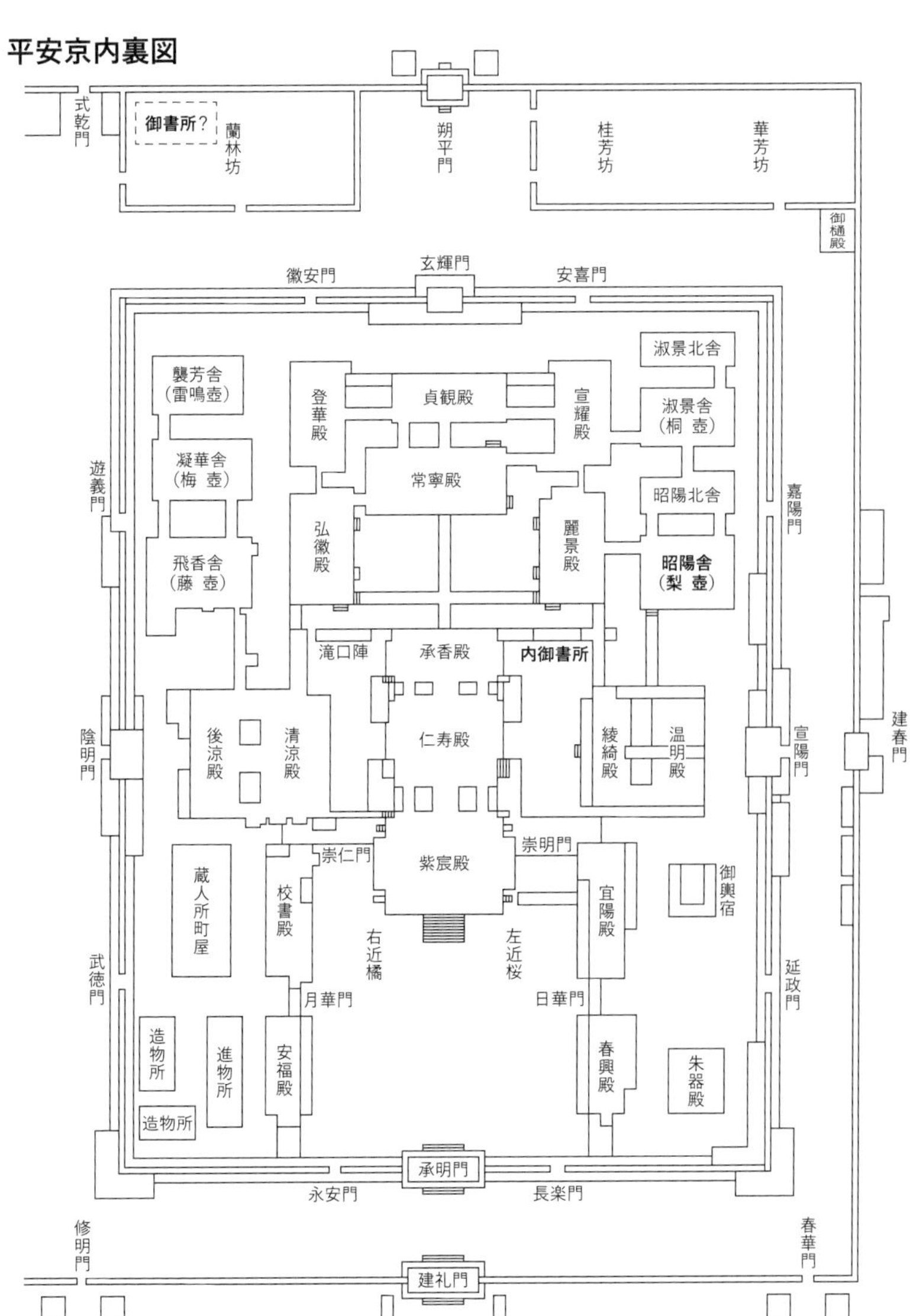

式乾門
御書所？
蘭林坊
朔平門
桂芳坊
華芳坊
御樋殿
徽安門
玄輝門
安喜門
淑景北舎
襲芳舎
(雷鳴壺)
登華殿
貞観殿
宣耀殿
淑景舎
(桐壺)
凝華舎
(梅壺)
常寧殿
昭陽北舎
遊義門
嘉陽門
弘徽殿
麗景殿
飛香舎
(藤壺)
昭陽舎
(梨壺)
滝口陣
承香殿
内御書所
後涼殿
清涼殿
仁寿殿
綾綺殿
温明殿
陰明門
宣陽門
建春門
崇仁門
紫宸殿
崇明門
蔵人所町屋
校書殿
宜陽殿
御輿宿
右近橘
左近桜
武徳門
延政門
月華門
日華門
造物所
進物所
安福殿
春興殿
朱器殿
造物所
承明門
永安門
長楽門
修明門
春華門
建礼門

と考えれば分かり易い。もっとも、その時期は古今集編纂より降るらしいが、古今集の序に貫之は「御書所預」とあり、書物を参照する便宜があったろう。一歩進んで古今集編纂を契機に内御書所が新設されたとする考えもある。「御書所」とのみ表記されることも多い。

ところで内御書所の職員には、別当（蔵人）・預（別当を補佐）・覆勘（書物の校勘に当たる）・開闔（書物の出納に当たる）が置かれ、さらに十名前後の所衆、そして書手（書生）で構成された。いずれも本官を帯び、宣旨により出向させられた者たちである。たとえば所衆は大学で詩文を学ぶ文章生・学生が大半であるが、ほぼ無官である。そこで任命は「内御書所に寄す（候す）」という形を取った。これにより地下であっても殿上に出入りでき、天皇や公卿からも直接指示相談を受けられる。所の職員をしばしば「寄人」と称するのもこの点によるのであろう。

古今集の撰者も位は低かった。内御書所に倣って、なんらかの特別措置が講じられ、内裏に詰めることが許された可能性はあろう。「和歌所」の起源をこの時と見る説もある。しかし、これは古今集が和歌の正典となってからの考え方であろう。何もない庇で作業させられたようで、組織として和歌所が設置されたわけではなさそうに思える。

## 梨壺の和歌所

それから約半世紀、村上天皇の代、再び勅撰和歌集の編纂が企てられた。後撰和歌集である。

五人の歌人を召して作業に当たらせた。この時に和歌所が設置されたことは明証がある。撰者の一人、源順が「侍中亜将の撰和歌所別当として御筆宣旨を奉行する文」および「撰和歌所に闌入の事を禁制する文」を遺している（本朝文粋巻十二）。

これによれば、天暦五年（九五一）十月、内裏昭陽舎（梨壺）が庁舎に宛てられ、蔵人頭左中将であった藤原伊尹が別当となった。「万葉の曩篇を振るひ、百代の遺美を知る、況んや昭陽を排きて、修撰の處となし、箕裘を尋ねて寓直の徒となす」とあって、殿舎の一角が区切られ他人が濫りに立ち入ることを厳禁し、重代の歌人である撰者に万葉集の訓読に当たらせ、日夜祗候させて歌集を編纂させたことが知られるのである。

こうして成立するのが後撰和歌集である。しかし、この二番目の勅撰和歌集は最も謎に満ちている。そもそも、いつ完成したか分からない。現存する本文も藤原定家の時代にすでに不審が多く、未定稿を疑う説もある。宮廷の男女の恋愛、贈答に関わる歌がすこぶる多く、物語的でさえあり、勅撰にふさわしい晴（公的）ではなく、褻（私的）な性格に大きく傾斜している。そして、五人の撰者の歌が一首も採られていない。確実に一つ言えることは、歌集の編纂事業が、当時の朝廷で大して重きを置かれていなかったことであろう。天暦七年冬には昭陽舎が母后藤原穏子の居所に宛てられており、その頃には和歌所も役目を終えて消滅したらしく、そのまま内裏では長く復活しなかった。

## 拾遺集と拾遺抄

つぎの拾遺集は、寛弘二年（一〇〇五）から同四年の間に、花山法皇がみずから撰んだ。十年ほど先行する、藤原公任の撰んだ拾遺抄を母体にしてこれを改編増補して成立したものであるが、この集も詳しい成立事情は不明である。花山は退隠の身であるから、時の一条天皇とは直接関係のない企てであった。

以上の三つの勅撰集は、後世に「三代集」として尊重された、と先刻書いたばかりである。しかし、成立当初、どのように評価されていたのかはよく分かっていない。そもそも、同時代人が撰集について、ほとんど何も書き残していない。なお、平安時代は拾遺集よりも拾遺抄が勅撰集として尊重されたらしい（集を評価するのは藤原定家である）。

平安時代の和歌は社交に用いられるツールであり、あるいは折々の気晴らしであった。廷臣には文学の才能は必要であるが、まずは漢詩文であり、和歌が公的な場に登場することは少なく、歌人の地位は依然低かった。歌合はしきりに開催されるが、当時の歌合は絵合・根合などと同じく、豪華で意匠を凝らした作り物を競う、遊宴的な性格が色濃く、和歌はそこに添えられるに過ぎない。

ただ、この頃から和歌に詠まれる材が定まり、あらかじめ題を得て詠む、いわゆる題詠が発達してくると、何を詠むかより、いかに詠むかが評価の基準となる。客観的に他人の歌のよしあしを論ずることができるわけで、これが文藝としての和歌の自立を促す。題詠が主流となれば、昔の優れた歌、あるいは現在の他人の歌を参考にしたいという要望も出て来るであろう。

もっとも、こうなるのはまだまだ先である。大鏡（おおかがみ）巻四によれば、後に関白となる藤原道兼（みちかね）は、父の兼家に対して含むところがあった。兼家が歿（ぼっ）しても悲しむどころか、「さるべき人々よび集めて、後撰・古今ひろげて、興言しあそびて、つゆなげかせ給はざりけり」という。これは軽薄な道兼への非難であるが、古今集・後撰集といっても、上層の公家にとっては興言（冗談）のネタ集でもあったことが知られる。文学的に優れているかといった向き合い方は感じられず、また自分の歌が採られようが採られまいが、おおかたの人には関心もなかったのであろう。

## 関白邸の「撰和歌所」

拾遺集からほぼ八十年もの長い間、勅撰和歌集の企画は確認されない。藤原道長（みちなが）・頼通（よりみち）の執政下、病弱な天皇が続いたせいもあるが、歌壇は必ずしも沈滞してはおらず、不思議である。

長元（ちょうげん）八年（一〇三五）五月、関白頼通の私邸高陽院（かやのいん）（賀）で大規模な歌合（賀陽院水閣歌合）が開催されている。この年の秋、高陽院の「撰和歌所」において、某人が、貫之筆（ひっ）の古今集を花山法皇筆本と校合（きょうごう）（写本の本文を比較し、不審箇所を訂する）したとの史料がある（古校合本古今和歌集所引基俊本奥書）。素直に考えれば、時の後一条天皇の下で、勅撰和歌集の企画があり、関白のもとに和歌所が設置されていたことになる。

頼通自身はさほど優れた歌人ではないが、少なくともこの年は、ほぼすべての公卿を集めて歌合を開催する位には和歌を重んじていたし、天皇と摂関とを対立的にみなすかつての理解は成り立たなくなっているから、勅撰和歌集の編纂を頼通が天皇にかわって進めることはありうる事態とも思える。この高陽院の敷地北東には池に臨んで文殿（ふどの）（図書室）があり、歌合の時には左方の人々の詰所となっていた。文殿では御書所と同じく珍しい書物の校合作業が行われるから、同時に歌集の編纂が行われることもごく自然である。

しかし肝心の勅撰和歌集の計画についてはなんら史料がない。もし仮にあったとしても、その翌年に後一条は崩御する。さらにその翌年にはこの文殿が焼け、長暦三年（一〇三九）、高陽院自体が焼亡するので、何の痕跡も遺さなかったのであろう。ただ、廷臣の私邸に「和歌所」が置かれたことは注意してよい。

## 「奏覧」の定着

続いて後拾遺（ごしゅうい）集・金葉（きんよう）集・詞花（しか）集・千載（せんざい）集の四集が成立する。その間ちょうど百年、いわゆる院政期に相当する。

宮廷に附属する儀礼・社交としての和歌が、文藝的な性格を有するようになった時期に当たっている。勅撰和歌集への関心もようやく高まり、撰者の人選、集の構成がしばしば公家社会の話題となった。歌風についても批評が見られるようになる。たとえば後拾遺集は、受けを狙うような、少し軽々しい歌が多いために、そのような歌を「後拾遺姿」と称したという（無名抄）。

和歌を専門とする廷臣の家、歌道師範家が現れるのもこの時期である。六条藤家が最初のそれで、藤原顕輔は詞花集の撰者となり、その子清輔は勅撰集の撰者にはなれなかったが、和歌の体系的な研究を進めて、歌学者として知られた。この一門では勅撰集の編纂を家業の柱とみなし始め、清輔の著書袋草紙には、断片的であるが、編纂のノウハウ——撰集故実を記している。ただ六条藤家の歌風は当時としてもいささか古びて平板に感じられるもので、よりみずみずしい感性を持った藤原俊成が台頭し、その新風が支持される。

俊成は晩年の後白河院の命で千載集を編纂したが、朝敵とされた平家歌人に同情的で、「よみ人しらず」で入集させたことは有名である。平家の都落ちに従った薩摩守忠度がとって返し、門を叩いて、今生の願いにと詠草の一巻を託したのは、「俊成卿の五条京極の宿所」であった（平家物語延慶本第三末）。他の集も含めてこの時期の勅撰集は撰者の私邸で編纂されたと考えられている。しかし、撰者の邸を「和歌所」と称した史料は認められない。

この時期の勅撰集の編纂は、天皇・上皇が命を下した後は、撰者に全面的に委託されたことを意味する。完成すれば撰者は下命者のもとに持参し、嘉納してもらう——この納品の儀式が奏覧である。後拾遺集は立派な勅撰和歌集であるが、歌歴のない藤原通俊が撰者であり（百人一首にも

図　序–2　平忠度と藤原俊成（平家物語絵巻より）
出典：『平家物語絵巻』（クレオ）

入っていない）、白河天皇の寵臣であることから、何かとゴシップが囁かれる集であった。その一つに、通俊の撰んだ私撰集が後から勅撰集にされたのだ、という説がある。これは手続き上、明確な違反であるが、この時代には天皇・上皇・関白らが積極的に勅撰集に関わることはなかったことを示唆しよう。

その意味では勅撰集は時の政治家とそこまで強く結びついてはいない。金葉集の白河院を例外として、撰集の内容に関心を持つことはなく、撰者が編纂したものをそのまま受け入れた。また、詞花集は治天の君ではない上皇、崇徳院の命によって撰ばれている。後白河院も和歌を好んだとは言えない。八代集として大いに尊重されるとはいえ、鎌倉時代以後に展開し、治天の君による国家事業として定着する勅撰和歌集の伝統とはむしろ非連続の面が目立つ。

院政期は意欲的な歌人が多く、賑やかな時代ではある。清輔や俊成の存在感は大きくとも、絶対的な指導者として歌壇に君臨する、とまでは言えないようである。和歌はむしろ在野や地下、上層の廷臣からは距離のある人々の間で盛んであったと言える。そこで注目すべき一人に俊恵がいる。

## 俊恵の「和歌政所」

俊恵法師（一一一三〜？）は、俊成より一歳上、金葉集の撰者源俊頼を父に持つが、歌道師範として立つことはなく、東大寺の僧となった。しかし、血は争えず、歌道に深く関わるようになり、京都白河の自坊を歌人たちに提供した。出入りする者は身分を問わなかったという。これが「歌林苑」である。その実態についてはいろいろと議論があるが、当時の京都歌壇の核の一つであったことは確かであろう。若き日の鴨長明も俊恵の門弟である。

ところで、俊恵の住坊を世間では「和歌政所」とも称したという（頼政集・歌苑連署事書）。「政所」とはもとより貴顕の家政機関のことで、廷臣から寺社まで広く権門の邸に設置され、家司以下の職員が詰めた。

それでも和歌政所の呼称の由来は今一つ明瞭ではないが、この場所には、当時歌聖として急速に神格化されていた、柿本人麻呂の姿を描かせて安置していた。「かの眞影を図き、毎月禮奠を備ふ。時々この所に会し、面々その志を述ぶ。男女詠歌を飛ばし、緇素同じく沈吟す、これを和歌政所と号す、定めて所以有るや」（拾珠鈔巻一、永万二年（一一六六）七月「和歌政所一品経供養表白」）。歌道を護る神の下で、男女や僧俗を問わず、和歌を好む者が、空間を同じくし、志を一つにして活動することが特色なのであろう。そもそも政所もまた主人に仕える従者たちが集う所で、従者間の身分差は一義的な問題とはされないであろう。和歌政所は、内裏の「和歌所」とは直接の関係を持たないが、この点で興味深い。つまり後世の住宅で連歌や藝能の場となった「会所」と同じであり、これから述べる「和歌所」もむしろこちらに通ずる性格がある。それでは新古今集とその和歌所について述べる。

# 第一章

# 開闔・源家長と歌人たち——新古今和歌集

## 六位蔵人の「家」に生まれる

建久七年（一一九六）冬、源家長（一一七〇頃～一二三四）は、後鳥羽天皇の非蔵人に登庸され、日夜蔵人所に祗候することになった。源家長日記は、この時に筆を起こす。

蔵人所については、さきほど少し触れた。「諸所」の一つで、嵯峨天皇の弘仁元年（八一〇）に設置された令外官である。別当は左大臣（一上）であるが、実質的なトップは蔵人頭である。近衛府の次将および大弁・中弁から一人ずつ選ばれる（頭中将・頭弁）。ついで五位蔵人三名と六位蔵人四名がいる（時代により増減する）。非蔵人は六位蔵人の見習いで、闕員が生ずれば補される。蔵人（侍中）と呼ばれるのはここまでで、とくに頭と五位を職事と呼ぶ。その下には雑役に奉仕する雑色・小舎人・出納・所衆、さらに警衛に当たる武士の滝口、特殊な技藝の持ち主として鷹飼などがいた。

六位相当の官に任じられる階層はいわゆる地下の身分、殿上に昇ることも許されない。ただ、蔵人となれば例外で、殿上での生活を謳歌できた。その晴れがましいさまは、枕草子八十八段「めでたきもの」など、王朝文学作品にもよく見える。
とはいえ、在職の年限は六年、その間でも功労を積んで従五位下に昇階すれば（叙爵）、蔵人を辞さなくてはならない。殿上を降りる悲しみは、これもしばしば王朝和歌で詠まれている。このような境遇の者は「蔵人五位」と称され、再び地味な官歴を歩んでいくことになる。もっとも枕草子では、最近は六位蔵人を足がかりに、すみやかに五位に叙されようとする者が多いと慨嘆している。

家長は、醍醐天皇の皇子左大臣源高明の末裔である。高明の長子忠賢は公卿にも昇らず零落、忠賢孫の長季がようやく後一条天皇の六位蔵人となり、以来一門はみなこの職に就いた。蔵人を踏み台として、受領や衛府の官などに任じられている。家長は父時長の早世により昇進はさらに遅れがちで、三十歳近くでようやく非蔵人となったのである。

### 後鳥羽院政の開始

十九歳となった後鳥羽は譲位を決意し、建久九年（一一九八）正月十一日、第一皇子為仁（土御門天皇）が践祚する。家長も蔵人を辞した（譲位直前に六位蔵人に補されたらしい）。まず大炊御門殿に移り、譲位の儀を執り行った。そのまま同殿を仙洞とし、院政を開始した。家長は院の非蔵人となった。新帝の蔵人に補されない悔しさはあったが、引き続き側近く仕えて欲しいとの叡慮に感激している。太上天皇となっての諸儀礼をこのように記す。

その後、院の殿上始、院司・蔵人など列拝など侍りし程は、ことかはりてめづらしくおかしきかたも侍りし。布衣始の夜は、人々みな召し寄せ御覧ず。御覧じつかぬ姿どもおかしがらせ給ふ。御烏帽子もこよひはじめさせ給へば、とかくからかはせ給へど、「さらにたまるべしともおぼえず」などわらはせ給ふ。蔵人は日ごろの非職なり。一人は橘以忠なり。いまだ幼くて、院中雑事、さしつぎ（第二席）なりしかば、かたがた奉行す。日来非職にていたづらなる心地し侍りしに、よろづ心あはたゞしきことゞもなり。後白河院の御牛飼、御厩舎人、力者、かやうの下部ども参りこみて、庭も見えずなみゐたり。上下北面、武者所、蔵人所はじめられて、人酔ひもしぬべき程参りこみたり。（引用は冷泉家時雨亭文庫蔵本による）

ところで、天皇と上皇（院）の違い、挙げればきりはないであろうが、まず装束が異なる。在位の間は原則冠と束帯、略装（御引直衣）であっても冠は脱げない。下半身は女官のような緋袴（長スカート）。外出はすべて輿である。非活動的なことこの上ない。仕える者も、私服である直衣を着用できるのはよほど高位の者だけである。しかし上皇となれば臣下と同じく、烏帽子をかぶり、布衣（狩衣）を着て、指貫（両脚を入れるため裾の別れた袴。要するにズボン）を履くことができる。身体も自由なのである。

これらを上皇が初めて着用するのが布衣始であった。その日、近く仕える人間もまたこれまでと異なる装束となり、後鳥羽の眼には新鮮であった。自身も初めてかぶる烏帽子がうまく頭に乗るか分からない、と笑うのにも、初々しい開放感がある。

十日後の正月二十一日は御幸始である。初めて牛車も用いた。母七条院の御所に向かう。続いては石清水社・賀茂社に御幸し、さらに四天王寺・住吉社に参詣する。「きよげなる浜づらにうちむれたる布衣姿ども、神もめづらしと見そなはせ給ふらんかし」と、供奉人の思い思いの色の狩衣姿を筆に留めている。

院御所の構成員は、内裏ほどの身分上の制約がない。さまざまな技藝の持ち主を抱え込むことができる。武士や遁世者、藝能民も厭わない。一藝を持つ者を愛した後白河院はこの六年前に崩御していたが、その間の空白期にも院庁は存在していた（後院）。再び現れた主人のもとに、このような人々がいっせいにつめかけたのである。「人酔ひ」しそうな混雑であろう。

こうして、後鳥羽院の活動が本格的に始まる。家長は史上稀な、院の多彩な事績を記し留める。

ところで、六位蔵人は当番を組んで職務日記を記したとされる。いわゆる殿上日記である。六位蔵人は右筆でもあり、家長も夜が明けるとまず一心に墨を磨ったと日記にある。天皇の代筆をはじめとして、さまざまな書記行為が任務と考えられるからである。これは院でも同様であったであろう。

平安時代中期、個人の日記、つまり私日記が盛んに記されるようになったことから、殿上日記の伝統は廃れてしまったとされる。源家長日記は仮名で書かれていて、かつ、後年の回想であるが、殿上日記の変形と見ることもできよう。いっぽう、父が早世したために、家長は「おのづからつたへたる蔵人ふみなど申すもの」も満足に見ることがなかったという。重代の六位蔵人の家に必要な知識として、自身の職務と経験を克明に書き残そうとしたのであろう。

**図1–1　後鳥羽院像**（天子摂関御影より）
出典：『続日本の絵巻12』（中央公論社）

家長の眼に映った後鳥羽院は理想的な君主である。才能に富み、慈悲深く、世が治まったことをことあるごとに強調し、批判めいたことは原則として筆にしない。その意味では、主人の言動を記録し、その繁栄を祝言する、女房日記と同じ性格を持つ。この時代のもう一つの重要史料である、藤原定家の日記、明月記との視点の違いは明らかである。

院は二条東洞院に豪壮な仙洞御所（二条殿）

を建築し、四月二十一日には移徙している。この時も家長は奉仕した。

## 藤原定家との出会い

正治二年（一二〇〇）に入ると、院は和歌に熱中した。在位中は歌会を開いた形跡がないので、まるで何かに憑かれたようであった。その過程にはすでに夥しい研究が発表されているので割愛したい。ただ、最初期歌会のメンバーには、藤原（西園寺）公経（蔵人頭）・藤原長房（五位蔵人）・藤原重輔（六位蔵人）・源清実（同）など、在位の間に蔵人を務めた人が目立つ。家長はすべての会に出ている。

また、院の近臣集団には大蔵卿藤原範光の影響力が強かったらしい。院の乳母、範子・兼子の兄弟である。範光らの高倉家は儒学を家業とするが、やはり六位蔵人を経歴し、範光は高倉天皇の、その弟範時は後鳥羽天皇の六位蔵人であった。もっとも、これらの人々は、家長も含めて、一流の歌人とは言いがたい。

ところで、院は在位の間は接触できなかった立場の人を、才能があれば召し出し、庇護したことを家長は特筆する。和歌では寂蓮（藤原定長）、源具親、そして鴨長明である。また女房歌人を積極的にスカウトした。宮内卿が見出されたことは著名であろう。蹴鞠では飛鳥井雅経を評価した。雅経は歌も詠んだ。こうした人たちが加わり、素人集団の歌会が変質して来るのである。ここで、ようやく藤原定家が院の視界に入ってきた。寂蓮は俊成の甥で養子になったことがあり、定家の義兄であった。

定家は応保（おうほ）二年（一一六二）の生れ。後鳥羽院より十八歳年長である。父は俊成。後鳥羽の在位の間、殿上人であったが、内裏で目立つことはなく、関白となる藤原（九条）兼実（かねざね）・良経（よしつね）父子に家礼（かれい）として仕えた。九条家では良経が詩歌を熱愛し、俊成が和歌の指導者として迎えられ、歌会には定家のほか、兼実弟で天台座主であった慈円、寂蓮、藤原家隆（いえたか）も加わった。若き日の主従が内々の会で互いに切磋琢磨し、難解ながら魅力的な新風和歌を生み出していたことはよく知られていよう。しかし、九条家は建久七年（一一九六）、内大臣源通親（みちちか）の策謀によって朝廷から遠ざけられた。定家も昇進が滞り、土御門天皇の代には昇殿さえ許されなかった。この頃から明月記は通年でまとまった記事が残存するようになるが、取り巻く情勢は八方塞がりで、紙面は暗い。

正治（しょうじ）二年七月、院は二十二名の歌人を厳選し、百首歌を詠ませた（正治初度百首）。この時、紆余曲折あったが、定家も人数に加えられた。定家の百首は傑作揃いであり、たちまち院の心をとらえた。家長日記を引く。

召されし百首の歌ども、このほどにまゐらせあはれたる中に、中将定家朝臣の百首歌の奥に侍りし歌、

君が代に霞を分けしあしたづのさらに沢辺に音をやなくべき

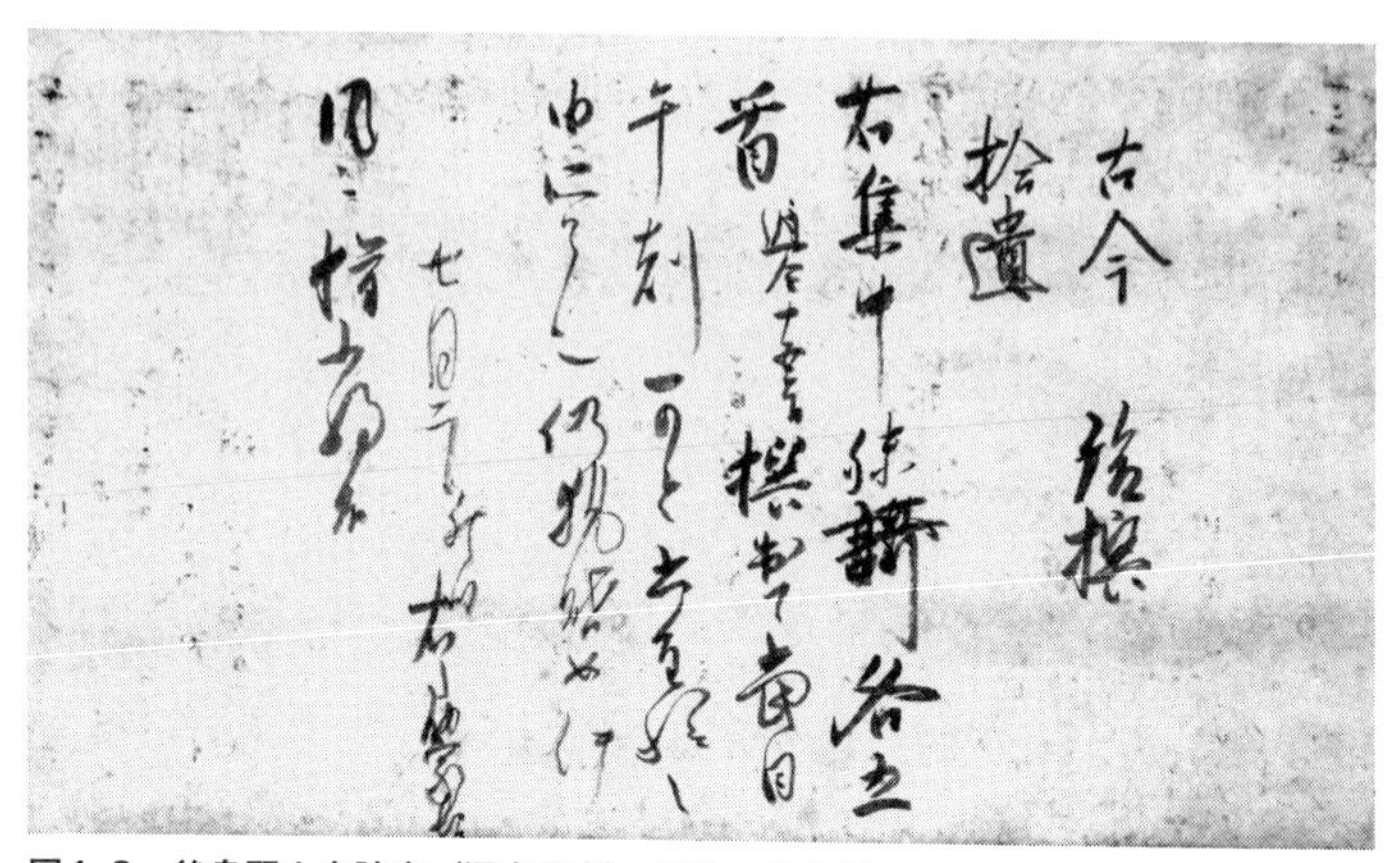

**図1–2　後鳥羽上皇院宣（源家長奉）　建仁二年七月二日**（冷泉家時雨亭文庫蔵）
定家に三代集より秀歌各五首を撰んで提出するよう命じたもの。

（我が君の在位には霞を分けて雲の上に昇った鶴が、いまはまた沢に降りて鳴いていなければならないのでしょうか）

この歌は思ふところ侍るべし。

院や天皇から公式に召された百首歌を応製百首といい、厳重なものであるから、巻子本に自筆で認めた。その奥に愁訴の歌があったというのである。結果、「あはれにおぼしめしけるにや、かくて還昇せらる。まことにこの道をおぼしめさば、この人々いかが御恵みも侍らざらむ」とある。院はただちに定家の内昇殿を許した。和歌の道を重んじられるゆえだと家長は讃える。

歌会に召し出された定家は、大いに天分を発揮する。家隆もこれに続く。パトロンと藝術家の出会いとして、これ以上はない理想的な関係であった。明月記の筆致は一転して明るくなる。十月十三日、定家は昨夜の影供歌会の作に叡感があったことを家長から聞かされる。「不慮の御感、冥加と謂ふべし、自愛」という。定家は家長と家格に差があり、これまで交友があったわけではない。ただ、第一印象は好かったのであろう。以後、院との連絡役として明月記にも頻繁に登場する。

## 家長の和歌

院歌壇は正治二年のたった一年で大きく発展を遂げたが、十月頃、再び百首歌を召した（正治後度百首）。今度は十一名、うち初度百首には参加しなかった者が八人、それは身分が低い、ないし歌歴の乏しい者である。家長はこちらに参加し、歳暮までに提出した。いわば二軍選手の集まりだから、秀歌に乏しいとされるが、家長には最初のまとまった作品である。ここでは院への祝意を込めた詠が目立つ。これは他の作者も同様なのであるが、家長にはとくに、

このごろの八雲の末のことの葉に思ひいづものいにしへの空（神祇・五五二）
さかりなる和歌の浦波たちそひてめぐみもしるき玉津島姫（神祇・五五四）
和歌の浦の波を心にかけまくもかしこき御代のならひとぞ聞く（海辺・五七六）
春の花秋の紅葉の木の本に今年なれぬる和歌の浦人（宴遊・五八九）

と、院の和歌好尚や院歌壇の始発を喜ぶ作品が目立つ。一首目は、出雲の素戔嗚尊の神詠「八雲立つ出雲八重垣妻込みに八重垣作るその八重垣を」を踏まえる。これは最古の和歌とされ、現在の和歌の盛んなありさまがその神代を想起させるという。なお、「かけまくも」は「かけ」により上下の句を受け、「思ひいづもの」は「思ひ出づ」と「出雲の」を懸ける。このような懸詞（秀句）はこの新古今時代の流行であり、家長はとくに好んだ。

残り三首はいずれも紀伊国の歌枕、和歌の浦（現・和歌山市）を詠む。「和歌の浦」は歌壇の換喩である。とくに二首目はそこに鎮座する玉津島明神を讃え、名人が出て秀吟が生まれるのも神慮であると言う。そして、

いにしへのいつつの人も梨壺にみぬ面影はなほのこりつつ（禁中・五八三）
（昔の五人の歌人は居ないが、ここ内裏の梨壺には見ぬ世の面影が残っているよ）

は、後撰集の時に内裏に置かれた撰和歌所と、梨壺の五人とを回顧する。家長は非蔵人・六位蔵人として内裏を熟知していたからこそ詠んだのであろうが、後鳥羽院にすでに和歌所設置の構想があったかも知れないと想像される。

## 和歌所の設置

建仁元年（一二〇一）になると、院はいよいよ繁く歌会を開催するようになり、七月二十七日、二条殿にその専用の空間、つまり和歌所を設置するのである。家長の日記を引用する。回想のゆえか正確な年が記されていない。

建仁、今年は和歌所とて始め置かる。二条殿の弘御所（ひろごしょ）作り改む。二間を落板敷（おちいたじき）になして、殿上人の座とす。平板敷を敷きて、地下の座とす。寄人とて定め置かる。

摂政左大臣（九条良経）　内大臣通　有家朝臣　通具（みちとも）朝臣　家隆　定家朝臣　具親　雅経　沙弥寂蓮

沙弥釈阿（しゃくあ）（俊成）

開闔になりてはじめて参りし日、奏し侍りし歌、

藻塩草かくともつきじ君が代の数によみおく和歌の浦波

（和歌の浦で海藻を掻き集めるではないが、いくら書き集めても尽きますまい。我が君の時代の数と等しく、歌壇では盛んに和歌が詠まれていますので）

束帯を正しくして、この歌を和歌所に参りて書きて御前に参る。奏する儀、常の如し。初めにはこの人数也。後に隆信（たかのぶ）朝臣、地下に鴨長明・藤原秀能（ひでよし）、召し具せらる。

二条殿の敷地東北に弘御所が立てられ、その南北六間、東西二間を和歌所に宛てた。後世の会所と同様、水平な床の間であった。しかし院や摂政・大臣とは身分差のある人々が同座するため、北よりの二間の床をわざと下げるよう改築し（落板敷）、地下はさらに北に地面と同じ高さの床を設けた（平板敷）。

院はまず十人、追加で三人、さらに家長と、合計十四人の歌人を祗候させ、寄人とした。明月記の八月五日条によれば、和歌所運営の細則が議論され、蔵人頭通具と具親が寄人の着到（出勤記録）を付けるよう提言し、ただちに勅許、名簿が作成された。家長を和歌所の年預（家長日記では「開闔」）とすることを衆議で一決し、召次を一人専属させ、歌合などの時、人々を召集させることも定められた。

家長も「寄人おのおの参りあひて、着到して月毎のつごもりに月奏まゐらせなどして上日をあらそひあへり」とする。出勤記録を毎月末にチェックして、寄人の勤務状況を報告したというのである。月奏とは毎月、官庁ごとに職員の前月の出勤日数（上日）をまとめて、天皇へ報告する政務であるが、諸所については蔵人が奏聞したという。これに擬したのであろう。

家長日記では続けて「歌の試み」があったことを記している。二十名に当座で十首題を詠ませた。その多くは先にも触れた、歌歴の乏しい、院の近習たちであった。本格的な活動を始めた院歌壇で、今後活躍し得る人材を選抜するための試験であったらしい。たしかに、ここで詠み損じた者は以後の歌会には召されず、なかなか残酷な催しである。これは建仁元年二月八日のことと考えられ、和歌所の設置より遡るが、侍中群要巻八によれば、「諸所」では試験によってその所衆を登用する慣例があり、「御書所試」「楽所生等試」などの試験の次第が載せられている。家長にはこれが念頭にあったのではないか。

和歌所の「寄人」「開闔」という職員構成も内御書所と近い。上述のように、「寄人」とは他に本属があって、所に出向した職員の謂である。さまざまな出自・身分の者が和歌のために選抜された、という事情を見てよい。なお内御書所も同じような雰囲気があって、この時期も代始（天皇幼少の場合は成長後）に内御書所（芸閣）作文が開催され、その機会に別当・覆勘・開闔が選定された。以降は文才のある殿上人も出入りして聯句などが巻かれ、あまり堅苦しくない、文藝活動の場となった。

「開闔」とは倉を開闔（開閉）すること、またその役。御書所あるいは記録所と同様、あるいはそれ以上に、和歌所では書物の管理が重要であった。定家は年預と書くが、これは院司や近衛府などで四位・五位の者を一人選んで雑務を取り仕切らせた職。そういう雑務も兼担したならば、現代風に言えば事務長となる。勅撰和歌集編纂の目的がはっきりしてから、「開闔」の名称が定まったと思われる。

家長はこの和歌所の管理を任せられ、以後、個性豊かな歌人たちの間の連絡調整に尽力する。寄人が一致して家長を推した点、六位蔵人・院蔵人としての経験、また穏やかな人柄への信頼をも物語る。新古今時代出現の功労者である。

ともあれ、後撰集の撰和歌所以来、久し振りの和歌所の復興であった。勅撰和歌集の構想はすでに人々の念頭にあったであろう。十一月三日、撰進の命が下り、寄人から通具・有家・定家・家隆・雅経・寂蓮の六人が撰者に指名された。

## 部立の決定

院が下命したのは八番目の勅撰集である。集名は決まっていない。編纂中は仮称を用い、最後の段階で公開するのが故実であった。当時の資料では「打聞（うちぎき）」としたり、あるいは単に「撰歌（せんか）」と呼んだりする。「撰歌」は編纂行為であると共に、そうして姿を現した歌集草稿をも意味する（不便だから以後は新古今集の名は用いる）。

新古今集の成立過程は、すこぶる複雑である。以下、先学の研究によって記す。

撰者六人は、それぞれが資料を集め、分類し、排列する作業に取り掛かったらしい。和歌所に集まり、意見を集約して候補作を決めるようなことはせず、まずはめいめいが四季・恋・雑からなる歌集（「撰歌」）を作成するのである。研究者が「選歌時代」と称する、編纂の初期段階である。

構成を二十巻とするのが古今集で確立した伝統である。その大綱は、四季の和歌には六巻・恋には五巻・雑には三巻を宛てる。残りの六巻は、各集の撰者の裁量によって、雑部から独立した巻を設ける。古今集の場合は、雑を上下二巻とし、賀（が）・離別・羇旅（きりょ）・物名（もののな）・哀傷・雑躰（ざってい）・大歌（おおうた）

所御歌その他が立てられた。後拾遺集は雑歌を六巻とし雑六は神祇・釈教・誹諧の歌を収め、下位分類としたが、千載集で初めて釈教・神祇の二巻が独立した。以後は賀・離別・羇旅・哀傷・神祇・釈教の六巻を独立させるのが慣例となった。こうした巻々の構成を部立と呼んでいる。部立はその時代の和歌の好みを反映し、その集の個性でもある（なお、拾遺抄・金葉集・詞花集は十巻であるが、やはり骨格は四季各一巻・恋二巻・雑二巻に、賀と別が各一巻という部立になる）。

新古今集では、これまでの伝統を踏襲する形で、比較的早い段階で決定していたようである。二十巻は、

巻一春上　巻二春下　巻三夏　巻四秋上　巻五　春下　巻六冬　巻七賀　巻八哀傷　巻九離別
巻十羇旅　巻十一～十五恋一～五　巻十六～十八雑上中下　巻十九神祇　巻二十釈教

となっており、撰者が仕上げた撰歌の部立が多少異なっていても、統合は容易であろう。

ところで、編纂の途上、草稿から清書の間の歌稿を中書本と称する。これらの装訂はいずれも巻子本であったと考えられる。冊子（草子）もすでに発明されていて、過去の歌集は冊子に書写されることも見られたが、冊子本は略式の装訂であり、勅撰集のような正式な書物は、まずは巻子本でなくてはならなかった。「巻」とは書物の章節の単位だが、勅撰集ではそのまま形態をも意味した。なお、十巻ごとに紐でしばって保管したことから、これを一帙と呼ぶことがある。

建仁三年（一二〇三）に入ると催促があり、三月七日、家長から撰者たちに、院の熊野詣の間に完成させるよう伝達があった。翌月にも提出されなかったのか、十一日、遂に二十日までと期限が切られる。定家は「この廿日ばかりただ旧歌を見て、日夜を送る」という。締め切りに二日遅れて撰歌を提出した。寂蓮は前年七月に歿し、撰歌も完成していなかったと思われる。

## 撰歌の方法

現在の情報処理技術を思えば昔話であるが、集めた資料・情報をどのように保管し整理するかは、人文系の研究者にとりつねに課題であった。紙とペンしか記録のための道具がない状態は最近まで続いたからである。梅棹忠夫『知的生産の技術』（岩波新書）は多大の影響を与えた。そこで最初に説かれているのは、ノートではなくカードに記録せよ、かつ一枚に一項目、ということであった。あらゆる情報はユニット化して保存し、必要に応じて取り出し、自在に並べ替えることができるようにする、そのためにはカードでなくてはならない、というのが要点であった。書物の抜書、論文の着想、観察の記録、その他思いついたこと等々を書き溜めるために、梅棹氏考案のＢ６判「京大式カード」が愛用されていたし、今も現役であろう。

このカード式整理の源流はたいへん古くて、菅原道真は、さまざまな文献から興味深い事柄を「短札」に書き抜いて、書斎に大量に溜めていた。政務の時には参照して重宝するものである（本朝文粋巻十二「書斎記」）。過去の国史の記事を項目別に分類した、類聚国史もかれの編纂である。このような時には、おそらく普通の短冊（三〇×五センチくらい）よりもかなり小さい、後世に小短冊と呼ばれる紙片が用いられたのではないかと思われる。

一般に歌集の編纂でも、歌会・歌合・定数歌などさまざまな資料から、これはと思う秀歌をまず、小短冊に書き取り、分類し排列し、中書本の形に整えることは近代まで広く行われていた。この方式は遅くとも南北朝期の勅撰集では採用されていた（諸雑記）。嘉元三年（一三〇五）に成立した私撰集、続門葉集には、小短冊を貼り付けた体裁の草稿原本が残存していたと仄聞したことがある。

それでは、定家たちも小短冊を大量に用意し、和歌資料から、意に叶う歌を書き抜いていったのか。近年、実態がほぼ明らかになった。それは、前記の『知的生産の技術』が辟易するような、恐ろしく非効率に見える方法であった。

実は、定家の撰歌時代の草稿と考えられる断簡が複数現存しており、国文学研究資料館に一葉がある（図1-3）。附録Ⅰに字配り通りに翻刻したので参照されたい。歌頭の数字は私に付けた。字句の抹消訂正、また一旦和歌を書いた後、別の歌を挿入し、また歌順の入れ替えを指示する墨跡も著しい。この十四首はいずれも落花の歌で、5・7・11の三首が新古今集巻二・春下に見える。十四首のうち三首採択とは少ないような気もするが、これはまさに草稿であって、意に適った和歌をまずは広く拾っているのである。

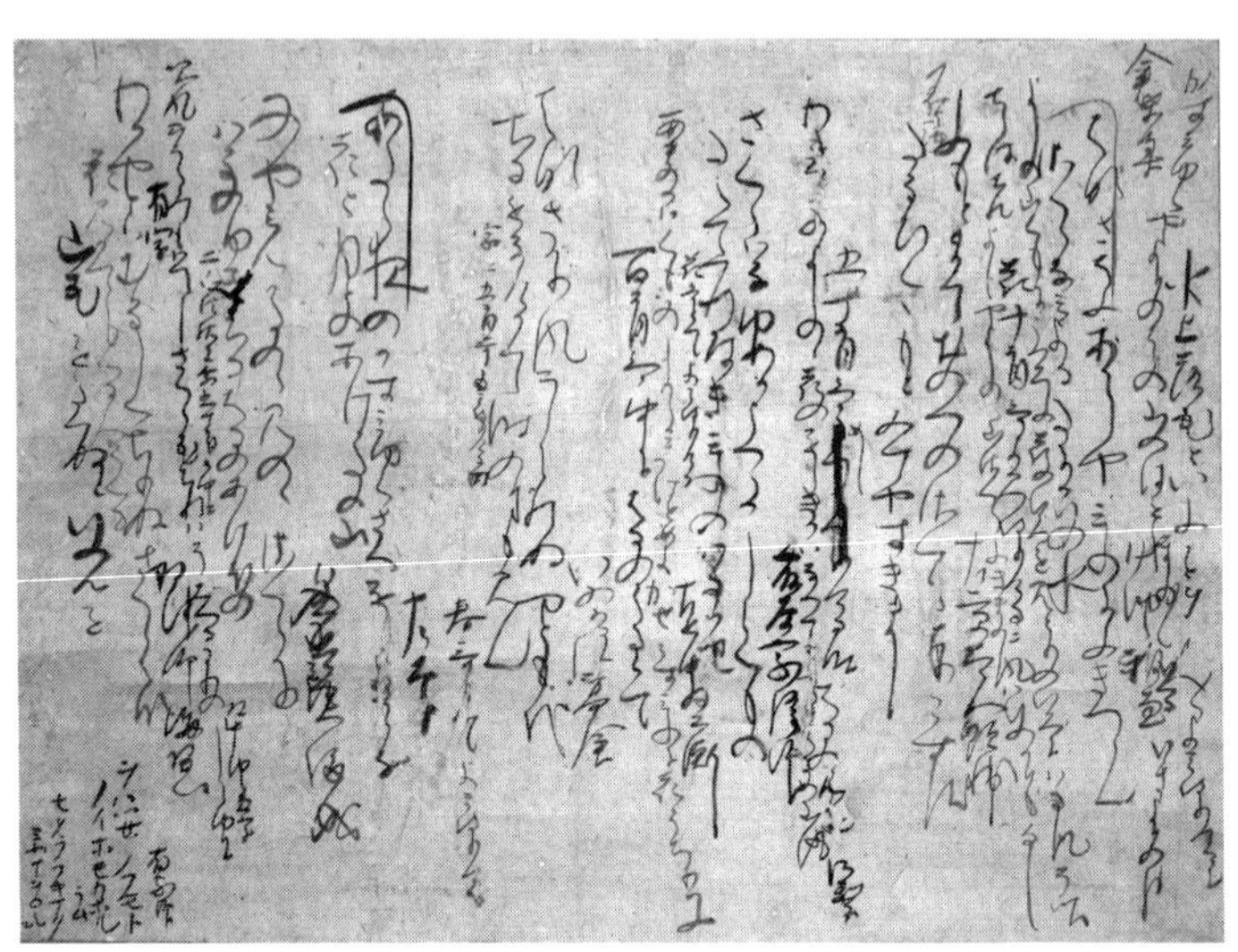

図1–3　新古今和歌集撰歌草稿（国文学研究資料館蔵）

この撰歌草稿については、佐藤恒雄「定家進覧本の形態と方法」が卓抜周到な分析を尽くし、まず、筆跡の重なり具合から、定家は二段階に分けて和歌を記入していったことを明らかにした。大字で字間をとって、2・5・7・9・10・11・13の和歌と作者を記し、続いて1・3・4・6・8・12・14を行間に小字で補入していったのである。初めに記された和歌は少し遡った時代のものであり（最古は2の源雅兼（まさかね）で康治（こうじ）二年〈一一四三〉歿）、次に補入された和歌は比較的最近、それも後鳥羽院歌壇の作品が目立つ。つまり定家は近代までの作品を資料から撰歌し、歌群では年代順に排列した後で、当代の作品を記入し、排列を次第に整えていったのである。その過程で詞書も推敲される。この際、多くの資料を繰り広げて、直接書き抜いたとおぼしい。佐藤によれば、「要するに、定家の第一次進覧本作成のための撰集作業は、採歌と配列を、別時に、別作業として行うのではなく、つまり採歌してカードに相当する短冊様のものに書きとり、事後の別作業として配置配列を決するという方法によったものではなく、採歌と配列を同時並行的に進行させてゆくという、極めて原始的な方法によるもの」となる。さらに「一見非能率的に見えるけれども、また同じ詞書や作者名を何度も書く必要はなく、ある面では合理的、能率的で、かつ正確でもあったと思われる」と付言し、当時の撰集でごく普通に行われていた方法であるとする。その通りであろう。ただこの方法は、定家のように、古歌はもちろん現代の作品にまで広く目を通していた歌人にして、初めて可能であったであろう。

　この十四首の撰歌草稿は茶掛として伝来し、大正十四年、東京美術倶楽部における「渋柿庵蔵品入札」目録に「定家歌切」として写真掲載された。国文学者の堀部（旧姓鹿嶋）正二がこれに着目、昭和十三年の「藤原定家自筆の撰集草稿断簡に就いて（上）」という論文で取り上げた。堀部の徴兵と戦病死のため、（下）は遂に書かれなかったが、堀部はこの一葉が新古今集の撰歌草稿であることをほぼ突き止めていた。昭和五十五年、佐藤が独自に同じ断簡の写真に注目し、さらにツレの二葉を新たに加え、意義を十全に明らかにし、定家の撰歌の方法に及んだ。一見、乱雑極まる筆致の反古のごとき断簡が、研究者の長年の努力によってその価値を見出され、新しい知見をもたらした好例である。ただ、所蔵者は長らく不明であったが、近年になって市場に出現、国文学研究資料館の所蔵となったものである。研究機関に安住の地を得たことでさらなる分析の深化も期待できる。

こうして整えられ、建仁三年四月、和歌所に提出された定家の撰歌は、おそらく現在の新古今集と同規模かそれ以上、二、三千首に及ぶものではなかったかと佐藤は推測している。他の四人の撰歌も揃って、編集はつぎの段階へと移る。

## 撰者名注記と上皇の御点

ところで、新古今集の一部の伝本には「撰者名注記」という記号がある。撰者の名前の一文字が、歌頭に冠されている形式である。これは当該の歌が誰の「撰歌」に掲載されていたかを示すものである。すなわち、撰者名注記がある和歌は、原則として建仁三年四月以前の作である。

撰者名注記は、複数撰者であった他の勅撰集にもないもので、活用次第で撰者の歌観もうかがえる、興味深いデータである。重要なことを一つ挙げれば、撰者たちは「撰歌」に自作を載せなかった。定家の新古今集入集歌四十六首のうち、建仁三年四月以前の作は四十一首、それはすべて他人が撰んだことになる。ただし定家はこれに強い不満を覚えていた。「自詠は入るべき歌も入らず。思ひかけざる歌も入れり。自撰せざる故なり」（京極中納言相語(そうご)）。続けて家隆の歌はよいものが入っているのは自分が撰んだからだ、とあるのは苦笑させられる。ものの分からぬ他人から濫りに評価されたくない、という矜持であろう。

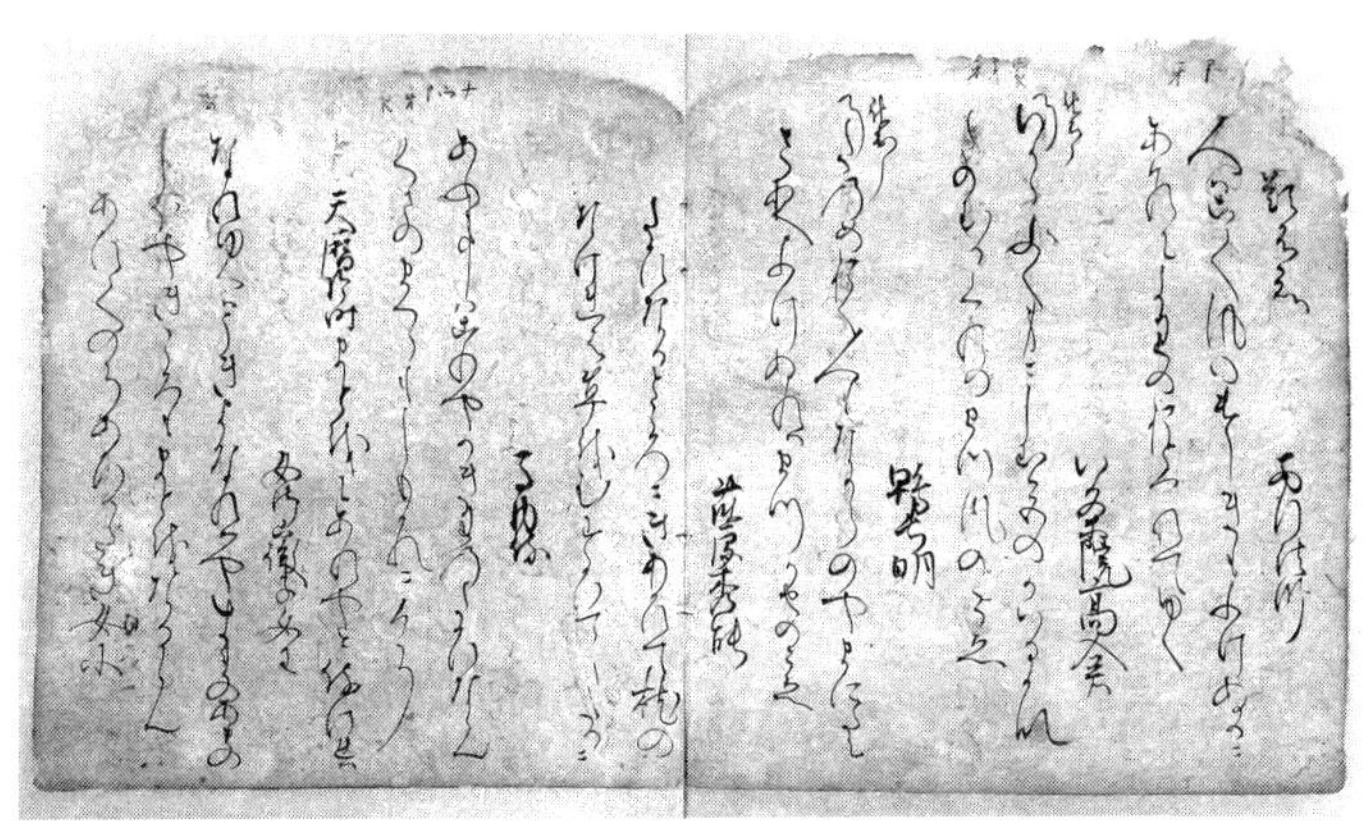

**図1–4　撰者名注記と隠岐本除棄符**（ノートルダム清心女子大学附属図書館蔵新古今和歌集）
撰者名注記（ナ－有家。宀－定家。阝－家隆。牙－雅経）、隠岐本除棄歌には庵点〽と「被出了」の注がある。国文学者正宗敦夫(1881–1958)旧蔵の鎌倉後期写本。

この少し前、建仁二年十月十九日、後鳥羽院は京極殿に移った。乳母兼子の夫藤原宗頼が造営した壮麗な御所であった。翌三年二月四日、家長は定家に、和歌所も京極殿東弘廂御所の南面に移されることを告げている。四月末から、五人の撰者が進覧した「撰歌」を院が披見、入集すべきと考えた歌に印（合点）を付けていった。翌元久元年六月に終了するまでの一年余りが編集の第二段階、「御点時代」である。下命者が歌集の編集に関与することは、これまでの伝統からすれば、すこぶる異例である。しかもそれはいわゆる「監修」のレヴェルなどではなかった。家長日記に、

> すべてこの歌えらせ給へるさま、誠に毛を吹き疵を求めらる。五人撰者おのおの撰じあげて後、悉く御覧じ通して、その中にさもあるを御点ありて、左近将監清範書き出だして

のち、それを又御覧じて、三度まで書き出ださる。まことに人がらの高く下り、賢く愚かなるにもよらず、ただ歌の躰をさきとして、なかなか数ならぬ片山寺の法師ばらなどまで、この道にたくみなるはおのづからもれざるも侍るべし。

とある。「撰歌」からさらに和歌を厳選し、これを院の上北面藤原清範に書き出させること（やはり巻子本に仕立てたのであろう）、三度繰り返したという。清範は能書であったため、寄人ではないが和歌所に詰めるようになる。内御書所に属した「書手（書生）」のような存在であろう。なお、清範は後に六位蔵人となったが、すぐに辞退して五位に叙された。和歌所の功労に酬いたのかも知れない。書手としてほかに平宗宣、藤原親房、橘以経、藤原行能が知られ、家長も健筆を振るった。

御点時代にも、和歌所では歌会・歌合が頻繁であり、つぎつぎと秀歌が生まれた。院はいちいち拾い上げる心づもりであった。これらを家長に記録させた。三年十一月二十三日には、藤原俊成の九十賀が和歌所で挙行され、院は十名の歌人にあらかじめ屏風歌を詠ませ、院と摂政良経以下が臨席し、歌会を催した。家長は当日の儀を詳細に記し、屏風歌と歌会一座をも収めている。和歌所の最も記念すべき晴儀であった。

## 部類と排列

五人の撰歌への御点歌が揃えば、これを統合し、分類し、排列していく作業に移る。編集の第三段階、「部類時代」である。それは元久元年（一二〇四）七月二十二日から京極殿の和歌所で開始された。部類の作業自体は円滑に進んだらしい。明月記によれば、二十七日は春上・春下二巻の部類（現存本で計百七十四首）を、翌日には夏巻（同じく百十首）を終えている。二十巻の撰集の原形が次第に姿を現したであろう。

後鳥羽院は、二千首近くの和歌を日頃繰り返し見ていたため、ほぼ暗記してしまったと述べる。「こころみよ」との仰せで、家長が適当な巻をとり、和歌の上の句を言うと、完全に下の句をそらんずることができた、とある。

家長は讃美しているが、院は政務もさしおき、部類本の修訂に夢中になっていた。すでに見たように、排列を変えたり、新たな候補を書き入れさせたりしたのであろう。巻子本の形であるから、新たな和歌を、料紙を切断して補入したりすることは比較的容易である。これを切り継ぎという。あまりに甚だしくなれば、また始めから書き直させる。院はなかなかゴーサインを出さず、部類本の編纂は停滞したらしい。

雲行きが怪しくなってきたところで、定家が早速不満を抱く。八月二十二日、家長が定家を讒言(ざんげん)し、院が不快に思っているとの伝聞を明月記に記す。定家が院の御点歌をけなし、歌の善悪が分かるのは自分だけだと誇った、という内容である。これを語ったのは左衛門督藤原（西園寺）公経、妻の弟である。もっとも定家は日記では誰に対しても敵愾心を抱くので、こう書いたからといって実際の人間関係が悪化したわけではない。この日も定家は和歌所に参上し、院も出御し、作業をしている。九月二十四日には、「近日和歌の部類、毎日催すと雖(いえど)も、所労術無きの由披露、万事興無し、交衆甚だ無益」と記し、連日の部類作業にいささか倦怠したらしい。

十一月十日、三十名から三首を召し、和歌所で三題十五番の歌合があった。衆議判で定家が判詞を書いた。春日社歌合である。家長によると、院が同レヴェルの歌人を番(つが)えたとの触れ込みで、人々は奮起したという。日吉社神主の祝部成茂(はふりべのなりもち)は、初参であったが、

冬の来て山もあらはに木の葉ふりのこる松さへ峰に寂しき（十三番右「落葉」）

（冬が来て山肌が露わになり木の葉も落ち、峰に残っている常緑の松さえ寂しく見える）

と出した。披講されると院は何度も吟じ、翌日お褒めの御教書を賜った。家長が書いて手渡すと成茂は感涙にむせんだ。この歌合の「落葉」題には秀歌が多く、部類中の新古今集にそのまま七首が切り入れられた（五五九〜六五）。成茂の歌は歌群の末尾にある。とはいえ、一時の興奮が過ぎれば、三句目は間延びするし、説明的に過ぎ、見劣りがしよう。徒然草・十四段では、すでに

新古今集の「歌屑（うたくず）」と貶されていたとある。

信濃という女房の歌も同じく切り入れられた。成茂の姉で、この頃院に仕えるようになったとある。家長はそれ以上書かないが、後に下野と改名、家長の妻となる。家長は日吉社を篤く信仰し、居邸も神主成茂のもとにあったらしい。

十一月三十日、俊成が歿（ぼっ）し、重服（じゅうぶく）となった定家は出仕をしばらく遠慮する。翌元久二年（一二〇五）二月十九日に除服（じょぶく）し参院すると、家長・秀能・宗宣が和歌所で待ち構えていた。「撰歌の詞を書き、切り継ぎ殊に忩（いそ）がる」ため、院は召そうとしたが、定家は籠居中であるから出て来るまで待ちましょう、と説得していた、これからは毎日来てくれ、というのである。二十二日、恋歌と釈教歌の部類を終え、雑歌を後回しにして神祇歌に入ろうとしたが、定家は忌明けであることを理由に手を触れることを辞退している。翌日には雑歌上に和歌を切り入れ、二十六日は雑歌下を切り継ぎ、また恋歌一・二に再び手を加えている。

新古今集の編纂に時間を要したのは、入集歌を厳しく吟味すると共に、より効果的な和歌の排列を模索したからだと言われている。歌は、一首だけで孤立して鑑賞するのではなくて、排列という作業により、集合体として鑑賞することもできる。敢えて肌合いの違う歌人を並べれば、お互いの個性が引き立つこともある。たとえ下手な歌でも、優れた歌の引き立て役は務められる。いや、優れた歌（秀歌）ばかりだと、読み手も疲れるから、ところどころに平凡な歌を交ぜておくのがコツである。

この点は早くから気付かれており、藤原清輔の袋草紙に撰集故実として「同題の歌ならびに返歌に似たる歌等、相並ぶべきなり。時節玄隔たるは沙汰の限りに非ず。秀歌は一所に並ぶべからず。処々にこれを相ひ交じふべし」という注意がある。また現実的な問題であるが、たとえ故人でも高貴な人の隣に卑しい者の歌を置くことも避けたようである。

定家の撰歌草稿では、同じ主題の和歌はとりあえず時代順に排列していた。部類本としてから、排列を決めていったわけである。たとえば、神祇歌の巻は、神々の詠んだとされる和歌（伝承の神詠）をも多く入れる。ただ、排列すれば、人が神の序列を付けることになりかねない。それは恐れ多い、と憚る撰者に対して、あくまで詠まれた題材で決め、まずは四季の詠から並べよ、との院の方針が伝えられた。

また、巻頭・巻軸にはとくにこだわりがあった。三月二日、院は二十巻の過半の巻で故人が巻頭作者であるのが不満で、これを現存歌人に取り替えよ、と命令し、定家・家隆・俊成女がそれぞれ恋歌五・秋歌下・恋歌二の巻頭を飾ることになった。名誉ではあるが、完成直前の変更はありがた迷惑であろう。実質的な撰者はもはや院であり、定家たち五人は助手に過ぎないように見える。このことが定家の神経を苛む。

他の撰者が仕事をしないと、定家の筆は苛烈である。通具は撰歌自体に問題があった上、詞書を書けば要領を得ず、雑歌三巻をチェックして彼の担当はすべて書き直した。有家もあまり役に立たなかった。二月二十六日条に「有家朝臣又見所（けんしょ）」とある。「見所（証）」は蹴鞠の用語で、鞠が上がった数を計算する観衆のことだが、転じて実演に加わらないことを揶揄する時に使われる。作業を見ているだけだったのである。

## 竟宴の強行

ところで「新古今」の集名が決まったのはいつか。延慶両卿訴陳状に引用される明月記の逸文によれば、前年七月二十二日（つまり部類開始の日）、左大弁藤原親経に真名序の執筆を命じた時には、院の内意は「続古今」であった。親経は「新撰古今」を推した。ともに難があり決まらず、二月二十二日、親経が真名序の草稿を進上したので、この時までに定まったのであろう。なお、仮名序は摂政良経の作であるが、こちらは遅れていた。三月四日と五日にかけて、定家・家長・親房・宗宣は目録を取った。これは要するに入集作者とその歌数の一覧であり、撰歌がほぼ終わった段階で、撰者が作成する。そして六日、家長は「撰歌（中書本）」と「荒目六（録）」を院に進覧した。

通常ならば、これから清書本を作成し、奏覧の運びとなるが、三月中に、和歌所で「竟宴」（完成の祝宴）を開催することが予告された。仮名序も清書本も竟宴には間に合わないことが分かると、院は現在の編纂進行中の本、つまり中書本を用いよ、と命じた。現在断簡十数葉枚が発見されている、鎌倉時代書写の伝寂蓮筆巻子本は、この中書本そのものではないかという見解がある（『新古今和歌集の新しい歌が見つかった！』）。

院が急いだのは、古今和歌集の成立から三百年に当たるからであった。しかも古今集仮名序は延喜五年四月十八日の日付となっているから、その日以前に完成させたい意向であった。

会場は京極殿の和歌所、中書本を文台に据え、院・撰者・寄人が祝言の和歌を詠み、音楽が演奏された。家長の一首を掲げる。

春日陪新古今和歌集竟宴応　太上皇製和歌

従五位下守兵庫頭臣源朝臣家長上

和歌の浦に藻塩もる身のいとまなみ今日よりのちやたちもはなれむ

（和歌の浦で海藻を見守る海人に隙がないように、和歌所で詠草をあさる私も寧日なかった。しかし今日以後はここから離れていくのであろうよ）

開闔としてふさわしく、事業の完成を祝いつつ、名残惜しさを詠んでいる。定家は歌は出したが、憚りの身であることを口実にして遂に参上しなかった。

ところで、「竟宴」は、平安時代、史書が完成したり、漢籍の講義が完了したりした時に、朝廷で開催される宴会であった。勅撰和歌集では前例がないが、撰国史所の事例を念頭に置いていたとすれば、「竟宴」の開催は一応合理的である。

しかし、定家は不満を隠さない。竟宴の形式では院の親撰であるとの宣言となり、撰者の名誉は半減する。他の撰者は知らず、定家はそう考えたようであり、このことが後世の新古今集の評価にも影を落とす。

## 終わりの見えない切り継ぎ

竟宴の家長の歌では、すべてが終わったかのようであるが、この後も切り継ぎの作業が続く。編集第四段階の「切継時代」となる。撰者も家長も達成感に浸る余裕はない。「散々に切り継ぎ、今日は終功せず、或は入り、或は出づ、又その所を置き替ふ。予の歌三首出され、四首入れらる」（元久二年四月十五日条）。

定家の不満は嵩ずる。家長もまた、竟宴後の切り継ぎで削除されてしまった人の愁歎を聞き、「この出だされたる人々のなげきあへる、さも聞くも罪ふかくこそ侍れ」と怯えるのである。大袈裟かも知れない。しかし、このような歌人は、たいてい一首か二首、勅撰作者となるかならないかの当落線上にあった。石清水八幡宮の祠官、紀道清（きのどうしょう）は和歌を好み、一首入集していた。しかし、元久三年正月三日に早世、そのこともあってか、削除されてしまった。三十年後、罪滅ぼしのように、定家は新勅撰集に道清を一首採った。遺児宗清（そうしょう）は歓喜し、涙ながらに亡父の墓前に報告した（石清水文書・一「別当法印宗清告文（こうもん）」）。いっぽう、まだ清書本が完成していない以上、編纂は終わっていないと考えて詠草を送る者もいて、和歌所では混乱が続いた。いつまで経っても完成しない新古今集、これは歌集の洗練の度を高めていったであろうが、関係する人々を確実に疲弊させたとも言える。

撰集が完成したと聞けば、自他何首入ったか、問い合わせする人もいれば、撰集そのものを見たいとする要望もあった。そこで新古今集は非公式に書写され始めた。現存する伝本はほとんどすべてがこの段階の本文と考えられている。

元久二年九月二日、鎌倉幕府将軍源実朝のもとに新古今集がもたらされた。吾妻鏡によれば、実朝は和歌愛好熱が嵩じ、かつ亡父頼朝の和歌も撰入されていると聞き、正式な披露以前だが、しきりに閲覧したがったからだという。たまたま御家人内藤知親は定家の弟子で、「よみ人しらず」として同集にも入集していた（どの歌かは分かっていない）。そこで実朝は、知親に対して、「計略を廻らして書きて進らすべきの由」言い含めた。知親は首尾よく実朝に献上した、というのである。遠方の歌人も勅撰集に強い関心を抱いた証拠である。

しかし、もしこの本が残存していたら、現在見る新古今集とはかなり異なっていたはずである。勅撰集のような権威のある書物で、写本ごとに少しづつ内容が異なっていれば大きな問題であるが、新古今集の本文は混乱した状況にある。

集中で最も新しい詠は承元二年（一二〇八）五月二十九日住吉社歌合の詠である。その後、三年五月十二日に家隆が、六月十九日には定家が書写したことが知られる。この頃、和歌所では整定が一段落し、あいついで書写されるようになったとされる。なお、この定家筆本の姿を最もよく伝えているのが、国立歴史民俗博物館蔵伝冷泉為相筆本とされる。さらに、この本に書き込まれた注記によって、翌四年九月、春上の大伴家持の歌が切り出されたことが分かっている。判明する限りでは最後の修訂である。

南北朝期成立の故実書・拾芥抄には、典拠未詳ながら、承元三年六月に「施行すべし」と院が仰せ下したとあり、また後述する家長本奥書では四年四月二十五日に「披露」されたという。「施行」「披露」とは公開を認めた、つまり完成に至ったと考えられている。承元三年としても下命からまる八年、竟宴から四年が過ぎていた。

## 家長本の成立と隠岐本

あれほど華々しく騒々しかった新古今集の編纂は、ひっそりと、いつともなしに終わった感があるが、これは後鳥羽院の和歌への関心の低下とも連動しよう。すでに承元元年十二月二十九日、定家は「近日仙洞偏へに詩御沙汰」と記し、院が漢詩に熱中していることを伝えている。「事もし後千に非ずば好文の世已に近きに在るか(もし尻すぼみでなかったら、好学の聖代が来るかも知れない)」と感想も冷ややかである。二年四月十三日には前太政大臣藤原頼実の大炊御門邸に御幸、大規模な蹴鞠を催した。和歌所からは雅経と家長が加わった。この時、藤原泰通(鞠聖藤原成通の子)、難波宗長、雅経という、蹴鞠に達した公卿が連署して賀表を奉り、院に「蹴鞠長者」の号を贈った（承元御鞠記）。イヴェントの一演出であるが、藝道にも君臨する姿勢が鮮やかである。院は他に連歌、小弓、水練、狩猟と実に活動的であり、建築にも多大な情熱を傾けた。

元久二年十二月、院は高陽院殿を造営した。和歌所も移動するが、その空間は仏事や蹴鞠の控え室など、別の行事に宛てられることが増える。承元三年十二月には建物に大改修が加えられる。和歌所の役割は変質せざるを得ない。なお、家長日記は尾欠であり、いつまで書き継いだのか不明ながら、現存伝本は承元元年十一月二十九日の白河殿の新御堂（最勝四天王院）落成供養の記事で終わっている。

家長は建保四年（一二一六）になって、和歌所の本によって新古今集を書写、仮名・真名二種類の長文の奥書を加えた。いわゆる家長本の成立である。しかし、その本文は伝わっておらず、奥書だけが天理図書館蔵烏丸家所伝本・徳本正俊氏旧蔵本（焼失）という別の写本に転載されているに過ぎない。

室町中期の町広光（一四四四～一五〇四）は、三条西実隆の無二の親友、実隆以上に多くの典籍を書写した、たいへんに筆まめな廷臣である。勅撰集関係でも有益な史料をいくつも遺している。文明十一年（一四七八）頃、広光は何本か珍しい新古今集を見て、「或る新古今の本一見の處、この奥書あり、自然の為に写し置く者なり」と、奥書を抜書した。民経記（廣橋家蔵）に合写されるのがそれで、まず承元三年十二月十四日に某人が新古今集を写した奥書と跋歌がある。「穴賢之御本（ゆめゆめ見せてはならない秘本）を書写すと云々」とある。これは誰の所為とも分からないが、家長の可能性があろう。「所々の本々と交〔校〕合度々に及ぶ」とあるから、すでに世間に流布していたこともうかがえる。続いて建保四年の家長本の奥書が転載される。仮名奥書は撰集の具体的な経過にも及び、

サテ披露（元久二年の竟宴）シ侍リシホドニ、ソノ後ヲホクノ哥ドモイダサレ、又イレラル、事侍リ、竟宴之後ノ哥カク出入セラル、モシラズ、以前ノ本ヲ、ノヅカラカキテアラン事ハ、アサマシキ、ヒカゴトアル本ナルベシ、カ、ルガユヘニイダサル、哥ドモ右（ママ）ニシルシヲク、後ニ入ラル、哥ドモハ年号タシカニ侍ル、

と、世間に流布した本は最終的な清書本と大きく異なる、竟宴後に切り入れられた歌は詞書に年号があるから自明であろう、切り出された歌は奥書の「右（左？）」に列挙しておくとした。実際に五首が挙げられる。これは前記承元三年六月十九日定家書写本の掲げる切り出し歌に含まれる（注記なども同じ）から、切り継ぎは建保まで続いたのではなくて、やはり承元三年で完了していたと考えられる。

続いて「此等ミナサダマリテ後、コノ清書ハシテ侍レバ御本ニイサヽカモカハルトコロアルマジ、コレニタガハン本ハワロキ本ト末代ノ人思フベシ、アナカシコ〳〵」と述べる。これを根拠に新古今集の最終的成立は建保四年とされてきたが、近年はそのようには考えない。家長本はあ

くまで私的な事情で書写されたと見られている。ただかくもみずから書写の本の由緒を誇る、長文の奥書は異例である。

ところで、後年、隠岐に配流された後鳥羽院は、死期も近づいた嘉禎二年（一二三六）頃、新古今集からさらに三百首余を除棄し（排列は変えない）、真名序・仮名序の後に、新たに序（かつては跋と言われた）を執筆した。いわゆる隠岐本である。

隠岐本は通常の伝本に除棄歌の符号を付ける形で知られていた（符号に従い削除すれば隠岐本の形になる）。独立した本が存在したのか疑念もあったが、先年、巻一から十までながら、除棄歌を含まない鎌倉時代中期の写本が公開され、大きな話題となった。

隠岐本の序は「たちまちにもとの集を捨つべきにはあらねども、さらに改め磨けるはすぐれたるべし。天の浮橋の昔を聞きわたり、八重垣の雲の色に染まむともがらは、これを深き窓にひらきつたへて、はるかなる世にのこせとなり」と結び、控えめながら、この形で知られることを望んだ。隠岐本では院は自身の歌を十八首も削ったほか、かつて地位・歌歴に配慮せざるを得なかった歌人の作がのきなみ減らされ、厳しい自己批判と、撰歌の意図がより徹底している。しかし、すでに竟宴から三十年以上を経過、新古今集はもはや院の予想以上に流布していたであろう。隠岐本は新古今集の伝本のうち特殊な異本の扱いにとどまったのである。

## その後の家長と和歌所

これより先、後鳥羽院は承元四年（一二一〇）十一月二十五日に土御門天皇を譲位させ、順徳天皇を践祚させた。

才気煥発な順徳のもと、内裏では早速歌壇が形成され、定家・家隆を指導者に和歌が盛んであった。「建保期歌壇」と称される。刺激を受けて、建保元年（一二一三）から仙洞高陽院殿でも歌会・歌合が再び催された。定家・雅経・秀能らの家集ではこれを「和歌所の会」と表記している。いずれも寄人である。勅撰和歌集の編纂とは関係なく、和歌所は存続し続けていた。なお、定家は後年、院は内裏の催しを「嫉妬」したのだと述べている。

この時期、院は「和歌所長者」を称した。さきの蹴鞠の例に照らせば、定家ら歌人に贈らせた可能性が高い。建保二年十月十四日の和歌所の会は、前太政大臣藤原頼実が「権長者」となって初めての会で、他に定家・家隆・雅経・行能・頼資・家長が参じた（歴博本和歌御会部類記）。頼実は大した歌人ではないが、蹴鞠や狩猟が得意で、院の心をとらえるのに長けていた。田渕句美子が指摘するように、長者・権長者は一種の戯称で（『新古今集　後鳥羽院と定家の時代』）、和歌所の雰囲気はもちろん、院の和歌に対する姿勢そのものが、新古今集撰歌の頃と一変したであろうと想像される。定家にはこれも堪えがたいことであった。そして承久二年（一二二〇）二月、内裏に詠進した一首が院の逆鱗に触れ、定家はしばらく公的な活動を禁じられる。そのまま、二

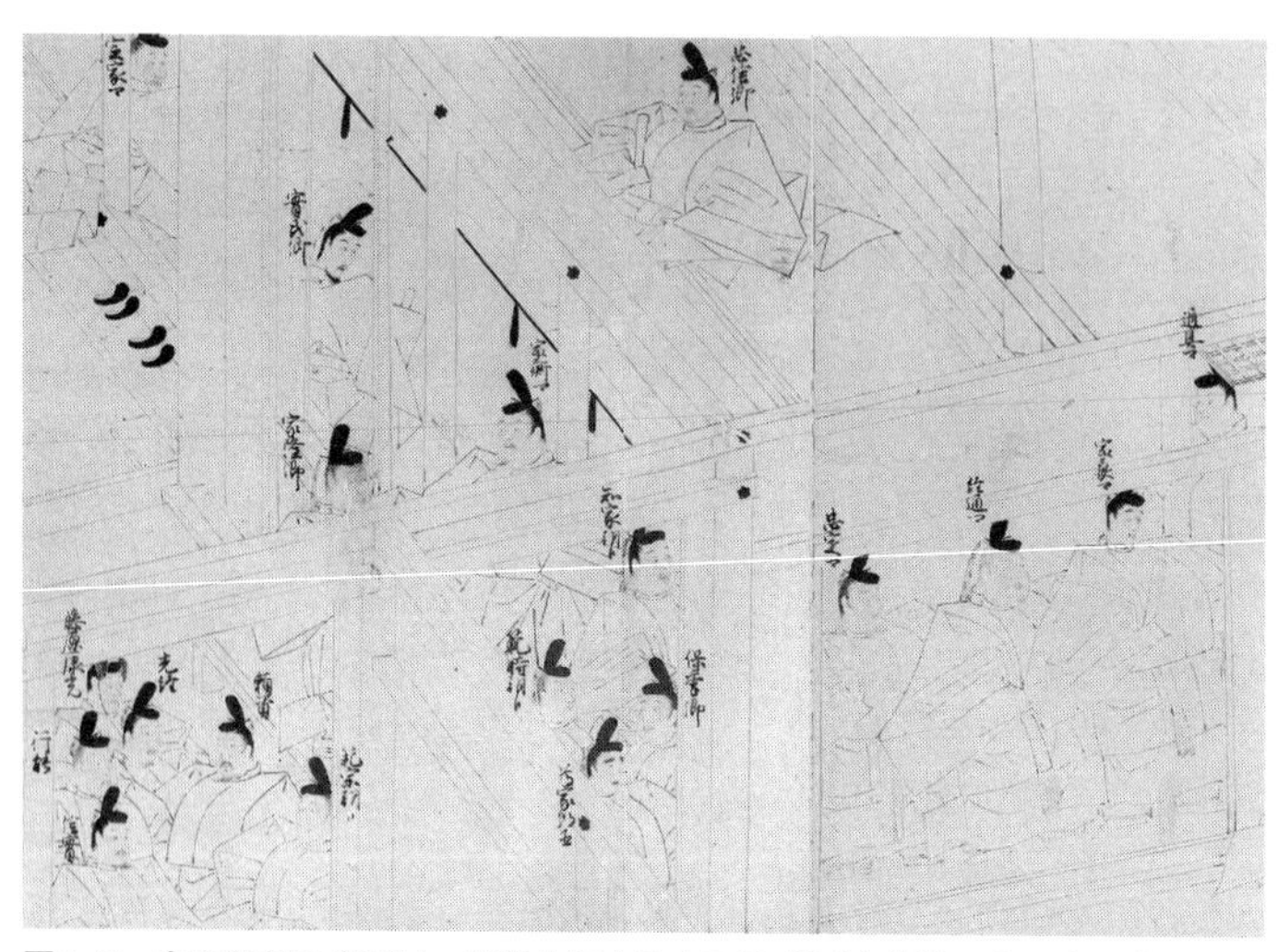

**図1–5　中殿御会図**（部分）　建保六年八月十三日（模本）順徳天皇が中殿（清涼殿）で開催した晴儀の歌会。左上　定家が殿上の間を覗う。一段低い小板敷に家隆や為家が立つ。出典：『続日本の絵巻12』（中央公論社）

人は再び相見えることなく終わるのである。

家長は内裏歌壇には出詠せず、院の催しによく召されていた。建保元年六月七日の松尾社歌合、三年六月二日の四十五番歌合、四年二月の院百首、五年四月十四日の院庚申歌会・連歌、また六年頃に企画された、仁和寺御室道助親王（院の皇子）が召した五十首にも参加している。この催しは院が積極的に関与し、「家長ハ和歌所預也」と推挙している。いっぽう定家の愛息為家（ためいえ）は「無下未練」として退けた。ところが、承久三年七月、倒幕が失敗に終わり、後鳥羽は隠岐国、順徳は佐渡国へ配流される。土御門は無関係であったが、閏十月に自ら土佐国（後年阿波国）へ遷った。

和歌所寄人で存命であるのは、通具・家隆・定家・具親・秀能・家長であった。いずれも乱には積極的に荷担せず、罪科に問われてはいないが、それぞれ、乱後の活動は低迷せざるを得ない。歌壇は空白の数年が続く。

嘉禄（かろく）二年（一二二六）から三年にかけて、前但馬守であった家長は、定家から古今和歌六帖を借りて書写、奥書に「前和謌所開闔従四位上源朝臣　在判」と署名した（永青文庫蔵本）。和歌所はやはり後鳥羽院とともにあり、院の配流とともに使命を終えたのである。

## 源家長日記の執筆と伝来

ところで、九条道家（みちいえ）（良経の男）の日記、玉蘂承久（ぎょくずいじょうきゅう）二年（一二二〇）十一月八日条に「蔵人小男、家長の子息と云々、参内」と見える。家長の子息とは下野との間に生まれた家清（いえきよ）のことで、順徳天皇に六位蔵人として出仕していたと分かる。この日は後鳥羽院の太上天皇尊号辞退の儀に参仕し、辞状を携えて参内したのである。時に十一歳であった。当時は六位蔵人も世襲の職と化し、幼少の蔵人の出現は珍しくなく、この職を経歴した父や兄が後見した（それを前提に若くして蔵人となり、五位に叙される）。家長も自分のような苦労はさせまいと、早速家清を出仕させたのであろう。そしてこの頃、新たな勅撰和歌集の計画が萌していたという（続歌仙落書）。実現の暁には和歌所開闔の職を継がせるか、補助させる考えがあったのではないか。ならば家清には歌才はもちろん、勅撰集編纂のノウハウが必須になる。

家長日記執筆の動機をここに求められるかも知れない。後年にまとめて回想して記したものであるが、人々の官職・呼称は記事の時点のごとくで（手控えなどに基づき統一しなかったか）、執筆年代を割り出すのは限界がある（承久の乱以後ではなさそうである）。最近、家長本新古今集の書写とほぼ同時、建保四年頃ではないかとする見解が出された（太田克也「家長日記の成立と家長本新古今和歌集」）。この本は家清に伝わっていたから、長文の奥書も、開闔の家に備わる証本であることを述べたとすれば分かりやすい。さらに家清がこの頃から六位蔵人として出仕を始めたとすれば、補強になるであろう。

　家清は後には為家に仕えており、続後撰集の編纂に「随順（補佐）」したという（民経記）。家清が建長五年（一二五三）頃に早世した後は、その子家棟が父祖の跡を継いで活動したが、正嘉元年（一二五七）三月二十一日、石清水臨時祭の舞人として下向する途中、叔父長継により暗殺された。長継も捕縛され死罪となった。家長の子孫は三代で断絶した。直前の正月、家棟が加階を望んで中文を奉り、「且つ又家長朝臣の奉公［　］無辜棄捐せらるゝの条、愁訴の至り喩に取る物無し」と、祖父の功績を掲げたのは憐れである（経俊卿記紙背文書）。源家長日記は為家のもとに移ったのであろう。世間には流布せず、御子左家内部で勅撰和歌集の撰歌の史料として重宝されたようで、京極為兼や兼好にも参照の形跡がある。現存伝本の祖本は鎌倉後期書写の冷泉家時雨亭文庫蔵本である。

# 第二章
# 撰者の日常——新勅撰和歌集

## 近代の悪評

姪に当たる女房歌人（俊成卿女）から「中納言入道殿ならぬ人のして候はば、取りて見たくだにさぶらはざりしものにて候（定家卿でない人が撰んだならば、手に取ることさえ嫌な集でございます）」（越部禅尼消息）と言われた新勅撰和歌集は、近代にはことさらに評判の悪い勅撰集であった。「さばかりめでたく候御所たちの一人もいらせおはしまさず」、後鳥羽・土御門・順徳の三上皇をはじめとする承久の乱関係者の歌を一首も採っていないことが、いかにも遺憾だとされた。百練抄という史書には、当初は百余首を撰入していたのを九条道家・教実父子が鎌倉幕府を憚り削除させたとある。これに連動して、武士の歌が多いとも言われている。

もっとも、定家の子孫はこの集を尊重していた。そして現在、新勅撰集の評価は決して低くない。定家が初めて理想を実現することができた集である。その評価はむしろ上昇し続けていると言ってよい。定家の撰歌眼が非凡であることは否定しようもなく、この集を地味で陳腐だとか妥協的だと言うのがおかしいのであるが、それは悪い意味でもそうであって「『新勅撰集』の蔭には、かなりに強い私的感情・情実・阿諛が潜んでいて、撰者的性格のきわめて強く現れている集である」（石田吉貞「新勅撰集の考察」）という通りである。

思えば、この集の編集過程が紆余曲折を辿ったからであろう。しかもそれを定家の口からつぶさに知ることができるのも特異である。

## 後堀河天皇の治世

承久の乱の後、仲恭天皇（順徳院の皇子）は在位七十日余りで廃され、傍流から後堀河天皇が擁立された。後鳥羽院の兄で早く出家した守貞親王（後高倉院）の王子であった。太政大臣西園寺公経とその女婿前摂政九条道家が政治を主導した。道家の四男で、公経の外孫である頼経は、実朝歿後に幕府将軍に迎えられていた。孤弱な天皇のもとには、摂関・大臣の女があいついで入内したが、最終的には道家の長女でやはり公経外孫の竴子が女御ついで中宮として正后の地位にあり、道家は外戚としても時めいた。

これは、乱前に後鳥羽院の勘気を蒙った定家にとって好都合な事態であった。九条家には兼実・良経・道家の三代に亘り仕えていたし、公経は室の異母弟であった。息為家は公経の猶子となっている。しかも、為家室には富強で知られた御家人宇都宮頼綱（蓮生）の女を迎えていた。
後堀河天皇の在位十年目、寛喜二年（一二三〇）七月六日、定家は、道家から新たな勅撰集の計画を打診された。道家はすでに関白に返り咲き、後堀河天皇にとくに異論はなく、道家の意向に委ねていた。

**図2–1　九条道家・教実像**（天子摂関御影より）
出典：『新修日本絵巻物全集26』（角川書店）

道家は相当に乗り気であり、さっそく九条家伝統の和歌行事である百首歌、または中宮での歌会の計画も示した。定家はしかし、単独で撰者となる歓喜には浸ろうとはしなかった。勅撰集を編めば、後鳥羽院たちの詠を無視できず、これを採れば、さまざまなトラブルが予想されるとして、いましばらく猶予されたしと答えている。京都には後鳥羽院との音信を絶やしていない者も多い。とりわけかつての和歌所寄人である藤原家隆・同秀能は真っ先に定家を讒言中傷すると懼れたのである。ただ、これより数年間、寛喜の大飢饉をもたらす天候不順が続いて、勅撰集のことは棚上げとなる。

この年、定家の関心事はむしろ中納言昇進にあった。参議を辞して十余年、齢は六十九、もう先がない。同じ議政官、また羽林家の家格といっても、参議と中納言とでは雲泥の差がある（中納言と大納言の差より大きい）。参議はあくまで議政官の見習いであり、儀式や政務の上卿（委員長・進行役）は務められないからである。そして御子左家では父俊成が参議にも達せず出家し、祖父俊忠が保安三年（一一二二）に権中納言に任じられてよりすでに百年の中断がある。これに復するのはよほどの功労がなくてはならない。十月九日に道家に直接愁訴したが、すぐには難しいとの返答で、落胆している。

　翌寛喜三年正月二十五日、源家長がやって来た。乱後も定家とは親しく交際していた。昇進が内定したと聞き喜んでいたところ、沙汰がないので、今日、西園寺家に参上したついでに尋ねると、「関東の聴を憚からるる」ために見送られた、と聞いたと語った。定家が昇進することで、道家の政治が公平さを欠くと批判されるのを懼れたというのである。関白でさえ幕府がどう思うかを忖度しなくてはならず、時に過度の自制となって働く。

　家長は善意で知らせたのであろうが、定家は「ただ弁士の舌端か（口先の同情か）」と嫌な気持ちになる。しかし、情報は情報であるから、さっそく、九条家諸大夫の源有長を通じて「遠所の聴を憚からるるの説出来、殊に承り歎く」と道家に言上している。三月二十二日には、有長を通じ、必ず中納言に任ずるとの言質を得たが、半信半疑であった。この間の二月、道家女中宮竴子（後の藻壁門院）が皇子秀仁を生み、ただちに皇太子に立てられた。定家の長女因子（後堀河院民部卿典侍）が中宮に出仕していたので、そのルートでも働きかけを強めた。

## 精励する中納言定家

明けて貞永元年（一二三二）正月三十日の除目で、定家は遂に権中納言に任じられた（この頃は大中納言は多く権官にしか任じない）。この年は残念ながら明月記はほとんど欠けているものの、蔵人で弁官であった藤原経光の日記（民経記）によって多少動静が判明する。定家は早くも二月一日に拝賀（奏慶）と着陣を遂げた。着陣とは内裏の陣座（近衛の陣内の、公卿の席）に着し、吉書を奏する儀式である。官位昇進後、これを果たすことで、朝議政務に出仕できる（鎌倉後期になると、昇進しても拝賀や着座をしない公卿が続出する）。除目の後ただちに拝賀着陣するのは中納言では例がなく、経光は「毎事早速拝賀着陣を遂げ、即ち辞し申すべきの由風聞あり」と記している。老齢であるし名誉のためだから任官したらすぐ辞めるだろう、と世間は受け止めたのである。

しかし、定家は二月六日の釈奠で上卿、三月九日からの長講堂御八講（後白河院の追善仏事）、十九日の仁王会を行事上卿として取り仕切り、三月二十七日に最勝寺灌頂に上卿として参向、翌日に吉田社怪異による軒廊御卜を上卿として奉行、四月一日の平座、二日の改元定に参仕、仗議で年号字の意見を述べるなど、壮年の公卿を凌ぐ精励を見せている。実は定家は以前から政務故実をよく研究していて、廟堂で活躍できた暁には、という自負は強かった（五味文彦「中納言定家と上卿故実」）。日常の研鑽が最晩年に開花したと言えるが、このことは勅撰集の編纂にも反映するのである。

六月二十五日には、たびたび延期されてきた、中宮竴子のもとでの初度歌会が開催された。題は「鶴遐年（かねん）を契る」、道家の和歌を掲げる。

鶴の子の又やしはごのするゑまでもふるきためしをわが世とや見む

（この皇子の代に―さらにその玄孫の代までも―摂関家が外戚として繁栄した昔の佳例を、自分のものだとして見るであろう）

「且つは寛弘（かんこう）・承暦（しょうりゃく）の勝躅（しょうちょく）を追ひ」（民経記）とあるように、一条天皇中宮彰子および白河天皇中宮賢子による、摂関家出身の中宮の歌会を佳例として襲うものであった。定家は必ずしも賛同せず「御一門の執心」と冷ややかだが、現在皇太子の外祖父である道家が、開催に執心するのは当然である。内裏の催しが不活発であるために、後堀河朝の初めての公的な和歌行事として位置付けられた感もある。「鶴の子」は千年の寿命を保つ鶴に托して、（生まれた子供の）長寿を祝い期待するときに用いられる歌語である。道家の得意、先祖道長が三女威子立后の時に詠んだ、「この世をばわが世とぞ思ふ」が脳裡にあっただろう。しかも道家は前年七月、長男教実に関白を譲っていた。その関係は道長（大殿）・頼通（関白）父子と同じである。

定家は道家の歌を新勅撰集の賀歌の巻頭に据えた。九条家の主導していた勅撰集であることが最もよく現れている。

## 撰進の命下る

六月十三日、権中納言定家は内裏の殿上の間に着し、蔵人頭より「古へ今の歌、撰び進らしめよ」との勅を承り、ただちに撰歌の業に入る。道家にはすでに外孫の皇太子の践祚が念頭にあり、保留にしておいた勅撰集の計画を後堀河天皇の在位中に実現しようと考え、下命となったのである。もっとも、譲位を完成まで先延ばしにするわけにはいかない。新古今集での苦い経験もあり、所詮、歌集の完成は形式に過ぎない、と割り切っている定家は、十月二日、仮名序と目録（二十巻の部立を記した一紙、要するに目次）だけを奏覧した。二日後に天皇は譲位、皇太子が二歳で践祚して四条(しじょう)天皇となる。内容は何もできていないが、集名は「新勅撰和歌集」であった。

撰者が現任の権中納言であったことは、定家はもちろん、勅撰集の歴史にとっても、特筆すべきことであった。古今集・後撰集では撰者は卑位であり、直接天皇の命を受けることはできなかった。勅命は和歌所の別当である蔵人頭を通じ下達されている。むしろ和歌所を設けることで、撰者が初めて内裏に「直候」することが可能になったとも言える。しかし、定家の現在の立場であれば、もはや和歌所を設置する必要がないのである。これは晩年の定家の誇りとしたところなのである。

定家の執筆した仮名序はまずもってこのことを謳う。

すべらぎのみことのりを承りて、わが国のやまと歌を撰ぶこと、みづがきの久しき昔より始まりて、すがのねの長き世々につたはれり。いはゆる古今後撰二つの集のみにあらず、公事になずらへて、集め記されたる例、昔といひ、今といひ、その名おほく聞こゆれど、九重の雲の上に召されて、ひさかたの月にまじはれる輩、このことをうけたまはりおこなへる跡はなほまれなり。

勅撰和歌集とは、公事（国家の朝儀政務）に準じて編纂された、と打ち出し、撰者が公卿であることの意義を宣揚する。もっとも、白河天皇が応徳三年（一〇八六）に編纂させた後拾遺集では撰者藤原通俊は公卿であって、定家も佳例として意識しているが、奏覧時でも参議左大弁に過ぎない（権中納言になったのは晩年である）。

## 勅撰集の理念

続いては今上（後堀河）の治世を祝言し、皇室が再び栄えていることを讃え、勅撰集の理念を述べる。

ただ延喜・天暦の昔、時すなほに民ゆたかによろこべりし政をしたふのみにあらず、また寛喜・貞永の今、世をさまり、人やすくたのしきことの葉をしらしめむために、ことさらに集め撰ばるるならし。

これは白氏文集・巻六十一（和漢朗詠集・閑居にも）「序洛詩」の一節、「不独記東都履道里有閑居泰適之叟、亦令知皇唐大和歳有理世安楽之音（独り東都の履道里に閑居泰適の叟ありといふことを記すのみにあらず、亦た皇唐の大和歳に理世安楽の音ありといふことを知らしめむとなり）」を踏まえる（中川博夫「『新勅撰和歌集』序の定家」）。「序洛詩」とは唐の大和八年（八三四）、白居易がみずからの詩集に冠した序文である。

すでに白居易は官界から退隠して閑居を楽しむ身であるが、それに安住するものではない。このような生活が許される時代を祝言し、後世に「理世安楽の音（治まった時代の調和のとれた文学）」を遺そうとするのだ、という主張である。文学作品に人々を教化する、政治的使命を見出す考えを政教思想というが、唐宋の詩人はほぼ官僚であるから、どのような境遇でも根底にはこの主張があった。歌人が文学と政治との関係を深刻に考えることはあまりなかったが、それでも勅撰集の場合は例外である。定家も、醍醐・村上の聖代を憧憬しつつ、この後堀河の代もまた安楽に治まった世であり、それを証する和歌作品をここに集める、と宣言した。定家の決意と自信をうかがうことができる。

さらに定家自身のことに及ぶ。

定家、浜松の年つもり、河竹の世々につかうまつりて、七十の齢にすぎ、二品の位をきはめて、下の言を聴きて上に納れ、上の言を受けて下に宣ぶる官をたまはれる時にあひて、たらちねの跡をつたへ、古き歌の残りを拾ふべき仰せごとを承るによりて、春夏秋冬折節のことの葉をはじめて、君の御代を祝ひ奉り、人の国を治め行ひ、神をうやまひ、仏にいのり、おのがつまを恋ひ、身の思ひを述ぶるにいたるまで、部を分ち、巻を定めて、浜の眞砂数々に、浦の玉藻かきあつむるよし、貞永元年十月二日これを奏す。なづけて新勅撰和歌集とすといふことしかり。

中納言任官を強調するのに、尚書（書経）の孔安国の伝（解説）に「納言は、喉舌の官なり、下の言を聴きて上に納れ、上の言を受けて下に宣す」との説明を翻案している。勅撰集の撰者にふさわしい官として位置づけられた。それ以降は「春夏秋冬折節のことの葉」は巻一～六の四季部、「君の御代を祝ひ奉り」は巻七・賀歌、「人の国を治め行ひ」は巻八・羇旅歌、「神をうやまひ、仏にいのり」は巻九・神祇歌と巻十・釈教歌、「おのがつまを恋ひ」は巻十一～十五の恋部、「身の思ひを述ぶる」は巻十六～二十の雑部と、全体の部立を示している。

勅撰集の仮名序とは、半ば壮大、半ば空虚な美文である。新勅撰集もその伝統に棹差すが、それを認めても、老衰や弛緩といったことはなく、よく勅撰集の理念を尽くした序であり、定家の気力の充実を感ずることができる。

## 「新」字の謎

それにしても「新勅撰和歌集」とは奇妙な集名である。勅撰集は古今・後撰・拾遺のいずれかの集に後・続・新などを冠して命名することが多いが、この集だけは何集の「新」なのかが分明ではない(「勅撰和歌集」は普通名詞であろう)。

北村季吟(きたむらきぎん)の新勅撰和歌集口実が推測したように、八代集までの伝統とは訣別して、新しい伝統を作るのだ、という気概を見ることは一応可能であろう。ただし、そういう考え方は一面では現代的であり、必ずしも定家にはあてはまらない。新撰和歌、新撰万葉集といった書名を参考にしたかも知れない。新古今集に対する「新」なのかというとやはりそれも疑問である。

もし、新しい伝統を始めたいのであれば、「新古今」こそふさわしいが、もう使われてしまっている。「続古今」では「古今」の名を持つ集が連続してしまう。「続後撰」や「新後撰」とすれば、これは新古今集を受けての命名ということになる。それは避けたい。どのような集名にしても窮してしまったのではないか。

この集名はそもそも普通名詞的な用法であったのではないか。たとえば御所の名にも当時このような例がある。建永(けんえい)二年(一二〇七)、後鳥羽院は白河の地に新しい御所を造営した。左少弁藤原行隆の邸跡であった。定家は「白河は今の世衰微の所、興立頗る由無きか」（五月二十六日条）と批判する。崇徳院の白河殿と、保元の乱でこの御所が焼亡した以後の騒乱を想起したのであろう。いよいよ院の移徙にあたり、この新御所を何と号するかが問題となった。仙洞御移徙部類記に引用する三中記（三長記）によれば、院は公卿に意見を徴している。当然「白河殿」が候補に挙がったが、やはり忌避する者が複数いた。そこで藤原親経が単に「新御所」としたらどうか、という案を出した。反対も出たが、院はこれを容れた。最初は「新御所」として、その後の称号は自然に任せるというのである。

これと同じような事情を考えたくなる。奏覧は内々のものである。まずは「新勅撰和歌集」としておけば、正式な書名の決定は披露の直前でよいのである。また、六国史の最後の三代実録に接続する形で、撰国史所において編纂されながら、遂に未完で終った正史が、「新国史」と呼ばれていることも想起される。これも完成すれば、正式な書名を付けたのではないかと思われる。ただ、新勅撰和歌集は完成しているが、書名がそのままとなってしまった。その理由については後述する。

## 入集希望者への対応

定家はこの年十二月十五日に権中納言を辞退したが、その少し前から本格的な撰歌を開始したと考えられている。明月記、翌天福元年（一二三三）正月六日条には「今日旧歌を見る」、二十一日条には「昨今ただ和歌を見る、千五百番歌合、金吾（為家）の許より少々求め出す、近代の歌、面々雄と称すと雖も、更に尋常に非ざるか、自他の恥となすべし」とある。ついで三月二十一日条に「今日撰歌を取り出し、現存歌などを見る、今年未だ見ず」とある。

　編纂過程については、石田吉貞・樋口芳麻呂・佐藤恒雄の考証がある。とりわけ佐藤「新勅撰和歌集の成立」が詳しく参考になる。定家単独の作業であるが、新古今集の場合と同じく、時代別に古歌（旧歌）・近代歌・現存歌の三層に分けて、それぞれに「撰歌」を成立させたこと、ついでこれを一つにまとめたことを指摘する。定家は超人的な記憶力と筆力で和歌を捜し、書き出していったのである。なお、新勅撰草稿切は、この頃にまとめられた「近代歌」の断簡と考えられている。古歌は後拾遺集（応徳三年〈一〇八六〉奏覧）以前の、近代歌は新古今集時代（後鳥羽院の隠岐配流）以前の、現存歌は現存歌人の作、ということになる。「現存歌」の撰歌に取り掛かる頃には、どこで聞き付けたのか、定家のもとに入集希望がひっきりなしに到来した。新古今集の時もそうであったが、今回は定家の単独撰であり、また私邸での作業であるから、その煩わしさは旧に倍したらしい。定家は対応を書き留めている。いくつか紹介する。

　二月七日、「東の中務丞」という武士が来た。御家人の東胤行（後の素暹法師）であろう。源家長の紹介状を示したが、定家は腰痛で動けないと門前払いしている。詠草を託していったらしい。歌風と筆跡はそれなりのもので、定家は評価していない人物だが、権大納言九条基家に似て

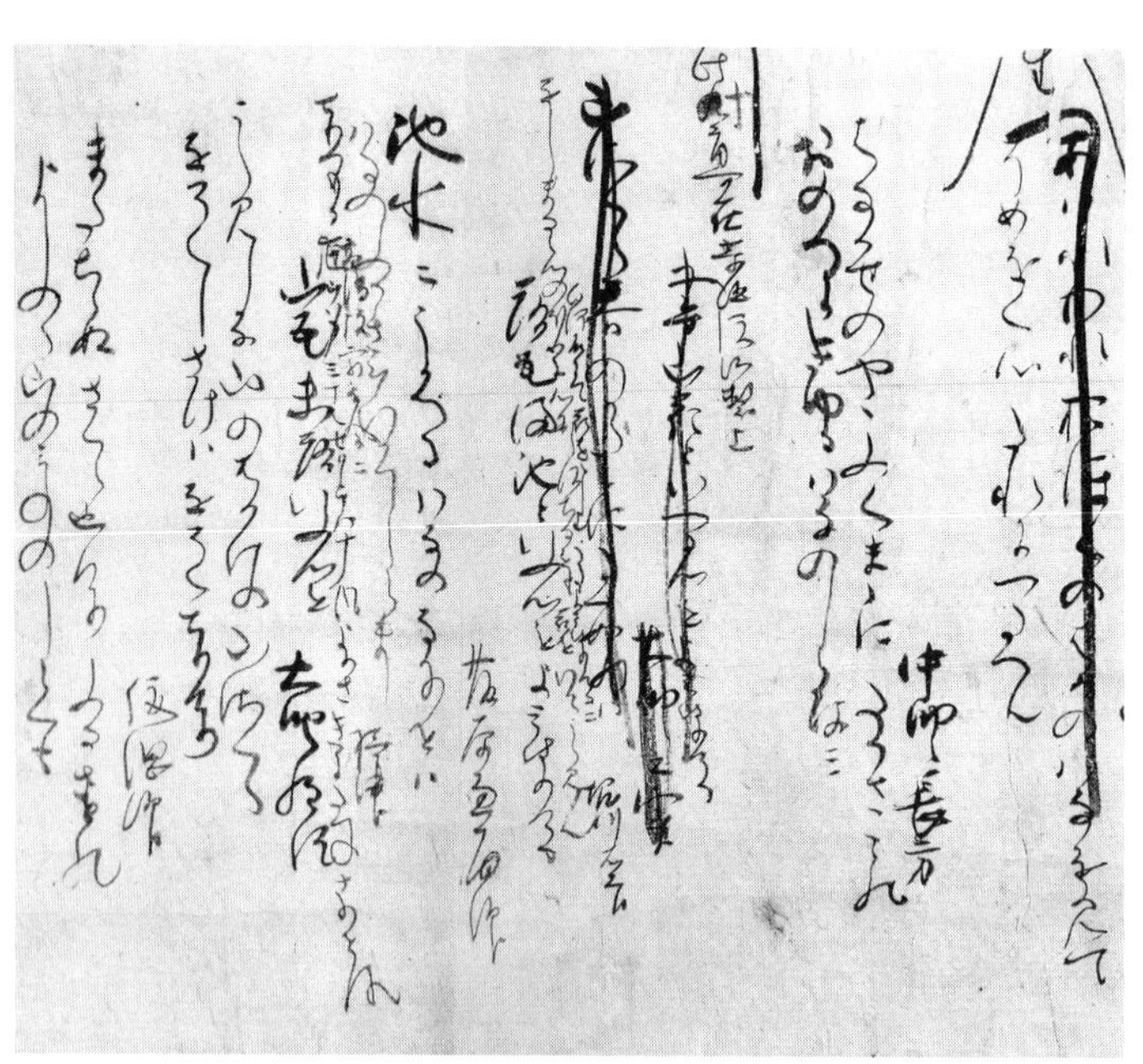

図2–2　新勅撰草稿切　巻2春下の撰歌（近代歌）か　出典：『日本書道大系』6（講談社）

いたという。定家は「耄及にしてなほ世に在れば、珍重の知音多く出来するか（耄碌するまで長生きすると、思いがけぬ知己が増えるものだ）」と洩らす。入集させなかった。

翌八日、備後守中原師季の書状を、大外記中原師兼が届けてきた。中原氏は太政官外記局の職員を独占的に世襲し、実務を掌握した下級官人の一族である。師季は一門の最上首（局務）で、現任の大外記師兼は猶子と考えられる。外記は朝廷の政務では公卿を助けて奔走するので、定家とも知己であった。

かつて大風で顛倒した外記庁を、師季が日ならずして再建したことがあった。当時参議であった定家は忠臣であると激賞したらしい。すると師季は「その詞に誇り、道の芳心を蒙るべき（お言葉に甘えて、いずれ歌道で配慮をいただきたい）」と言上、定家も快諾した。これをいま果たして欲しい、というのである。古証文を出された恰好だが、定家はこういう実直な能吏に弱い。「社稷（国家）の事を思ふに依り、是非なく承諾しをはりぬ」。師兼は退出する時、定家を上卿に見立て、陣座でするように五位大外記の揖（お辞儀）をして、「称唯（儀式で官人が恭しく応答する音声）」を発して去った。定家は感動した。「旧意を動がし、更に涙を拭ふ。嗟乎、早衙（出仕すること）の執心、何れの日か休まん」という。いささか芝居がかっているが、政務になお未練を残す定家の心を見事にとらえた。師季は二首入集。

十日、迎蓮上人が来た。どういう者か知らないが、紹介があったので面会すると、もと武士の入道で、「好士（和歌の数寄者）」だと自称、法性寺の円法院の跡に住むという。そこは定家の亡き両親の墓所であると聞いたので、例時（読経）を上げております、とも語った。孝心に付け込んでのアピールである。歓心を買おうと努力するさまはおかしくさえある。もちろん不採用。

僧侶では三月二十九日に前天台座主良快の使で「歌仙」と自称する僧が来た。五月十七日に仁和寺の経乗、興福寺の円経、六月十四日に園城寺の良算、八月十日に興福寺の経円といった具合だが、いずれも定家の知己である。いっぽう素性をよく知らない者も多く、七月十三日に延暦寺の阿闍梨二名が来た。それぞれ「性昭法師の子」「覚盛の子」と名乗る。性昭法師は石清水八幡宮に関係した歌人、覚盛法師も山僧で千載集に入集した歌人でもあるが、その経歴だけでは足りないのであろう。これらは入れていない。

　主要な神社の祠官は和歌にすこぶる熱心であった。二月十八日に吉田社の卜部兼直（その後何度もやって来たが、定家は「本性聡敏」と好意的である）、三月十九日に賀茂社の賀茂季保、四月十四日、日吉社の祝部忠成（「その歌の躰、狂気無し、よって感言を加ふ」）、五月十二日に同じく祝部成茂と同忠成、七月三日に石清水八幡の紀超清が来訪している。いずれも入集した。また伊勢内宮の荒木田長延はすでに出家の身であり、住吉社の津守経国は故人であったが、これも入集している。

　たいていは適当にあしらったらしいが、明確に拒絶する場合もあった。九条基家がそれで、七月十六日、使者として来訪した藤原信実（定家の義兄隆信の子。似絵の名手としても知られる）に、好まれる歌風に賛成できないので、入集はお断りする、と伝達させている。基家は良経の三男、道家の異母弟である。亡父譲りで詩歌書の藝に秀でて、新古今の遺老には鄭重であったが、定家からは毛嫌いされた。これは基家が後鳥羽院に寵愛され、依然音信を保っていたことが関係するらしい。

　ただ、無下にはできない相手もいる。

## 公経の強要

　これまで援助を受けて来た入道前太政大臣西園寺公経は、後鳥羽院歌壇でも活躍しており、和歌にも自負があった。二月十八日、家人の源兼朝（かねとも）が来た。三月二十二日、兼朝は公経の詠草を持参した。「かの草大巻」とあるので、長大な巻子本であった。四月十一日、兼朝が再訪すると、定家は連日の作業で眼が腫れているさまをわざわざ見せている。四月十七日には、同じく家人の藤原永光（ながみつ）が三度も往来した。この時、「事の躰、その歌四五十首書き載すといへども、飽満無きの宿意か。諸国の田園・仏寺神社の領の如きは、痛むべからず、惜しむべからず」とあるのからすれば、公経は示された入集歌数に不満で、「所領は惜しくはないが、歌数は譲れない」とのことであったらしい。さらに、

> 帝（四条天皇）の曾祖父、博陸（九条道家）の舅、母后（藻壁門院）の祖、堯母門（北白河院、後堀河母）の甥、将軍（九条頼経）の祖、魏武（曹操）・晋宣（司馬懿）・周隋（楊堅）の草創にも過ぎたり。任意独歩、誰人か是非を論ぜんや、いはんや又一人（後堀河院か）も物由（ものよし）を弁へず。ただ漁父（ぎょほ）の誨（をし）へに従ふのみ。

と連ねる。公経の権勢は、曹操・司馬懿・楊堅（隋の文帝、北周で隋国公だった）を越えるというのも、強烈だが興味深い喩えである。この三人、それぞれ後漢・魏・北周で専横を極めた権臣、姻戚関係を梃子に宮廷の要枢を抑え、遂に帝位を簒奪したのであった（曹操も司馬懿も即位したのは子息だが、新王朝の事実上の祖とみなされて帝号を贈られた）。ならば、「一人」とは後堀河院を指し、あたかも簒奪直前の皇帝のように、公経を憚って、善悪も分別できない状態であるというのであ

ろう。「漁父の誨へ」とは楚辞による。屈原に隠者とおぼしき漁夫が示した、清廉に努めて窮死するより世間と妥協して生きよ、という考え方で、定家がよく使う語句である。

なお、公経は現存本では三十首入集、集中で第四位である。九条道家も五月三日に、為家を通じて「御歌集草子一帖」を送って来た。権中納言辞退のときに機嫌を損ねたらしく、音信が絶えていたので、定家は安堵している。

夏になると、個別の歌人の歌数を示せる位には、撰歌も全体の形を示しつつあったのだろう。六月七日には「この撰歌、その数自然多し、今日卅余首を切り弃つ」とある。十九日と翌日には、為家が藤原為継と来て、「歌の目六」を取った。入集作者と歌数とを一覧にしたものであろう。為家は当時右衛門督、「金吾」の唐名で頻出する。為継は定家の義甥信実の嫡子である。まだ中務大輔と卑官であるが、真面目で有能な人で、撰歌も手助けしたらしい。

十六日には、為家が子息為氏と岳父宇都宮頼綱とを連れてやって来た。歌道に熱心であった頼綱に撰歌を見せるためであった。「金吾、侍従幷びに外祖を伴ひ来る、数奇により撰歌を見せんが為なり、」とある。頼綱のことを為氏の立場で「外祖父」と称するあたり、一家の日常を垣間見るようである。

## 「宇治川集」の渾名

ところで、新勅撰集は武士を多く入集させたために、「宇治川集」の異名を取ったという話は著名である（井蛙抄）。

この異名は、人麻呂の名歌「もののふの八十宇治川の網代木にいさよふ波の行く方知らずも」（万葉集・三・二六四）による。「もののふの八十氏」は、朝廷に仕える官人の多族多姓のありさまで（「やそ」は数の多い喩え）、「うぢ」の響きから「宇治川」を導いた序詞であるが、「もののふ」はまた武士の意にもなっていたから、武士の数の多いことをあてこすっているのである。

武士の定義は難問であるが、まずは六位の侍ということであろう。「侍」とは、貴人の側近くに侍り、奉公する者の称で、馬允・八省丞・衛門尉・兵衛尉などの六位相当の官に任じられることをもって指標とした。官を辞退した後に叙爵されるが、同じ五位でも殿上人・諸大夫の階層とは明らかな差別がある。

勅撰作者部類という書物がある。南北朝時代初頭、二条家の家人であった対馬守藤原盛徳（元盛法師）が編纂したもので、勅撰歌人約三千人を網羅し、三十六の身分階層別に分類し、世系・伝記と歌数とを示した、一種の名鑑である。さらに附載の作者異議では不審のある作者表記を指摘し考証している。

これによれば、勅撰和歌集は階層として五位（諸大夫）以上を入集の対象とし、六位（侍）以下は厳しく制限している。いっぽう遁世者は凡僧（野僧）として扱われた。勅撰集の目録はこうした身位や位階によって、入集歌人を分類した。また本文でも四位は「実名＋朝臣」、五位は「本姓＋実名」、凡僧は「法名＋法師」と表記される。参議以上は官名を冠する、非参議も位を冠する、

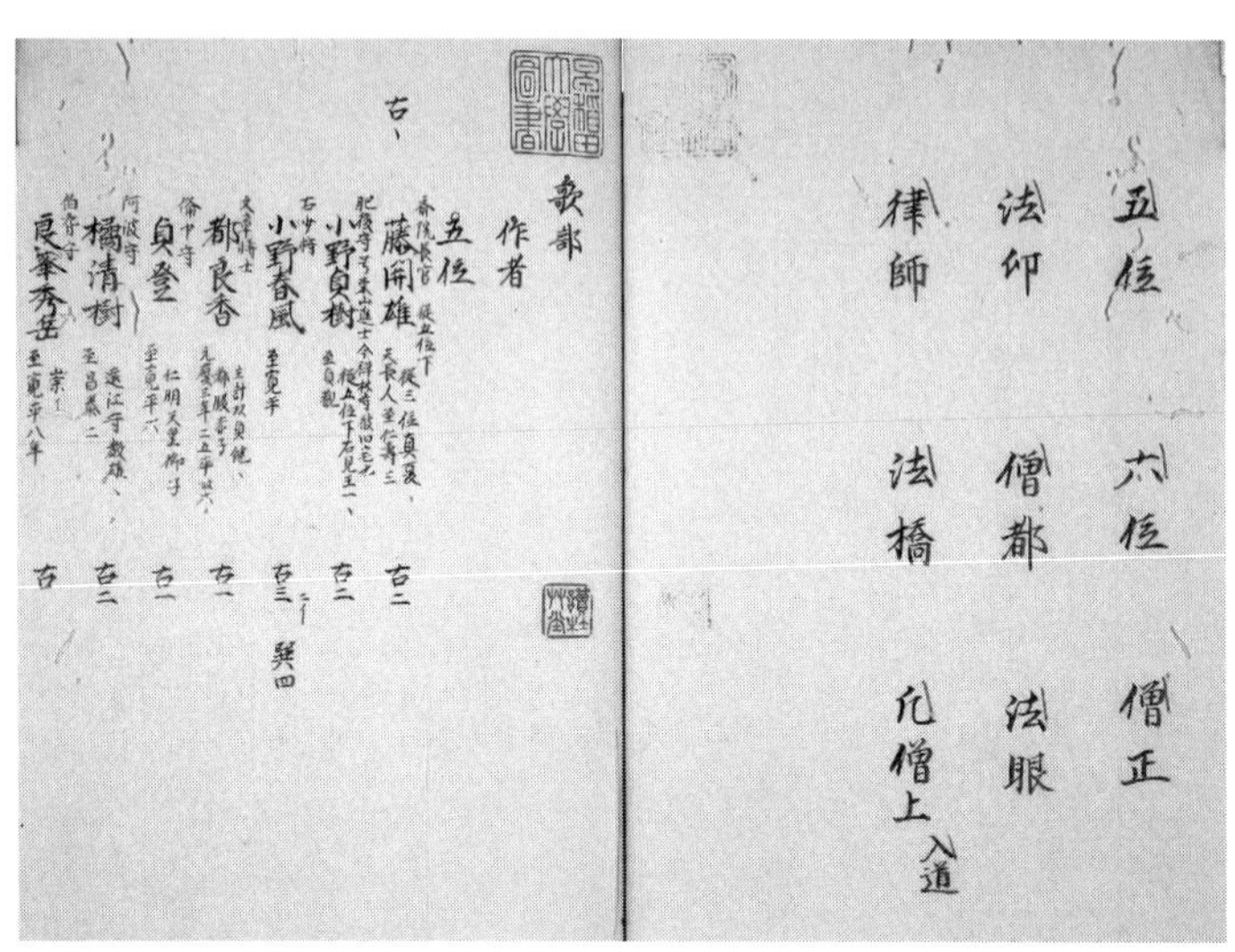
五位　六位　僧正
法印　僧都　法眼
律師　法橋　凡僧上　入道

歌部
作者
五位
藤原関雄
小野貞樹
小野春風
都良香
貞登
橘清樹
良峯秀岳

図2–3　勅撰作者部類より目録と五位部（早稲田大学図書館蔵中院通枝旧蔵本）

大臣以上は実名を書かない、といった故実もあるが、ともかく勅撰集の作者表記は社会的な待遇に対応し、かつ可視化されるものであった。それゆえにトラブルも生じた。六位以下でどうしても入集したければ、隠名（よみ人しらず）となるが、野僧でも優れた歌人は、法名で採られる。成立後に「よみ人しらず」作者が懇望し、隠名を顕名とされるケースも多々あった。

　それでは新勅撰集の「武士」を吟味してみる（アラビア数字は歌数、無いのは一首作者）。まず源頼政(よりまさ)3・平経盛(つねもり)・同忠度・同経正(つねまさ)・同資盛(すけもり)・同行盛(ゆきもり)は公卿・殿上人であるし歌歴も十分、違和感はなかっただろう。しかも故人である。また藤原秀能9・源光行3は後鳥羽院の上北面でありむしろ公家社会の人であるとも言える。

問題は鎌倉幕府関係者であった。源実朝25は破格だが大臣である。御家人では北条泰時3・重時2・政村・時村5・資時5、後藤基綱2、宇都宮頼綱3・塩谷朝業が入集した。将軍に仕える侍には入集資格はない。しかし、遁世すれば話は別である。時村（行念）・資時（真昭）・頼綱（蓮生）・朝業（信生）はいずれも法名で採られた。いっぽう泰時・重時・政村の三兄弟、基綱だけが実名で採られた。泰時は執権、重時は六波羅探題である。逸脱した優遇であろう。

北条氏は勅撰集に強い関心を寄せていた。清書本の完成直前に鎌倉の泰時が「勅撰作者感悦の由」を仮名書状に認めて嘉禎元年（一二三五）正月一日、為家を通じ送って来た。二月二日には道家が同じく為家を通じて「孫子・呉起和歌好士の事」を伝えた。斉の孫武と衛の呉起、春秋時代を代表する兵法家である（史記・孫子呉起列伝）。ともに謀計で栄達したが残虐で身を全うしなかった。武家の好士、泰時・重時兄弟を指す毒舌と思われる。定家は「定めて請ふところを許すべきか」、申請のまま認めざるを得ない、と言う。

二月十四日、源具親が重時の詠草を九条家に持参した。道家腹心の前中納言藤原定高が応対し、和歌のことは分からぬ、と言ったが押し付けたという。具親は新古今集の和歌所寄人だが、怠惰であったので大成はしなかった。しかし、北条義時の前妻比企氏（朝時・重時らの母）と再婚し、承久の乱後、それなりに羽振りはよかったらしい。重時のために一肌脱いだのであろう。撰者の頭越しの訴えに定家は具親を「至極の僻人（究極の勘違い）」と罵ったが、「駿州（重時）は勅撰地頭、殊に他と異なるか」とした。定家はこの時に重時の歌を採るか増やすかしたのだろう。「勅撰地頭」

とは、武士の地頭が荘園領主の取り分を横領するのに擬えた言い方である。ところで、具親は新古今集に六首入集したが、新勅撰集では三首に減じた。定家は腹いせに（？）具親の歌数を削って、重時に与えたのではないか。すると「勅撰地頭」の嫌味は一層利いてくる。

もっとも、これらの事例をもってしても、新勅撰集はいまだ鎌倉武士の和歌を大量に採ったとは言いがたく、「宇治川集」は大袈裟である。武士の六位は一人もいない。しかも時村・資時兄弟（連署時房の子息。泰時の従弟）を泰時より多く採った。遁世者なので扱いは気楽であったとはいえ、歌人としての評価に見合うものであった。時村は故人であったが、天福元年四月二十一日、資時が訪問した時は対面し、「その身歌の骨を得、言談の詞甚だ以て優なり」と激賞している。

## 隠岐と佐渡の影

定家はこの段階で、後鳥羽・土御門・順徳の三院（阿波の土御門院はすでに崩御）の和歌は応分に入集させていたらしい。他に但馬に遷（うつ）された雅成親王なども入っていたであろう。このような情報は遠所にも聞こえるらしく、反応らしきものがちらほらと出て来るのである。

藤原家隆が三十六歌仙形式の、当代歌人の秀歌撰を編纂しており、為家の作を求めて来た。定家は、これが隠岐からの命であるとの噂を聞いて、このように記す。「南朝・北朝の撰者、共に在京し勅撰の沙汰有り、一老の徒然、御訪あるの由か。建保の比（ころ）、禁裏の歌、なほもつて嫉妬あり、いはんや今の世の事に於いてをや。かの卿、当時弐心(にしん)無きの忠臣なり、又もし三十六人といへども、撰集と同じきか、」（天福元年七月二十八日条）。あいかわらず屈折した書きぶりであるが、後堀河（南朝）と後鳥羽（北朝）と、二つの勅撰集計画が同時に進んでいるとの認識である。ただ、後鳥羽は自分の御所以外で和歌が盛んになるとすぐ嫉妬するので、老いた定家が退屈しないようにとちょっかいを出して来たのだ、と述べている。その少し後には「この次いでを以て撰歌の本望、忽(たちま)ち入興か」（八月十二日条）とあるのも、家隆に撰者の気分を味わわせてやり、院は面白がっているだろう、という。撰歌に忙しくて達観している風もある。

その頃、為家が藤原範朝(のりとも)が修した仏事の席で、範朝の姉、督典侍(こうのすけ)に面会した。督典侍は順徳院の女房で佐渡に同行したが、病気になり帰京していたのである。為家も順徳院の近臣で、配所まで供奉するつもりが、定家に阻まれている。院の平生を聞かされ、そこに「佐渡、勅撰の由を聞こしめす。若しかの御製を載せ奉らば、相構へて止むべきの計略、示し合はすべきの由、御気色あり」（八月十五日条）とある。典侍への言とすれば、順徳院は新勅撰集への入集を望まず、もし入れられることがあれば、何としても止めさせるよう手立てを（為家と）相談して考えよ、と告げたのである。これを聞き定家は「もっともしかるべき事なり、物儀（宜）をしろしめすの仰せか」と安堵し称賛している。院は自身が入集する可能性があることを知っており、定家の立場を慮ったのか、入集することを望んでいない、とわざわざ述べたのである。

## 完成まであと一歩のところで

過去の人である三院がいやがおうでも目立ってしまうのは、当代の後堀河院歌壇があまりに貧弱だからであった。在位の間ほとんど主体的な和歌活動が見えないのは、そもそも関心がなかったと言える。しかし、三代集の時代ならばともかく、勅撰集には下命者の和歌を載せないわけにはいかない。序を奏覧した後から、定家は後堀河に御製を何首か賜るよう申請していた。いっこう沙汰がなく、五首の題まで設定した上で催促したが、それでも難航した。定家としてはまずは中書本の完成を急ぎ、御製が詠まれしだい、どこかに切り入れればよいと思っていたのであろう。

そうこうするうち、天福元年九月十八日、藻壁門院竴子が難産で崩御してしまう。女房であった定家の女因子は直後に出家、十月十一日、定家も七十二歳で出家した。

しばらくは、微細な修正が続いたであろうが、目立った動きはない。翌文暦元年（一二三四）五月、遂に御製五首が下され（足掛け三年に亘った）、これを切り入れ、自筆で書写し、六月三日、未定稿ながら中書本を進覧した。定家の回想によると、巻子本で、料紙は色紙で、表紙は表が青薄物、裏が織文のある唐綾（からあや）、組紐を付け、軸は杏葉（ぎょうよう）の丸文を螺鈿（らでん）で作り出したといい（宮内庁書陵部蔵飛鳥井宋世奥書本の定家識語）、それなりに凝った装訂である。定家は「廿（にじゅう）巻草案」と言うが、奏覧本の体裁を整えている。なお、こうした中書本の「奏覧」はこれ以後しばしば行われる。

歌数は計一四九八首であった。定家はあと二首の御製を加えて一五〇〇首にしたい、と奏請した。御製七首は後拾遺集の白河院と同数であり、後堀河に異論はなかった。ところが、またもその二首が詠めないうち、後堀河は発病し、八月六日に崩御してしまう。

定家は翌日、中書本の手控えを自邸の庭で焼却した。六月三日に進覧した本は定家の認識では「未だ巻軸を調へざる以前」の中書本である。下命者の生前に完成できなければ、勅撰集とは称しがたい。かつて二条天皇の命で藤原清輔が撰んだ続詞花集も、奏覧前に二条が崩御し、私撰集にとどまった。その不名誉な記憶が蘇った。後鳥羽院とその旧臣たちからは、それみたことかと「誹謗罵辱（ひぼうばじょく）」を受けるだろうと絶望したのである。直前の七月二十七日、関東では将軍頼経（よりつね）の御台所竹御所（源頼家の遺児）が難産で落命した。定家は「故前幕下（源頼朝）の孫子、今に於いて遺種無きか」と述べた後、「平家の遺経（孫カ）嬰児を召し取り、悉く失命、物皆報有り、何せんや」と、ここに因果応報を見るが、後堀河の夭折には承久の乱関係者の怨恨がしきりに囁かれた。定家はすっかりあきらめたのであろう。

## 事業の継続

十月下旬、九条道家は、凶事にもめげず、後堀河院の遺品のうちから六月三日に進覧した中書本を探し出し、定家に送った。定家は完成させる気持ちとなったらしい。十一月九日、道家に召された定家は「古歌等」の撰歌については褒められ、「時輩の歌」については意見を受けた。翌日、中書本から「百余首」を除棄し（削除する歌を合点などで示したのであろう）、清書用の料紙を添え、道家に返上した。これが前述した通り、百練抄では道家と教実の前で削除させられたとの記事となり、さらに越部禅尼消息では道家たちが「御爪点」を付けて七十首を削ったとなる。現存本と比較すれば、百二十首ほどを減じており、それは三院ら承久の乱関係者の作が中心であろう。

精緻な排列を誇る勅撰集で、一割もの歌が削除されればダメージは免れないはずだが、定家がこれに抵抗したようすはない。思うに後堀河院崩御の衝撃が大きく、その「原因」となった三院の詠があってはならないと考えたのではないか。

ここからは道家の指示で事業が進められたようで、十一月十五日、中書本を能書の藤原行能（ゆきよし）に下し、清書を命じた。外題は道家が揮毫し、清書本が完成したのは翌年三月十二日であった。こうしてようやく撰集の業が終わる。定家が後堀河の譲位直前に形式的な奏覧を遂げ、また崩御直前に中書本を完成させていたのは賢明であったが、あまりにイレギュラーな事態が続発した。このために、奏覧を遂げれば、正式な書名を定めるはずが（仮名序もそこで修正するであろう）、そうならないままに終わったのではないか。ただし、結果的に名は体を現すことになったのである。

### 巻頭と巻頭の対照

新勅撰集で定家の打ち出した新機軸のいくつかを指摘してみたい。

たとえば、巻頭歌は当代の後堀河天皇の歌である。下命者の和歌を巻頭に置くのは新勅撰集しかない。

上のをのこども、年のうちにたつ春といへる心をつかうまつりけるついでに

御製

あら玉の年もかはらで立つ春は霞ばかりぞ空にしりける（春上・一）

（旧年のうちに立春を迎えた、それは空にかかる霞だけが知っているのだなあ）

公卿・殿上人の歌会で詠んだことになっているが、実際には三年かかってようやく詠めた一首である。かつ題を示して詠ませたことになっていた。歌題「年内立春」は古今集の巻頭歌のそれである。霞によって春の到来を知るというのは常套であり（「空に」は「暗に」を懸けているか）、目新しさは何もない歌であるが、それでよい。「霞」は穏やかな春の空気であり、あらゆる難を隠し、中和する、治世の象徴なのである。

いっぽう巻二・春下の巻頭は、平安時代前期の古歌である。

みこにおはしましける時の御歌

光孝（こうこう）天皇御製

山桜たちのみかくす春霞いつしかはれて見るよしもがな（春下・七二）
（山桜を春が立ち霞が立ってひた隠す、早く晴れて見るすべが欲しいよ）

作者の光孝天皇は百人一首にも入るが、後世、歌人としてとくに評価されてはいない。この歌は明らかに巻一・春上の後堀河の御製と対置されるためにある。花歌群の途中にあるが、霞をも詠んでいるから題材も共通性がある。光孝は五十歳を過ぎるまで諸親王の一人に過ぎなかったが、元慶八年（八八四）、思わぬ偶然で践祚した。その後の皇位は光孝の直系子孫によって継承されているから、後堀河を光孝に重ねる意図は明瞭である。さらに、出典とおぼしき仁和御集（光孝の家集）では、この歌の詞書が「同じ人（更衣）にたまふ」とあって、早く、じかに逢いたいと訴えた歌である。山桜は女性の比喩である。これを定家は「みこにおはしましける時の御歌」と変えた。親王であった時の詠としただけで、改竄ではないが、この歌の寓意は面白いほどに転回する。位から遠く、陽の当たらぬ自分はいったいいつ晴れてこの桜を見ることができるのか、という鬱屈を読むことになるのである。このような龍潜時のつぶやきとして読めば、ひいては同様な境遇であった後堀河の存在を引き立てることになろう。

## 言語遊戯への関心

最後の巻二十・雑五は、三五首の小さな巻である。明示はされないが、「雑躰」「物名」歌を中心にして収める。雑躰とは短歌以外の歌体のこと、物名は一首に歌意と関係なく事物の名を詠み込むことである。ここで列挙すれば、長歌（一三四〇〜四五）・旋頭歌（一三四六〜四八）・物名歌（一三四九〜六七）・沓冠歌（六八〜七四）となっている。雑躰も物名も古今和歌集に立てられた部立であり、その意味では復古的であるかも知れないが、しかし定家は言語遊戯に興味があり、得意でもあったらしい。こんな歌はどうであろう。

春つれづれに侍りければ、権大納言公実の許につかはしける
俊頼朝臣
はかなしな小野の小山田つくりかね手をだにもきみはてはふれずや（雑五・一三六八）
返しはせで、やがてまうできて、「いざさは花たづねに」となむさそひ侍りける

金葉集の撰者であった源俊頼が、パトロンでもあった藤原公実に贈った歌である。「小野の小山田を耕作しかねて、果てにあなたは手をすら触れようとされないのか、何ともはかないことである」という意であるが、沓冠歌は、歌意とは関係なく、五句の頭字と尾字を順に列ねると「は

なをたづねてみばや（花を尋ねて見ばや）」となる。公実はこれを見抜いて、花見に誘ったのである。藝術性はないが、和歌の多様なスタイル・可能性を示す故にこの巻が雑歌の最後に置かれたのであろう。新古今集ではこういう試みはなかった。

## 勅撰集のうちの国土

巻十九・雑四は七十五首、すべて地名を詠んだ和歌（名所歌）である。巻頭は、藤原兼輔（かねすけ）が醍醐天皇の使者として宇多（うだ）法皇の御所に参ったときの一首。

亭子院（ていじいん）（宇多法皇）、大内山（おほうちやま）におはしましける時、勅使にて参りけるに、麓より雲の立ちのぼりけるをみてよみ侍りける

中納言兼輔

白雲の九重にたつ峰なれば大内山といふにぞありける（一二六五）

宇多法皇は仁和寺に隠棲し、大内山はその北にある山であるが、高い峰には雲が九重（内裏の異称でもある）に立つのでここは「大内」（大内裏のこと）というのか、と洒落たのである。いかにも中古風ののびやかな和歌であるが、定家はこの「大内」に着目した。以下は、和歌本文だけ列挙すると、

山城の久世の鷺坂神代より春はもえつつ秋はちりけり（一二六六）
みかの原久邇の都はあれにけり大宮人のうつりいぬれば（一二六七）
都出でて伏見をこゆる明けがたはまづうちわたす櫃川の橋（一二六八）
吹きそむる音だにかはれ山城の常盤の杜の秋の初風（一二六九）

と、山城国の歌枕を詠んだ和歌を排列、以下、畿内から七道の順に、諸国の歌枕を、東海道・東山道・北陸道・山陰道・山陽道・南海道・西海道と進んで、最後は対馬国の浅茅山（現対馬市美津島町の大山岳と言われる）を詠んだ、

あさぢ山色かはりゆく秋風にかれなで鹿のつまをこふらん（一三三九）

で閉じるようになっている。ここを日本の最果てとみなしていた証である。歌枕が乏しい地方（北陸道・山陰道）もあるが、実に整然とした構成である。

この構成には下命者が全国を統治していること、統治している地域にはすべて和歌がゆきわたっていることを示すという王土王民思想が看取される。

そもそも、名所には歌人が古来関心を抱いたが、この時代には、後鳥羽院の最勝四天王院障子

| | | | |
|---|---|---|---|
| 五畿 | 山城 | 大内山・久世の鷺坂・恭仁京・伏見の櫃川・常盤の杜 | 1265〜 |
| | 大和 | 飛鳥川・みなれ川・佐保川・吉野山・奈良の都・三笠山・生駒山 | 1272〜 |
| | 摂津 | 住江・住吉・難波潟・長柄橋・蘆屋・布引の滝・神南備の杜 | 1279〜 |
| 東海道 | 伊勢 | 伊勢海・鈴鹿山・壱志浦 | 1287〜 |
| | 三河 | 志賀須賀の渡 | 1291 |
| | 遠江 | 小夜の中山・浜名の橋 | 1292〜 |
| | 駿河 | 富士山・有度浜 | 1295〜 |
| | 相模 | 足柄の関 | 1299 |
| | 武蔵 | 武蔵野の向ひの岡・葛飾の真間の浦・継橋 | 1300〜 |
| | 常陸 | 筑波峰 | 1303 |
| 東山道 | 近江 | 唐崎・比叡大岳と鏡山・朽木の杣・野洲川 | 1304〜 |
| | 信濃 | 更級・木曾・浅間の嶽 | 1309〜 |
| | 陸奥 | 玉川・籬の嶋・岩手山・末の松山・松が浦島・信夫山・宮城野 | 1312〜 |
| 北陸道 | 越前 | 白山 | 1319〜 |
| 山陰道 | 石見 | 石見の川 | 1321 |
| 山陽道 | 播磨 | 明石の門 | 1322 |
| | 備後 | 鞆の浦 | 1323 |
| | 備前 | 虫明の瀬戸 | 1324 |
| | 長門 | 門司の関 | 1325 |
| 南海道 | 紀伊 | 由良の岬・妹が嶋形見の浦・吹上の浜・妹背山・熊野・浜松 | 1326〜 |
| | 淡路 | 淡路嶋 | 1334〜 |
| 西海道 | 筑前 | 志賀 | 1336〜 |
| | 肥前 | 松浦の沖 | 1338 |
| | 対馬 | 浅茅山 | 1339 |

**表2–4　雑四・名所一覧**

和歌（承元元年）、順徳院の内裏名所百首（建保三年）などの催しがあり、一際それが盛り上がった。ともに定家は中心的な役割を果たしている。鎌倉幕府の成立に刺激されて、改めて王権の範囲を確認した、朝廷の一種地政学的思考の現れでもあろう。

新勅撰集は、勅撰集ならではの政治的忖度もあり、かつ編纂の経緯にもかかわらず、極めて堅牢な構造物であり、随所に創意工夫が見られる。定家は晩年にもなおアイディアに富んでいたのである。いったん中書本を焼き捨てるという行為にも出ているが、完成後、定家はこの集を捨て置いたりはしなかったようである。最晩年の嘉禎三年（一二三七）八月三日に書写し、「この集愚老自ら握翫（あくがん）の為に枚数を縮めて一帖にこれを書く、盲目の病者右筆、後学嘲ること莫れ」と奥書を記した（松野陽一「西光寺蔵『新勅撰和歌集』について」）。内心では出来映えにかなり満足していたのではないか。

# 第三章 創られる伝統——続後撰和歌集

## 為家の家業継承

藤原為家は、左中将であった嘉禄元年（一二二五）十二月二十二日に後堀河天皇の蔵人頭となった。定家が切望しながら遂に就けなかった職である。蔵人頭を務めて参議に任じられる経歴は、中納言以上の議政官として活躍するには是非必要であり、かつ家格をも示した。始祖長家の極官であった権大納言昇進こそが御子左家歴代の悲願であったから、そのための重要な条件を得たことになる。為家は蔵人頭を問題なく務め、早くも四ヶ月後に左中将はそのままで参議に任じられた。貞永元年（一二三二）六月二十九日、右衛門督を兼ね、嘉禎二年（一二三六）二月三十日、権中納言となった。公務はもとより、九条家・西園寺家にも重用されたから、多忙であった。しかし、このことが定家が新勅撰集に専心するのには役だった。定家は為家の器用貧乏を歎き、大袈裟に「家の断絶」を口にするが、為家は父の仕事をよく観察して継承したと言える。
為家自身が撰んだ続後撰集に、このような贈歌がある。

為家参議の時、八代集作者四位以下の伝しるしてと申し侍りしを、送りつかはすとてかきそへて侍りし　　中原師季

もしほ草かきあつめてもかひぞなきゆくへもしらぬ和歌の浦風（雑中・一一四九）

（藻塩草を掻き集めるではないが、このように書いて集めても甲斐がありません。和歌の浦を吹く風の行く先が分からぬように、扱いがどうなるのか分かりませんので）

為家は参議在任の間、中原師季に八代集作者のうち四位以下の者の伝記を注進させた。師季は上述の、定家と親しい局務である。公卿補任には載らない、四位以下の官人の経歴は外記局が管理した。こうした伝記情報は勅撰和歌集の編纂にこそ必要であり、それを求めたとすれば新勅撰集の撰歌の時となる。和歌の方も、勅撰集への入集を希望する内容である。それなのに詞書に「新勅撰集」と書かなかったのは、撰者をさしおく表現を慎重に避けたからであろう。しかし、いつのことか特定するため、わざと「参議の時」と書いたのである。八代集（つまり平安時代）のこの階層の歌人は、すでにかなりの者が世系生没年が分からなくなっていたらしい。

実はこのやりとり、天福元年二月八日のことらしい。師季の働きに感じた定家は新勅撰集への

図3–1　藤原為家像（冷泉家時雨亭文庫蔵）

入集を確約し、師季の礼状が明月記の紙背に残る。そこに「今　勅撰の作者に罷（まか）り列（つらな）り候の条、今生の面目思出に候、伝の御感は、（為家）督殿の御計らひに候」とある。ここに明らかなように、あらかじめ為家が師季に伝記の注進を依頼しており、送付されて来た伝記を見て、定家が感言を伝え、また入集を確約し、師季はそれへの返事をした、という流れであろう。このように為家は実に手際よく、かつ出過ぎず、勅撰集の編纂を支えていたのである。

## 定家歿後の歌壇

仁治（にんじ）二年（一二四一）二月一日、為家は遂に権大納言となり、御子左家は悲願を完全に達成した。安堵したかのように、八月二十日、定家が八十歳で歿した。為家は服解（ぶくげ）し、そのまま官に復することはなかったが、寛元（かんげん）元年（一二四三）四月二十日、本座を聴（ゆる）され、現任時と同じ扱いとされた。

定家に弟子の礼を取った歌人は多かったが、為家に対する姿勢はさまざまであった。為家には義理の従兄に当たる藤原信実や、飛鳥井雅経の遺児教定（のりさだ）は忠実であったが、六条藤家末裔の藤原

（九条）知家は為家の歌風にあきたらないところがあったらしい。右大弁入道藤原（葉室）光俊（法名真観）は、為家に露骨な対抗心を抱き、前内大臣九条基家の後援を得て、一グループを形成した。「反御子左派」と呼ばれる歌人集団である。

それでも、「当世和哥の棟梁なり、かの為家卿、長家卿より以降、頗る以て累葉重代の祖業なり」（民経記寛元四年十一月六日条）と言われるように、為家は同時代人の眼からも歌壇の第一人者であった。長家以後の歴代が和歌を家業としたとの認識も注意される。なお為家は建長二年（一二五〇）九月十六日、民部卿となった。名前だけの官であるが、大中納言の兼官であり、八省の卿のうちでは名誉であった。何より家祖長家が歿するまで二十年に亘り兼ねた官であった。以後これに倣い、歌道師範家の当主は権大納言に昇進し、晩年に民部卿となるのが通例となった。

なお、この年正月十三日には嫡男為氏が二十九歳で蔵人頭となり、翌年参議となるので、家格の継承もゆるぎなく果たされた。

## 後嵯峨天皇の践祚

この間、京都では大異変があった。仁治三年（一二四二）正月九日、四条天皇が不慮、十二歳で崩御する。皇子も皇兄弟もいないので、後高倉・後堀河の皇統は三代で断絶する。

何名かの皇胤から運動があったらしいが、十日間の空位の後で、鎌倉幕府が登極に同意したのは、二十三歳にもなって元服も出家もしないでいた、故土御門院の皇子であった。急遽邦仁と命名されて元服、践祚を遂げた。これが後嵯峨天皇である。土御門院が承久の乱に同意しなかった恩義に酬いたのだという。三年前、隠岐に崩じた後鳥羽院は生前に土御門院を疎んじたが（後嵯峨も祖父と交流した形跡はない）、ともかく直系の子孫が皇統に復活したのである。ちなみに、後鳥羽はすでに「顕徳院」という諡号を奉られていた。都を離れて死んだ天皇の諡号は「徳」の字を入れるのが例であった。しかし、後嵯峨践祚後すぐ、もはや怨霊となる理由はないということで、現在の後鳥羽院に改められたのである。

後嵯峨にはもちろん正式な配偶者はいなかったので、西園寺家が公経の孫で実氏長女の姞子を入内させた。寵愛は厚く、翌年には皇子久仁親王が誕生、皇太子に立てられる。いっぽう、九条道家の権勢は衰亡へ向かう。よりどころとした鎌倉幕府将軍頼経は北条氏から排斥され、寛元二年（一二四四）には職を子息頼嗣に譲ることを余儀なくされる。また道家は長男教実が早世した後、関白とした次男良実とは不和であり、三男実経を寵愛して嫡子とした。良実は外祖父公経を頼りにした。一門の不和は九条家の力をさらに低下させた。九条家から一条家・二条家が分立したのはここに因がある。

寛元四年（一二四六）正月、後嵯峨は皇太子久仁親王（後深草天皇）に譲位、院政を始める。中宮姞子は院号宣下されて大宮院と称した。西園寺家は初めて外戚となり、新帝の外祖父実氏は太政大臣となった。五月、鎌倉で頼経の復権が企てられるが失敗（宮騒動）、幕府は道家に見切りを付け、十月、関東申次（朝廷への執奏の窓口となる廷臣）に実氏を指名した。道家には孫に当たる頼嗣が将軍にとどまったが、更迭は時間の問題で何の実権もない。翌宝治元年六月の宝治合戦で、北条氏に叛逆し滅亡した三浦氏の背後には道家がいたと噂され、政治生命をほぼ失った。

　ところで、後嵯峨は毎月六度、評定を開催し、実氏・土御門定通・徳大寺実基・吉田為経・葉室定嗣の五人の廷臣を評定衆に指名し、訴訟を審議させた。文殿とも連携して上級の裁判機関としても実を整えた。また訴訟には案件ごとに伝奏が定められた。院政では女房・僧侶が聖断に容喙し、政務が混乱してきた歴史があり、伝奏にはこれを排除する役割が期待された。朝廷政治の刷新を求め、幕府が導入させた制度であるが、それ以前の院政と比較し、公家政権の名に値する政務運営の実が整えられたと言える。院評定は太政官の陣定や政務にかわり、より迅速な意思決定機関としても機能する。

　仁治・寛元年間は、皇室も摂関家も激変の数年間であるが、為家はほとんど影響を受けていない。親しい従兄である西園寺実氏に密着し、何かと庇護を受けていた。また、長女為子は後嵯峨天皇の典侍となり、やがて二条良実の子道良の正室となった。権大納言に昇進する家格を得て、当主と嗣子は摂関家への家礼関係を止めたらしい。かわって次男以下の庶流が摂関・大臣に奉仕するが、為家の次男為教は、実氏・公相・実兼の西園寺家三代に仕えた。徒然草・一一四段に、公相の牛車に同乗して不用意な発言をし、短気な公相から折檻される「ためのり」という人物がいるが、為教である。

## 後鳥羽院の復権

宝治年間に入ると、院政も安定し、後嵯峨の御幸・遊宴・寺院造営が旺盛となった。増鏡に「うへは、いつしか所々に御幸しげう、御遊びなどめでたく、今めかしきさまに好ませ給ふ」（内野の雪）と記される。後鳥羽院を髣髴とさせる振る舞いは、自身がその正統を継ぐとアピールする目的があったとされる。すでに北条泰時・順徳院・西園寺公経らがあいついで歿しており、後鳥羽院も歴史上の存在となりつつあったであろう。

後嵯峨の院執権で評定衆であった、葉室定嗣（一二〇八～七二）は、後鳥羽院の執権光親の二男である（兄は真観）。光親は承久の乱で倒幕の院宣を執筆したため刑死したが、実はたびたび諫言を呈していたことが後に知られた。泰時も寝覚めが悪かったようで、光親の遺児を引き立てるようなことをしている。

定嗣の日記、葉黄記宝治元年（一二四七）八月二十三日条には、後鳥羽院の皇子、天台座主入道道覚親王との談話を記録している。

道覚は慈円の愛弟子であったが、承久の乱のために失脚、青蓮院門跡から退去させられた。その後は長く西山善峰寺に隠棲していたのを、この年三月二十九日、四十三歳で天台座主となり、また後深草天皇の護持僧とされたのである。

道覚は、後嵯峨に伝わることを意識してであろう、生前の後鳥羽院から受けた音信の内容を語った。多くは院が隠岐で得た夢想である。たとえば、法勝寺（ほっしょうじ）金堂の本尊がやって来て、お助けする、と告げたという。法勝寺は白河院の御願寺である。その本尊が助けるとは白河院の冥慮に他ならない。絶海の孤島で寂しく歿した後鳥羽院を敗残者ではなく、皇統の祖宗として再び定位させる言が後嵯峨の近辺で語られていたのである。

定嗣は後嵯峨に復命した。後嵯峨もまた夢想で応ずる。仁治の頃、西園寺公経が「大声を以て材木を引く声あり、これ、本願の白川院なり、法勝寺を修理せんが為に、自ら引かしめ給ふ」との夢を見たという。仁治三年に後嵯峨が践祚したから、法勝寺の再興は自身に託されていると受け取っていたのである。「法勝寺の事、殊に尊崇の沙汰あるべきか」と誓う。実際、建長五年（一二五三）十二月に法勝寺阿弥陀堂の再建を遂げている。為家集（ためいえしゅう）には「法勝寺」を題として、

君が代はのりのすぐるるしるしかな光さしそふ西の月影（一二六三）

と「法勝」を詠み込み、西方浄土になぞらえて讃える時事詠がある。院政期の治天の君への回帰が、後鳥羽院の遺志として果たされた点に特色がある。

白河一帯の再興を志した後嵯峨は、鳥羽殿にも頻繁に御幸した。葉黄記宝治二年九月十三日条によれば、御幸して、五首歌会を開催した。定嗣は後嵯峨の真意を知ってか、「凡そ連々の御幸、頗る建保・承久の風に似たり。甘心せざる事なり」と批判するが、これも直接には後鳥羽院の振

る舞いを真似たのである。

その少し前には、検非違使の中原章澄の妻に院の霊が憑き、「神祠を高陽院に立てて鎮座せらるべきの由」託宣があった。章澄の姉が大宮院姞子に祗候していたため、この話は後嵯峨の耳にも入った（宝治二年七月三日条）。高陽院殿は、和歌所が置かれていた後鳥羽院御所である。承久の乱後は焼亡して再建されず空閑地となっていた。たまたま定嗣が検非違使別当であり、事が事だけに秘密裡に処理されたが、生前と同じ場所に鎮まりたいとの後鳥羽の霊託は、後嵯峨の心を動かしたのは確かである。

## 続後撰集の下命

このような中、十番目の勅撰和歌集が計画される。宝治二年（一二四八）七月二十四日、後嵯峨院は宇治真木嶋(まきしま)の実氏の別荘に御幸した。西園寺家の人々と近臣のみが随行した。翌日、平等院でくだけた会合があり、摂関家ではなく、実氏が食事を用意し、何名かの廷臣が水泳の技を見せた。これも後鳥羽院の時代を髣髴とさせるが、その場に居合わせた為家に院は撰進を仰せ下した。葉黄記には「勅撰の事、為家卿参会なり、内々これを奉(うけたま)はると云々」とある。これまでの手続きと比較しても、やや簡略な印象を受けるが、為家が後嵯峨院や西園寺家の人々とすこぶる近しかったから、こういう形になったのだろう。昇殿もなかなか聴されず、院の近臣とも距離があった、新古今時代の定家と比較すると、隔世の感を覚える。なお、和歌所の設置は見られない。

同年、応製百首も企画され、四十人の歌人が進上した（宝治百首）。この集の編集は順調であったようで、大きなトラブルは伝えられず、三年後の建長三年（一二五一）十二月二十五日に奏覧した。集名は続後撰である。二十巻、一三七一首。為家はこの時に目録も進覧した。その序文だけが一部残存しており、撰集の趣旨を知ることができる。それによると、

> 元久には親父定家新古今をえらべり。その時撰者五人うけ給はるといへども、ひとり和歌所にして詞をあらためしるせり。これをおもへば、むかし古今集四人うけたまはれる中に、貫（紀）之ひとり御書所にして撰び定めたてまつるにおなじ。撰者の子たるもの、つたへてうけたまはりおこなふこと、かの貫之延喜に古今集をえらびてのち、時文（紀）、天暦に後撰集をうけたまはるばかりなり。これによりて梨壺の跡をたづぬるに、初めて宣旨をたまはりしこと、天暦五年辛亥なり。葦原の今のことばをあつめて奏せんとするに、建長三年辛亥なり。かれも素律はじめていたる月（十月）、これも玄英すぎなんとする時（十二月）なり。今を見ていにしへを思ふに、世のため君のためこれをならぶるに、ことにあひにたり。

強調されるのは、まず定家・為家と父子が単独撰者の地位を継承したことである。新古今集では撰者六人（五人）であったが、定家が中心的な役割を果たしたという。後鳥羽院にとっての和

歌所は寄人がひとしく集うところであったが、定家・為家にとって、それでは困るのである。そこでこのような表現となり、この説は御子左家に継承されていくのである。さらにこれは古今集の時の貫之の役割と同じだと強弁する。続いて、貫之の子の時文もまた同じく「つたへてうけたまは」る、おそらく天皇の勅を蔵人から伝えられて承る形で撰者となったが、それは天暦五年のことであった。ちょうど今から三百年前である。そこでこの後撰集をついで、続後撰集と名付ける、というわけである。

## 創られる伝統

もっとも、後撰集の成立年代は当時でもよく分かっていなかった。天暦五年（九五一）は後撰集の「初めて宣旨をたまはりし」年、建長三年（一二五一）は続後撰集の「あつめて奏せんとする」年であるから、比較しても齟齬してしまうのだが、少なくとも続後撰集は「後撰集から三百年」とみずからを規定したのである。これは、伝統に則ろうとしたというより、伝統を創り出そうとする働きであると言える。

すでに樋口芳麻呂の指摘がある通り、部立・巻名など外形的にも後撰集を手本としたところは多い。

また佐藤恒雄は、いっぽうで新勅撰集をあらたな伝統の始発と見て、これを継承する意識が非

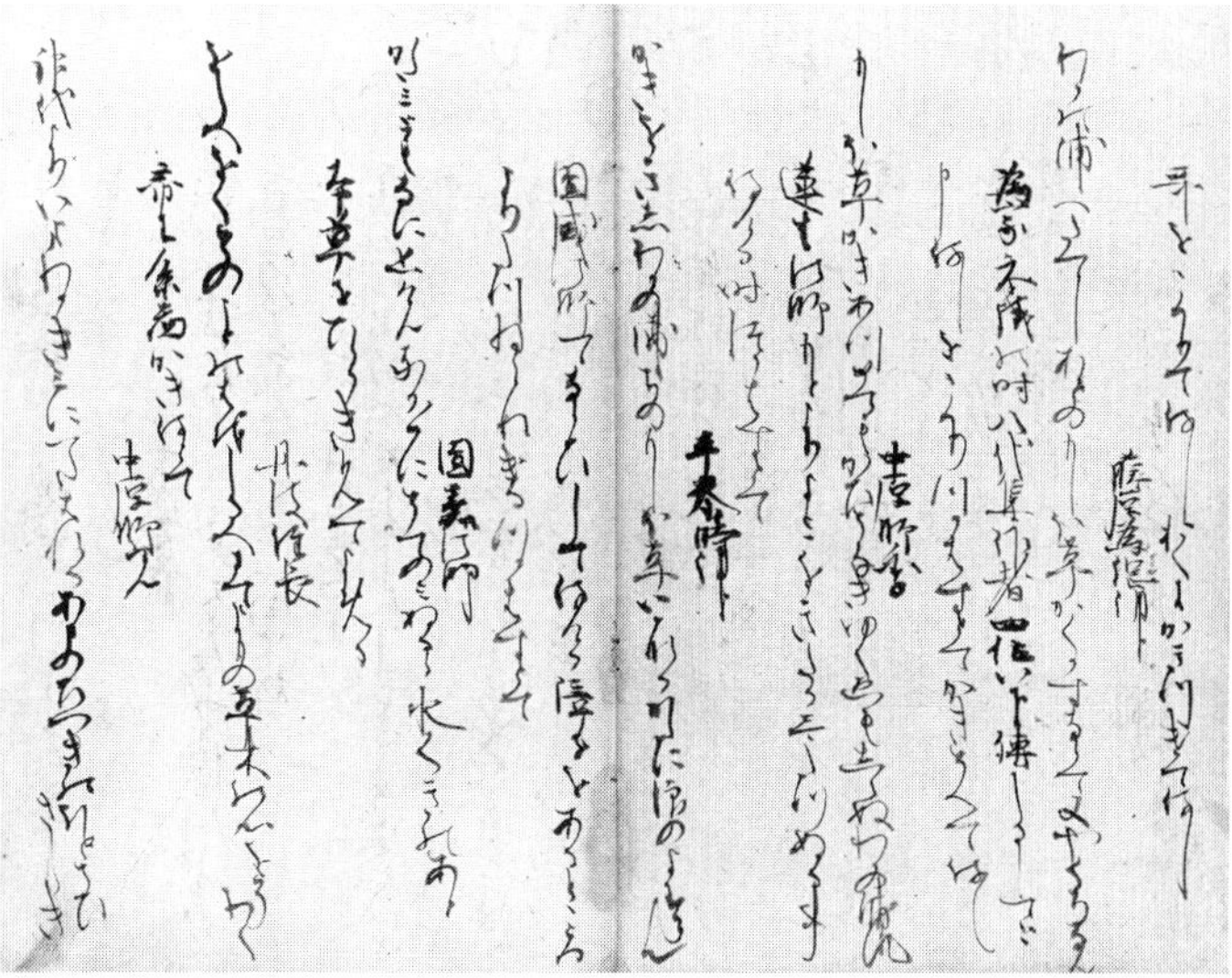

図3–2　続後撰和歌集（冷泉家時雨亭文庫蔵）建長7年（1255）藤原為家自筆

常に強かったことを明らかにしている（「続後撰和歌集の撰集意識」）。とくに両集の総歌数が当初同じであったことに注目した。つまり為家が意識して揃えたのである（その後、過去の勅撰集に入集した歌を見出し除棄した結果、精撰本の歌数は一致していない）。さらに上位入集歌人の歌数も、両集でそれぞれ第一位である家隆と定家はともに四十三首、第二位の良経と実氏も三十六首である。二十首以上入集者が八名、十首以上入集者が二十四名であることも人的構成を努めて均一にしようとした形跡を認めることができる。また為家自身の歌は十一首、家督（嗣子）である為氏の歌は六首採ったが、これも新勅撰集に倣ったものらしい（現存本で定家の歌は十五首になったが、為家は六首）。この「撰者十一首、家督六首」という数は、これ以後の勅撰集で継承され、ほとんど強迫観念のように子孫が拘るものとなる。御子左家の撰者が入れた自作は、何か特別な価値があるに違いないと見られ、後世にはそれが抄出されて独立した。正風躰抄（しょうふうていしょう）である。

## 後鳥羽院と和歌所の扱い

続後撰集では為家の歌壇支配、御子左家の歌道師範家たる地位を確立させることが企図されているが、扱いに困るのは新古今集の存在である。

定家と為家にとっては、新古今集は思い出したくないとまでは言えないにしても、やはり苦い記憶の拭えない撰集である。華麗な歌風についても否定的であった。しかし、下命者である後嵯峨院の意向を汲めば、後鳥羽院と新古今集は一定程度復権しなくてはならない。新勅撰集に入集しながら、清書本以前に除去されたとおぼしき歌人の候補、つまり後鳥羽院と皇子たちが、この集に何首入ったかを挙げると、後鳥羽院29、土御門院26、順徳院17、雅成親王9、道覚親王3、覚仁親王1、尊快親王1となる。土御門・順徳の差には後嵯峨への配慮を感ずるが、おおむね歌人として妥当な評価であると思われる。つぎのような和歌もある。

建永元年八月十五夜、鳥羽殿に御幸ありて、御舟にて御遊びなどありける月の夜、

和歌所の男ども参れりけるよしきこしめして、出ださせ給うける

後鳥羽院御製

いにしへも心のままにみし月の跡をたづぬる秋の池水（賀・一三四〇）

（昔の上皇たちもここで遊び、心のゆくまで月を眺めた。その跡を探訪する、今日この仲秋の池の船遊びなのだ）

鳥羽一帯は水郷であった。状況は明月記にも詳しく、後鳥羽院はかねてより御幸し、歓楽の日々を送っていた。この夜、有家・具親・家隆・定家・清範が参会して、東釣殿で明月を鑑賞、院は乗船して管絃を楽しんでいた。「入御の間、各の参る由を聞こしめし、御製を下さる」とあり、この歌が引用している。院は白河・鳥羽両院の昔を偲んだのであろうが、やや平凡な作である。しかしこれを撰集に入れれば、鳥羽殿の再興を志す後嵯峨院に対する、祖父の祝言として読むことも可能となる。さらに、和歌所寄人と後鳥羽院との交流を記念する。もとより、詞書に明示される限りでは、承久以後の後鳥羽院関係者の詠は採っていない。

### 神祇巻の住吉歌群

巻九・神祇歌は、五十二首からなる。神祇歌は千載集で初めて独立した部立で、比較的コンパ

クトであるが、撰者の思想、集の性格がよく現れる巻である。続後撰集では西園寺実氏の詠が巻頭にある。

蜻蛉羽のすがたの国に跡垂れし神のまもりや我が君のため（神祇・五三二）

（トンボが交尾をしている時の恰好に似たこの国に、神が垂迹して以来のご加護は、わが君の為なのでしょう）

「蜻蛉羽のすがたの国」とは、日本書紀・神武天皇三十一年四月、国見をした神武天皇の「蜻蛉の臀呫の如くあるか」との言による（「垂れし」は羽の縁語）。国の起源を思いやり後嵯峨の治世を祝言する詠に始まり、同じく和光同塵を詠む土御門院の詠が続く。以下、伊勢（一一首）・石清水（四首）・賀茂（二首）・春日（二首）・住吉（十首）、三輪（一首）と各社を詠んだ歌群が続き、松・榊の歌群（六首）の後、日吉（八首）・北野（二首）の両社の詠、そして日本紀竟宴和歌（三首）、神遊採物歌（二首）と神事で締めくくられる（（　）内は歌数）。この八社を取り上げるのは勅撰集の性格としても御子左家の信仰からしても穏当なのであるが、住吉社が伊勢神宮とならんで多い。実は新勅撰集の神祇歌では住吉の詠はなかったから、これは大きな特色である。

住吉社は、難波津と並ぶ大阪湾の要津住吉津に臨み、神話以来、軍事・航海の神とされた。平安中期には貴人も参詣するようになった。神主津守国基（一〇二三〜一一〇二）は和歌を好んで、後拾遺集の作者となった。その頃住吉明神は玉津島明神・柿本人麻呂とならぶ和歌の神となっていた。定家の日記、明月記は、定家が参詣のとき「汝(なんじ)、月明らかなり」との神託を得て命名されたとの伝説があるが、あながち荒唐無稽の説ではない。住吉社神主の津守氏は次第に中央との関係を深めて、公家社会にも出入りするようになっているが、明月記によれば、津守経国・国平父子が足繁く参上している。定家は新勅撰集に経国を、為家は続後撰集に国平をそれぞれ一首採っている。後者を掲げる。

本社にさぶらひてよみ侍ける　　津守国平

我が君を松の千とせと祈る哉(かな)世々につもりの神の宮つこ（神祇・五五四）

（わが君をお待ちし、松のように千年も久しくと祈ることだ。何代も実績を積んで来た、住吉の神に仕える津守の神主は）

続後撰集では住吉歌群のうちにあるが、住吉のシンボルである松に「待つ」を懸け、院の御幸を待望し、「積もり」を懸けて、「津守」を詠み込んだ、現在の神主にとって意味深い詠である（なお建長五年三月十六日には後嵯峨院の住吉御幸が実現する）、為家と国平との間にはすでに深い信頼関係があったと考えられる。

津守氏は勅撰和歌集の歴史には無視し得ない一族になっていくのであるが、このことはすでに看取される。さらに言えば、津守氏が御子左家に対して何らかの助力をしていた可能性もある。このことは第五章で詳しく触れることにしたい。

## 続後撰集の歌風と評価

続後撰集は中世を通じ最高の評価を受けた。「花実相兼」という賛辞が贈られる。和歌の表現（修辞の技巧）と内容（感動の真実味）とは、しばしば「花」と「実」に対比されて来た。両者兼備が理想ながら、実際は困難である。新古今集は「花」が過ぎ、新勅撰集は「実」が過ぎたが、この集はそのバランスが絶妙である、という。新勅撰集を酷評した越部禅尼消息は、撰歌方針も排列も穏当で、各歌も「上﨟しくもけだかく、なつかしう、たをやかに」と絶賛するが、続いて、

もとより詞の花の色匂ひこそ、父にはすこし劣りておはしませど、歌の魂はまさりておはしますと申し候つることあらはれて、撰び出ださせ給ひて候ふ　勅撰、命生きて見候ひぬる、返々うれしく候。天暦四年とかや、後撰の後にて序の候はぬしもよく候。いかなれば、序にこそかたはらいたき事どもいでき候へ、それに又後鳥羽院の御孫、土御門院の御子にてわたらせおはします院の、御覧じさだめられて候と承り候へば、茶碗の物に瑠璃をかけて候やうに、清くうつくしう忝くあふぎて信もおこりて覚え候。（そもそも表現の華やかさや魅力は、父

上には少し劣っていらっしゃるけれど、創作の精神はずっとしっかりしていらっしゃると申しましたことが明らかになり、長生きして編纂された勅撰集を見ましたのは、返々もうれしいことです。天暦四年とかいう、後撰集のあとを受けて、序がないのもかえってよいことです。どういうわけか、勅撰の序には面倒な事が生ずるからですが、それにまた、後鳥羽院の御孫、土御門院の御子でいらっしゃる院が、御覧になり最終的に決定されたと承りましたので、釉薬を懸けて焼いた瑠璃色の茶碗のように、清らかに美しく有り難く、信仰心さえ湧き上がります）

という。為家本人は「花」より「実」の歌人だとするのは、親族ならではの無遠慮か。ただ、後嵯峨院が編集段階でこの集の内容を確認した（もちろんそう深く関わってはいない）ことが後鳥羽院を想起させると褒めるのは、彼女自身は新古今風を忘れ難かったのであろう。

ところで、為家あるいは続後撰集の歌風は「平淡美」と言うこともある。読んで字のごとく、平穏で淡泊な美であるが、これは宋詩でよく見られる語で、華麗で情熱的な唐詩に対して、いかにも穏和で無味な宋詩を形容するもの。南宋の詩話詩人玉屑（しじんぎょくせつ）（刊行はちょうど本邦の建長年間に当たる）では「平淡に造（いた）らんと欲するには、まさに組麗の中より来て、その芬華を落とすべし、然（しか）る後に平淡の境（きょう）に造るべし」（巻十「平淡」）と、まずは華麗さを尽くして後に初めて到達できる詩境でもある。つまり新古今風と対照しての新勅撰集・続後撰集の歌風を形容するのにうまくあてはまるので、使われるようになったらしい。しかし、当時の歌人たちが用いた語ではないし、また同じ詩人玉屑では、単なる平凡陳腐とは異なり、「拙易の詩」は決して「平淡」ではないと強調される。定家には「花」に対する強い反動があったが、為家は意識して無味たらんとしたようであり、それを積極的に評価してよいかどうかは分からない。さらに後世のいわゆる二条派の歌風を等しく平淡と形容するのはあまり適切ではない。

あれこれと指摘したが、続後撰集は総じて無難な集である。中世には無為無難というのは大きなプラスであった。具体的には以後の歌道師範は為家の経歴を理想としており、その為家が一人で干渉されずに撰べたこと、という外部状況に懸かることが大きく、花実相兼と言われる集の内面についての研究はこれからであろう。事実、真観の難続後撰（散佚）が著され、また他家の歌人によっていくつかの私撰集が対抗的に成立するなど、続後撰集の成立が反対派歌人の活動を刺激した面もあり、為家の歌壇支配はまだ盤石とは言えないのである。

為家がひとりで撰んだことになっているが、助力者もいた。藤原信実、藤原光成、そして源家清が知られている。信実はかなり老齢であったが、詞書なども書いたらしい。粗漏を難続後撰に指摘されたという。光成は同じ御子左家一門の廷臣、家清は源家長の子である。為家の家人のような立場で助力したのであろう。子女の為氏、為子、津守氏の支援も考えられる。

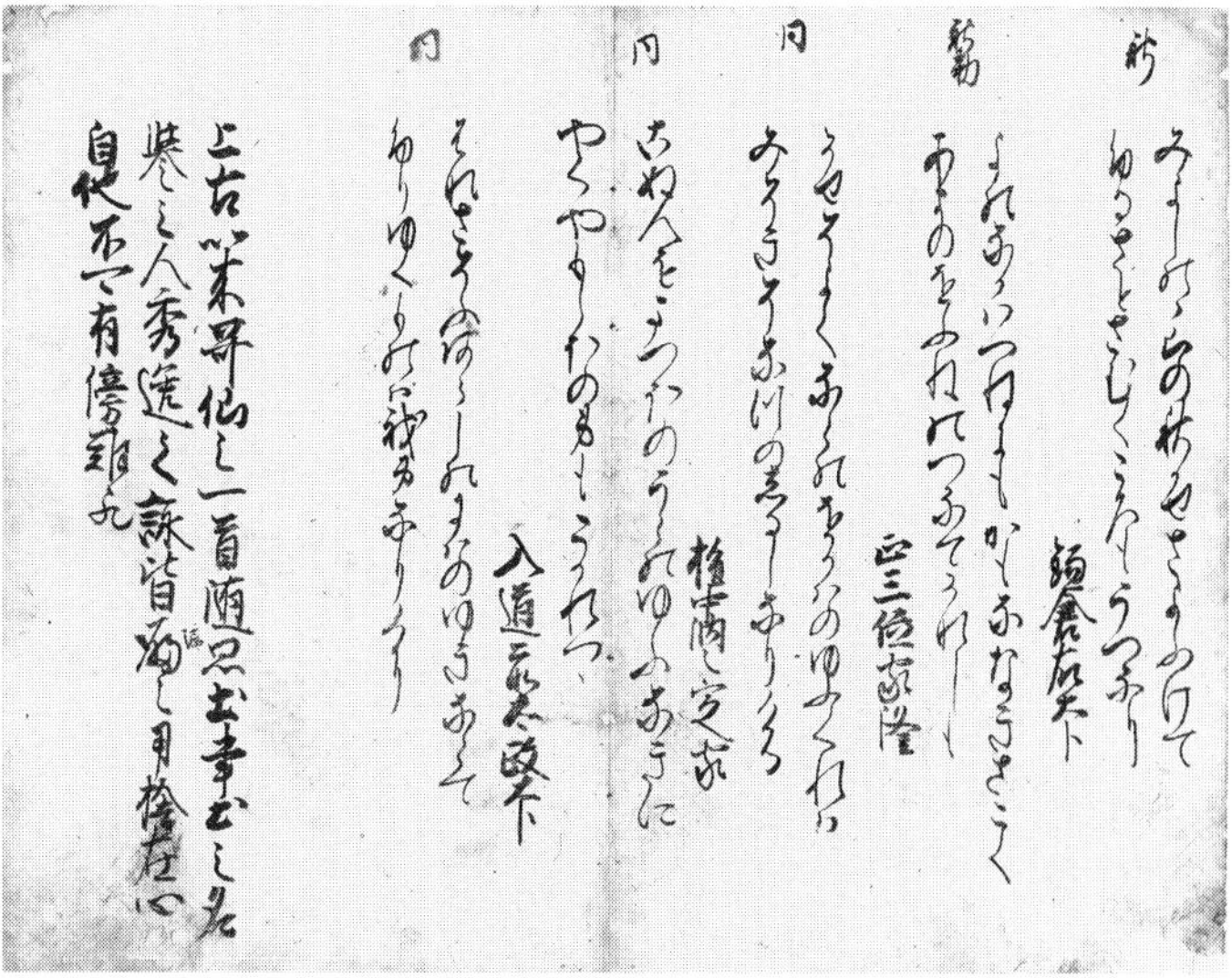

図3–3　百人秀歌（冷泉家時雨亭文庫蔵）　末尾四首と識語

## 続後撰集と百人一首

有名な百人一首は、新勅撰集の成立直後、定家が撰んだとされている。明月記によれば、嘉禎元年（一二三五）五月二十七日、嵯峨山荘に老軀を休めていた定家は、隣接する宇都宮頼綱の山荘の障子（しょうじ）（襖のこと）に貼る色紙形のため、天智天皇以来の歌人の歌を一首づつ撰び、みずから揮毫して贈ったとある。この時の定家の撰歌の内容を伝えるのは異本の百人秀歌（一〇一首）であり、その後、定家は和歌を差し替えたり順番を変えるなどして、現在見る形の百人一首が成立したと考えられている。

ところで、百人一首と百人秀歌との最も大きな相違は、百人一首で掉尾を飾るのは後鳥羽院（「人もをし…」）と順徳院（「ももしきや…」）であるのに、百人秀歌は両院の詠を載せないことであろう。

なぜ百人秀歌が改訂されたのか、議論百出であるが、定家自身が改訂したと見る通説は、新勅撰集から承久の乱関係者の詠を除棄させられた事実を重視する—政治的な圧力に屈した定家が藝術家としての良心に従って、自身の秀歌撰では両院の詠を採ったと説明する。しかし最近、そもそも百人一首は定家とは無関係で、後人の手になるのではないか、という説が唱えられ、支持を集めつつある。

百人秀歌の終りの四首、実朝・家隆・定家・公経の詠はいずれも新勅撰集入集歌である（官位表記も同集のそれである）。さきに述べたように、定家は完成した新勅撰集に不満を抱いた形跡はなく、また両院の詠に強い執着はなかったと見られる。たしかに「『百人秀歌』の巻末は、むしろ完成した『新勅撰集』を誇示するような配列」（田渕句美子『百人一首』）なのである。

定家の胸中はさまざまに推測されているが、それは措く。まず他にいくつかある定家の秀歌撰は勅撰集に入集した歌で構成される。百人秀歌はこの点で齟齬がない。ところが百人一首の両院の詠は、少なくとも定家生前の勅撰集入集歌ではない。新勅撰集の清書本から除棄された歌であるとの推測もあるが根拠はなく、仮にそうであっても勅撰集入集歌とは言えない。

この二首は続後撰集に入集した。しかも、ごく近接する位置にある。

題しらず　　後鳥羽院御製

人もをし人もうらめしあぢきなく世を思ふゆゑにものおもふ身は（一二〇二）

百首歌よませ給うけるに、懐旧の心を　土御門院御製

秋の色をおくりむかへて雲のうへになれにし月もものわすれすな（一二〇三）

題しらず　権中納言国信

てる月の雲井のかげはそれながらありし世をのみ恋ひわたるかな（一二〇四）

順徳院御製

ももしきやふるきのきばのしのぶにも猶あまりある昔なりけり（一二〇五）

正確には後鳥羽院は巻十七・雑歌中の巻軸、順徳院は巻十八・雑歌下の三首目である。巻を隔てるものの、懐旧をテーマにした述懐歌群のうちにある。

後鳥羽・土御門・順徳の三院が並ぶこの歌群は最も目に付きやすい。もし後人が両院の歌を追加するならば、まずはここから採ったと考えるべきである。両院の詠は、それ以前には決して有名な歌ではなかったからである。

ところで、百人秀歌を改訂した者として為家の名が挙がることもあった。ただし、為家の立場であれば、後嵯峨の父土御門をこそ顕彰すべきである。生前の後鳥羽は正式に順徳を後継者としていた（順徳の子の仲恭天皇を乱の直前に践祚させた）。実際、順徳のもう一人の皇子忠成王は、四条天皇の急逝後、践祚する意向であった（幕府の拒否に遭って断念した）。つまり百人一首の排列は、

承久の乱以前の正統をいやがおうでも想起することになり、そのような改訂が為家によってなされる動機を見出しがたい。この点は、詳しく論じたので参照されたい（小川「百人一首の成立」）。

後鳥羽院・順徳院の詠の追加は、続後撰集成立後、延文五年（一三六〇）頃、頓阿が初めて「定家撰の百人一首」に言及するまでの一世紀の間であるとしか言えないが、当事者が世を去り、後鳥羽院・順徳院が歴史上の存在となって以後と見るのが自然である。文化史でさしたる事績のない土御門院より、八雲御抄・禁秘抄という二大著を著した順徳院は知識人に親しまれた（たとえば徒然草にも両書の引用がある）。つぎの続古今集では兄弟両院の差は縮まり、続拾遺集では拮抗し、新後撰集・玉葉集・続後拾遺集では順徳が上回り、風雅集で差は二倍に開くのである。

| | 続後撰 | 続古今 | 続拾遺 | 新後撰 | 玉葉 | 続千載 | 続後拾遺 | 風雅 |
|---|---|---|---|---|---|---|---|---|
| 土御門 | 26 | 38 | 16 | 9 | 9 | 9 | 7 | 7 |
| 順徳 | 17 | 35 | 15 | 11 | 12 | 8 | 8 | 14 |

**図3–4**
**両院入集数**

それにしても定家撰を擬装した百人一首が、悲劇の天皇父子の、それもかなり激しい口調の述懐の和歌で一巻を閉じるようにしたことは、後世の歴史観に実に大きなインパクトを与えた。それはこの二首を見出して来た続後撰集の功績でもあろう。

# 第四章 東西の交渉と新しい試み――続古今和歌集

## 将軍御所に置かれた「和歌所」

後嵯峨院の時代は西園寺家の支持、何より鎌倉幕府との協調によって、中世には珍しい政治的安定が続いた。「鎌倉の平和　Pax Kamakurana」と命名した研究者もいる（前田雅之『記憶の帝国』）。その象徴が皇族将軍の実現であった。続後撰集奏覧の直後、将軍九条頼嗣が廃位されると、執権北条時頼（ときより）の要請に答える形で、建長四年（一二五二）四月、院鍾愛の第一皇子宗尊（むねたか）親王が東下し、十一歳で六代将軍となった。

幼少であり実権もなかったとはいえ、宗尊には公武とも実に手厚い配慮をして、その動向は絶えず注視された。京都から廷臣・女房・諸大夫・侍が下向し、仕えるようになった。彼らの待遇は後嵯峨によって京都に住む親族朋輩と同等であると保証され、実際優遇された。鎌倉の将軍邸は正式に御所と称されるようになる。

宗尊は長じて和歌を熱愛した。吾妻鏡によれば、二十歳となった弘長元年（一二六一）以後は、御所で歌会・歌合・連歌が実に頻々と催され、歌壇が形成されていることが分かる。ところで同年三月二十五日条に次のようにある。

> 近習の人々の中、歌仙をもつて結番せられ、各当番の日、五首和歌を奉るべきの由定め下さる、冷泉侍従隆茂、持明院少将基盛、越前々司（北条）時広（大仏流時村＝行念の男）、遠江次郎（北条）時通（大仏流時直の男）、壱岐前司（後藤）基政、掃部助（安倍）範元、鎌田次郎左衛門尉行俊等、その衆たり、

番衆は、宗尊に祗候する廷臣、和歌を好む幕府御家人から構成されている。藝道に秀でた近習の面々を当番制で祗候させ、主君の相手をさせることはすでに見られたが、ここでは歌人に特化したのである。

このうち安倍範元は、祖父の代から幕府に奉仕する陰陽師であった。かれは後年遁世して寂恵法師と名乗るが、このように回想する。「中務卿親王（宗尊）家御時、和歌所の衆を置かれて、毎月六首の哥を当番としてたてまつる時、当番・非番あひかねて毎月卅首の哥をたてまつる事、寂恵一人がほかその人を聞かず」（寂恵法師文）。五首と六首との違いはあるが、まず吾妻鏡と同じことを述べている。六首とすれば式日は一月に五度、番衆が二人ずつとしても、十人以上はい

た計算となる。ただ、自身が当番の日には詠めずに、毎度寂恵に代詠してもらう不届きな番衆がいた（陰陽師は幕府でもごく軽い身分であった）。提出された和歌を宗尊は毎月品定めして九品（上の上から下の下までの九ランク）に分けたという。

そして寂恵は番衆を「和歌所の衆」と称し、自分がいかに和歌所で活躍したかを長々と書き立てる（その理由は後で述べる）。当然、番衆が詰める空間が和歌所となる。ただ、このことは吾妻鏡などには見えないが、宗尊自身はそう呼んでいる。宗尊の家集の一つ、瓊玉和歌集の詞書には「和歌所を始め置かれて、結番して男どもに歌詠ませさせ給ふ次に」（春上・二七）などと、和歌所で番衆に交じり詠歌したことが散見する。さらに原中最秘抄によると、源親行は宗尊の時の「和歌所の奉行」であったという。

以上の史料によれば、弘長元年三月に、宗尊の御所には和歌所が設置されて、当番制で所衆が定められ、殷賑を極める鎌倉歌壇の核となっていたことは疑い得ないようである。しかし、後鳥羽院仙洞以来、姿を消していた和歌所が、鎌倉将軍の下で復活することは意外に感じられる。また、当時の勅撰和歌集といかなる関わりを持つのであろうか。

## 勅撰集の下命と撰者追加

これより少し前、後嵯峨院は再び勅撰和歌集企画を思い立つ。治世に二度の撰進は白河院の先例がある。続後撰集の時と同じく、正元元年（一二五九）三月十六日、西園寺家北山殿へ御幸、連歌会の席上、為家に口頭で命じた。為家は、出家の身、老齢、病気を理由として、嫡子為氏を推薦したが認められなかった。撰者の地位が継承されることを願っていたから、理由は口実であろう。

それでも二代の撰者は名誉であるし、周囲に人材も豊富であったが、このときの撰歌は遅々として進まなかった。続後撰集奏覧から数えて八年しか経っていないせいもあろう。撰歌の時代について、為家は「古歌」を除外し、永延年間（一条天皇の年号）以後を対象としたい、と考えていた。「近代歌」「現存歌」に重点を置いたとしたらなおさらである。また、集名は「続拾遺」を腹案としていたらしい。

かねて為家と競合していた真観はこの情勢を見て動いている。文応（ぶんおう）元年（一二六〇）、真観は二度にわたり鎌倉に下向することで、宗尊親王に接触、信任を得た。そして同年十二月から一年余にわたり鎌倉に滞在、正式な歌道師範として御所に出仕する。鎌倉歌壇の活性化は精力的な指導者を得たせいでもある。宗尊の「和歌所」設置も真観の発案ではないか。

弘長（こうちょう）二年（一二六二）九月、宗尊は父院に、真観のほか前内大臣九条基家・前内大臣衣笠家（いえ）良（よし）・侍従三位九条行家（ゆきいえ）の四名を撰者として追加するよう執奏、承認された。

為家はこの事態を事前に察知していたらしい。これより先に五月二十四日、為氏に与えた為家卿続古今和歌集撰進覚書では、もし撰者が追加されるのであれば、「新古今撰者五人の内の余流」

として、飛鳥井教定（のりさだ）や行家の名を挙げている。行家は知家の子であるが、穏やかな人柄で為家も悪感情を抱いていなかった、しかし真観だけは許容できなかった。以後、御子左家では真観は「文永新撰者」と呼ばれて、長く憎悪の対象となる。

なお、この為家卿続古今集撰進覚書は、もとより体系的なものではないが、勅撰集を編纂する時の注意点を率直に語ったものである。歌道師範家で、勅撰集の編纂のノウハウ（撰集故実）について記した著作は意外なことにほとんどなく、貴重である。しかも、主たる内容は、入集させる時には、相手によってどのようなことを配慮するかという、はなはだ具体的なものである。附録Ⅱに全文を掲載したので、参照されたい。

為家の不満を緩和するために、二人の前内大臣が加えられたのであろう。大臣撰者の例はないが、それゆえに歌壇の一勢力に左袒するような立場にはないはずである。ただし、基家はかねて定家・為家とは疎遠で、真観の庇護者をもって任じていた。いっぽう家良は近衛家傍流の出身、真面目な人柄で、為家にも真観にも信頼されていた。為家作とおぼしき未詳歌学書の断簡に「このほかは哥の道いづれの人か知るべき。衣笠、撰者の中にて御同心に申し合はすべきよしたびたび約束ありき」（徳川美術館蔵古筆手鑑（こひってかがみ）『玉海』所収、伝明融（みょうゆう）筆歌書切）とあるので、家良は為家との連携があったらしい。ともあれ、この人選は真観に有利である。真観はただちに上洛し、十一月には正式な院宣が下された。新古今集と同じく五人の撰者の体制となったのである。

撰者は、それぞれ撰歌にとりかかった。為家は失望していたが、そうはいっても撰歌はある程度はできていて、仕切り直したらしい。約二年半かけて、文永二年三月から四月の間に、各撰者から「撰歌」（撰者進覧本）が提出された。ただ、家良は前年九月に歿し、遺族が撰歌を提出したものの、けっきょく利用されなかったという。

鎌倉歌壇はこの間も活発であった。瓊玉和歌集は文永元年十二月、宗尊が在京の真観に命じ、編纂させた家集である。この集の詞書に「和歌所」が頻出することは、晴れて勅撰集の撰者となった真観が、宗尊親王をひそかに後鳥羽院と重ね、その御所を和歌所に擬えていたゆえとも考えられよう。寂恵も当時は真観の門弟であった。

## 撰歌と部類・院評定

撰者たちの撰者進覧本が揃ってまもなく、仙洞で院評定にあわせて「勅撰評定」が開かれた。その詳細は町広光（六二頁参照）が「和哥集沙汰之事」と題して抄出した民経記の記事によって初めて知られたことであった。

文永二年四月二十八日、院の御前に、評定衆の関白二条良実・左大臣一条実経・前太政大臣西園寺公相・前左大臣洞院実雄・按察中納言姉小路顕朝、および撰者の為家・真観・行家が参仕した。まずは集名が議された。複数撰者であることに加え、新古今集竟宴の元久二年（一二〇五）から満六十年に当たり、（すなわち古今集とも）乙丑の干支が一致することで、集名を「続古今和歌集」とすること、さらに和漢両序を置くことを決定した。体裁は院の親撰となる。

この日は巻頭歌を決定した。以後、編集作業が院評定の開催にあわせて月に三回行われた。閏四月十八日には春下まで完成した。「勅撰の事連々評議あり、春歌ばかり部類し寄せらるるか、範忠朝臣・忠雄、御前に於いて切り続ぐ。行家卿部類せしむと云々、歌仙四人書き進らす所の集、部類せらるるなり」とある。すなわち撰者で最も若い行家が各撰者の進覧本を読み上げ、撰者と評定衆とで評議し、採択された歌を行家が撰集の体裁に整えて記していった。修正が重なれば、院近臣の範忠（清範の男）・忠雄が切り継ぎをした。

当初から「或る説に、一定落居の後、関東三品親王家に遣はさるべし、その後来る七月宣下せらるべしと云々、元久宣下の儀尋ぬべし」とあって、完成を七月頃と見込み、それを宗尊に見せた後、「宣下」つまり公開を許可すること、この場合は竟宴を実施しようとしていた。閏四月があっても早過ぎると思えるが、秋には撰集が一応の形をなし、中書本と称し得る段階となった。新古今集における、「御点」と「部類」とを半年ほどで済ませたことになる。評定衆と撰者は短期集中して作業を続けたらしいが、後鳥羽院が一年をかけて五人の撰歌をすべて点検、抄出しては清書することを三度繰り返した新古今集の「御点時代」に比較すれば、その熱量と精錬の度は比較にならない。後嵯峨院はすでに四十六歳、関白以下の評定衆もみな初老の高官であり、和歌を好んだといっても、せいぜい個別の歌について意見するだけで、出典資料に当たって、部立や排列に手を下せる立場ではないし、その余裕もなかったであろう。

老齢の撰者間にも闊達な議論があったとは思えない。干支を意識するのであれば年内完成は必須であるから、なおさらである。為家は出仕は止めなかったものの、自分の撰歌以外には発言しなかったと伝えられ、真観は宗尊の威を借りて思いのまま振る舞った。この勅撰評定の期間に、宗尊の歌をどんどん増やした。当初は三十首であったのが、最終的には六十七首の多きに及び、集中第一位となった（うち四十八首が瓊玉集に見える）。勅撰集初入集者は十首以下に抑えるのが通例であり、かつ下命者である後嵯峨院は五十四首であるから、たしかに前代未聞のことである。

九月十七日に宗尊は一品に叙され、中務卿に任じられた。この時期は俗体の親王が稀少であり、「中務卿親王（唐名は中書王）」の出現は二百年ぶりのことである。この官は文人として知られた兼明親王（前中書王）・具平親王（後中書王）が任じられており、その跡を襲ったものとなる。これは勅撰集での宗尊の位署にもすぐに反映された。むしろ、そのための任官であろう。藤原盛徳によれば、勅撰集は通常親王の名を明記するが、真観が敢えて「中務卿親王」とした（続拾遺集以降は「中務卿宗尊親王」となる）。宗尊の意を迎えるために、慣例を破ったのである（勅撰作者部類附載作者異議）。

なお、後嵯峨はこれより六年前の正元元年十一月、後深草天皇を譲位させ、同母弟の亀山天皇を践祚させていた。後深草は公式の場では歌を詠まなかったが、亀山は熱心で内裏で歌会も開催し、この年十六歳ながら十一首も入った。さらに後深草の妹、亀山には姉の月華門院綜子内親王も八首採られた。以上のことは真名序に「今上陛下（亀山）天才日に新たに、同胞（綜子）仙院言葉を芝砌に顕はし、中書大王（宗尊）詞花を李蹊（りけい）に積む」と特筆される。

## 竟宴と宗尊親王失脚

中書本が完成すると、予定通り宗尊に進覧された。使者に立ったのは真観と範忠であった。民経記の十月五日条には、

今暁入道右大弁光俊朝臣関東に参向す、日来撰定せらるる所の勅撰の草これを給はり、勅使として中書大王に向かふところなり、その後竟宴あり、遵行せらるべしと云々、撰者たり勅使たり、禅門の栄華か、珍重々々、

とある。二人は十八日に鎌倉に到着、翌月十三日範忠が先に帰京した（吾妻鏡）。こうして宗尊の承認を得た後で、基家が清書に着手した。当初、十二月二十六日に予定された竟宴は彗星出現によって延引し、翌三年三月十二日、新古今集に倣って、仙洞で挙行されたのであった。なお、四月八日には為家が故人の、五月十五日に真観が当世（現存者）の、それぞれ目録を編んでおり、これはともに現存している。

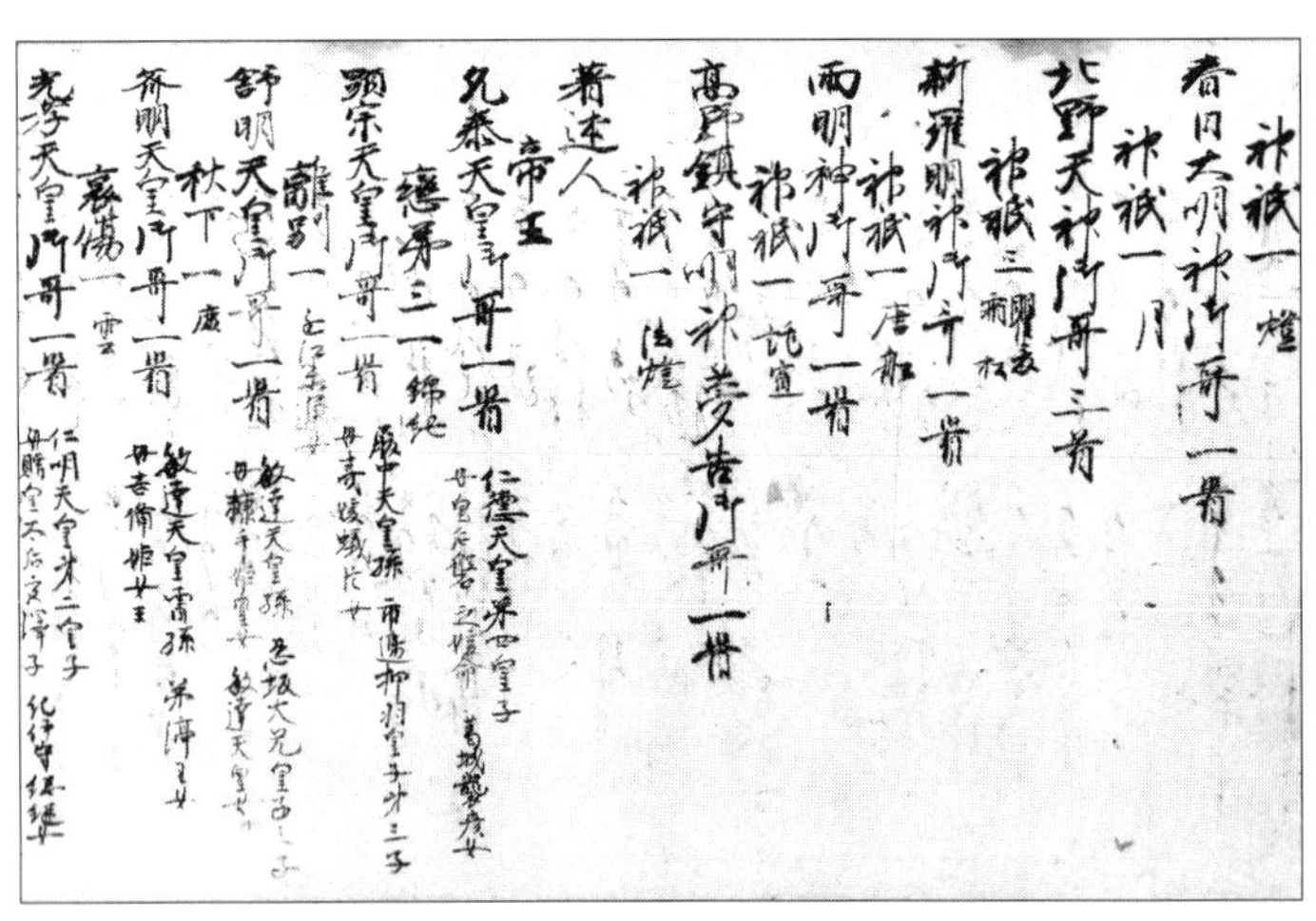

**図4–1　続古今和謌集目録**（早稲田大学図書館蔵）故人の作者の目録
出典：『中世歌書集』（早稲田大学出版部）

宗尊親王を続古今集のもう一人の下命者と見ることもできよう。中書本を将軍に示して、承認を得たという新儀を開いたが、これは宗尊個人の問題にとどまらず、勅撰和歌集は公家だけではなく、武家もまた関与することを公表したことになる。なお、鎌倉歌壇のメンバーで入集したのは二十一名を数える（『武士はなぜ歌を詠むか』）。寂恵は、為家の撰者進覧本には三首（真観のにも当然あったはず）、御前評定では二首が採られたが、最終的に除かれてしまったという。これは身分が低いせいもあるか。

竟宴の直後、鎌倉に不穏な空気が流れ、宗尊周辺の謀叛が噂された。宗尊は陳弁も許されず、将軍職を廃され、七月四日、京都に送還された。北条時頼は三年前に世を去っていた。成人した将軍は幕府には不要で危険な存在なのである。

廃位の原因を歌壇の活動に求める説が古くか

らある（増鏡ほか）。政治に関わらない将軍に奨励されたのが和歌であった。和歌所の番衆とて北条氏一門（しかも得宗に忠実な大仏流が目立つ）が交じり、監視されていたはずであるが、熱心になればなるほど、宗尊個人と御家人との紐帯が生じてしまう。勅撰集入集に結実すればなおさらである。これが北条氏嫡流（得宗）の猜疑心を買ってしまったのは実に皮肉である。京都では真観の勢威もたちまち失墜した。寂恵も宗尊失脚後に遁世している。

## 続古今集の「異風」

続古今集の歌数は一九一五首と、それまでの勅撰集では新古今集についで多い。撰入された和歌は、複数の撰者を置いたために時代も歌風も振幅が大きく、十三代集のなかでは多彩な印象を受ける。残念ながら新古今集のように、撰者名注記を持つ伝本はなく、誰の撰者進覧本にあったものかは推測するよりほかはないが、たとえば、

たれしかも雲ゐはるかに豊国（とよくに）のゆふ山（ゆうやま）出づる月をみるらん（秋上・三八五、知家）
（いったい誰が遥かに空高く豊後国の木綿山を出る月を見ているのだろうか）
穴師（あなし）ふく弓月（ゆつき）が岳に雲消えて檜原（ひばら）のうへに月わたるみゆ（秋上・三八九、基家）
（北西の風が吹く弓月が岳では雲が消え麓の檜原の上を月が渡るのが見える）

見わたせば汐風あらし姫島や小松がうれにかかる白波（雑中・一六五七、宗尊）
（見渡すと潮風が烈しい。姫島では松の先端に白波がかかる）

と、万葉集で詠まれた地名に着目し、いかにも古風な作品が、基家・宗尊やそれに近い作者に見られる。こうした作風は為家の主張とは厳しく対立するものである。

また、この集には古代の天皇の詠が採られている。

題しらず　　舒明天皇御歌

夕されば小倉の山に啼く鹿のこよひはなかずいねにけらしも（秋下・四四四）
（夕方になると小倉の山で鳴く鹿が今晩は鳴かない、寝てしまったのだなあ）

置目といふ女を召しおかれて侍りけるに、老いおとろへにければ、暇たまはりて近江国へかへり侍りける時、いとあはれがらせ給ひてよませ給ひける　　顕宗天皇御歌

さざ波やあふみの乙女明日よりはみ山かくれて見えずかもあらん（離別・八一九）
（近江国の乙女も明日からは深山に隠れて姿は見えないのであろうな）

衣通姫の「蜘蛛のふるまひ（わが背子が来べき宵なりささがにの蜘蛛のふるまひかねてしるしも）」とよみ侍る歌をきかせ給ひて　　允恭天皇御歌

小車のひもをときかけてあまたはねずなただ一夜のみ（恋三・一一六二）

（小車の錦の紐ではないが、紐を解きかけたままで、そう幾晩も寝てはいないな、たった一晩だけ）

建皇子かくれて今城谷に納め侍りけるをなげき給ひて、よませ給へりける

斉明天皇御歌

いまきなる外山の嶺に雲だにもしるくし立たば何か歎かん（哀傷・一三九一）

（今城にある、里に近い山の峰に雲だけでもはっきり立つならば何を歎こうか）

舒明天皇の歌を除いては（万葉集、基家撰の雲葉集に採られる）、いずれも日本書紀が出典と見られる。為家が斥けた「古歌」の上限をはるかに越える作品である。もちろん、過去の勅撰集に入集したこともない作者である。なお、万葉集に見える和歌は続古今集に五十一首あるが、新勅撰集は五十五首、新古今集は六十三首、数はとり立てて多いとは言えない。実は続古今集では、大織冠（藤原鎌足）・北郷（卿）贈太政大臣（藤原房前）・倭太后・藤原真楯・佐保左大臣（長屋王）など、いずれもこれまでは勅撰集には採られなかった万葉歌人が名を顕して採られている。作者の名に関心があったことになる。

作者異議によれば、「北郷贈太政大臣」の表記は真観の考えだという。撰んだのも真観であろう。万葉集・日本書紀・風土記に反御子左派が強い関心を示していたことは先学の指摘がある。それらは衒学的なものに過ぎぬとして評価されていないが、この時期は内裏でも日本書紀の談義

があり（民経記文永四年三月十五日条）、関白一条実経のもとでも卜部（平野）兼文を召して日本書紀の研究が進められ、注釈書の釈日本紀に結実する。その実経が継体天皇を詠んだ歌がある。

日本紀を見侍りて継体天皇を　　関白前左大臣
くもらじな真澄の鏡影そふる樟葉の宮の春の夜の月（雑中・一六七八）
（曇るまいよ。澄んだ鏡に光を加える、樟葉の宮を照らす春の夜の月は）

応神天皇五代の孫で、越前国に成長した継体が、大和に迎えられて践祚したのは河内国樟葉宮（現枚方市）であった。「真澄の鏡」は三種の神器の一、神鏡（八咫鏡）を喩える。以後の天皇は全て継体を直接の祖とするから、宝祚の悠久を讃えているのである。また公家が古代の天皇に関心を抱くことは、もちろん学問的な理由だけではなく、みずからの権威権力の源泉、正統性に思いを致すからであろう。このような詠が勅撰集に採られることにはやはり意味がある。真観はその風潮に敏感に反応したのである。

## 物語和歌と勅撰集

更級日記の作者菅原孝標女は、藤原定家が「夜半の寝覚、御津の浜松、みづからくゆる、朝倉などはこの日記の人のつくられたるとぞ」（御物本更級日記識語）と、多くの物語を書いたと伝える。孝標女の歌は、更級日記を出典として、新古今・新勅撰・続後撰の三集に連続して採られた。いっぽう続古今集に入った二首は「題知らず」で、

あはれまたいづれの世にかめぐりあひてありし有明の月をみるべき（恋五・一三二四）
（ああ、来世ではいつ再会し、あの時と同じ有明の月をともに見ることができようか）

何事をわれなげくらんかげろふのほのめくよりも常ならぬ世に（哀傷・一三九〇）
（私は何を歎いているのでしょうか。陽炎がゆらめくよりもなおはかない世にあって）

というもの、ともに浜松中納言物語を出典とする。「あはれまた…」は巻二、主人公が唐に残した恋人を思い遣って詠んだ歌、「何事を…」は巻五、やはり主人公が失踪した吉野の姫君を歎いて詠んだ歌である。そもそも物語の作者は所詮は不確かなものである。物語登場人物の和歌をそのまま物語作者の詠としてよいのか、まずは疑問を覚えるであろう。伊勢物語・大和物語など歌物語は、歌書として扱われていたが、いわゆる作り物語はそうではない。そのため物議を醸したらしい。実は続古今集では同じように、

津の国のすまといふ所に侍りける時よみ侍りける　　中納言行平

旅人は袂すずしくなりにけり関ふきこゆる須磨の浦風（羇旅・八六八）
（旅人は袂（たもと）が涼しくなったことだよ。吹いては関を越える須磨の浦の風に）

も著名な歌ながら、行平の家集にも見えず、その作としてよいのか、評定では疑問とされた。これは真観が撰歌したので、源氏物語・須磨巻に「須磨にはいとど心づくしの秋風に海は少し遠けれど、行平の中納言の、関吹きこゆるといひけん浦波、よるよるはげにいと近く聞こえて」とある箇所を示したが、やはり作り物語は証拠とならない上、「それもさはやかに首尾かけることもなければ、光俊うたがひをおひにけり」（歌苑連署事書）という。

そもそも勅撰集は原則として作り物語から歌を採ることはなく（中古に例外はいくつかある）、続古今集に限りこのような問題が連発した。これはすでに見た通り、撰歌の対象を拡大することに真観が熱心であったことに軌を一にすると思う。いっぽう為家はこの方針に終始批判的であった。

ところで、文永（ぶんえい）八年（一二七一）十月の序がある風葉（ふうよう）和歌集は、二百余りの物語から千五百首余りの和歌を集め、四季恋雑の二十巻（巻十九と二十は散佚）の部立に排列した、珍しい物語和歌撰集である。撰者は不明であるが、仮名序があり、後嵯峨院中宮の大宮院姞子のもとで編纂が進められたとある。一時は為家撰者説が唱えられたが、種々の反証があり、現在では問題とされない。ただ、その成立には、物語を撰歌資料として扱った続古今集からの刺激があったとされている。巻頭は、散佚物語の波の標結（しめゆ）ふの主人公の、

春立ちける日よませ給ひける　　なみのしめゆふみかどの御歌

たちかはる春のしるしにけふよりは初鴬よ声なをしみそ（春上・一）

（旧年から新年に変わった春のあかしに、鴬よ今日からは声を惜しむなよ）

である。巻頭に帝王の歌を置き、作者表記も男女登場人物の最終的な官位・身位によって表記するなど、たしかに勅撰集の体裁を模倣する。さらに天皇・上皇の詠を「御製」ではなく「御歌」とするのは親撰の体裁を取った新古今集と続古今集に特有であり、また、うつほ物語・狭衣（さごろも）物語・在明（ありあけ）の別（わかれ）にそれぞれ登場する「中務の宮」やその女房を、「中務卿親王」「中務卿親王の北方」「中務卿親王の家の小宰相」として採ることは、続古今集を思わせなくはない。ただ、やはり公式の企画ではないから、遊び心を優先させたものとして見なくてはならない。

## 為家の姿勢

このように、種々の問題作を孕んでなかなか賑やかではあったが、続古今集は、総体としては新勅撰集・続後撰集で見られた、圭角のない穏やかな詠で占められている。そこに古風な作品が突如現れるのは、変化に富ませる効果はあるが、かといって排列のことは深く考慮せずにさしはさんだ印象も受けてしまう。つまり、いくら著名人の作、興味深い歌を採っても、全体の統一感を損なっては何にもならない。複数撰者による撰歌の難しさを体現している。

けっきょく、為家の撰者進覧本がもっとも穏当な内容であり、かつ規模も大きかったのであろう。為家が自身の撰歌以外には口を出さなかったというのは、他の撰者が出した珍しい歌の数は決して多くはなく、およそはみずからの撰歌が採用されていったからではないか。ところで、続古今集には、基家編の私撰集である雲葉集（うんようしゅう）（建長五年頃成立）にも見える歌も比較的目立つ。詞書・本文の特徴の一致から、基家の進覧本（当然、雲葉集を有力な資料としたであろう）から採択されたと推測できるが、続古今集の詞書・出典の誤りは、雲葉集（つまり基家の進覧本の）の誤りをそのまま継承している例が多いという。所詮は旦那藝であるから、基家に責任ある仕事は期待できない。新古今集では、定家が愚痴を言いつつも他人の撰歌の不備は相当に訂正していた。しかし、為家は泥をかぶろうとはしなかったし、そんな余裕もなかった。続古今集の歌風がおよそ統一的ではない理由はそこにあろうと思われる。

# 第五章

# 和歌所を支える門弟——続拾遺和歌集

## 源兼氏——もうひとりの和歌所開闔

文永二年（一二六五）六月二十五日、民部卿藤原経光（つねみつ）（一二一二〜七四。後堀河天皇の時は弁官・蔵人、その後昇進して権中納言、当時は院評定衆。歌道には縁遠い）のもとを日向守源兼氏（かねうじ）が訪問し、編纂中の続古今集について種々語った。ここで自身の歌歴と貢献について語った箇所を経光の日記民経記から引用する。

また云く、我この道に躭（ふけ）る事、曩祖（のうそ）盛明親王は後撰の作者なり、その後代々随分これを嗜む、我に於いては不堪を顧みず、余執すでに代々を越ゆ、亡父（源）有長朝臣は故京極納言禅門（定家）の門弟たり、よつてまた我が身は戸部禅門（為家）の弟子たり、今度撰歌の間、一向扶持随順し、一身に奔

> 営する所なり、建長撰集（続後撰集）の時は、光成（三位）（藤原）卿・家清（源）入道、これら随順す、かの卿も今に於いては安嘉門院（邦子内親王）の院中の執務、頗る隙無きに似たり、家清入道また早世す、我ようやく四品に昇る、傍人何ぞ免（ゆる）さざらんや、よって一向居住随順し、奔営するの由、談ぜしむ。近日この道殊に繁昌か。先人（頼資）御詠一首、下官（経光）詠四首、息女斎宮内侍局、去年群行（愷子内親王）の時、十三夜（九月）に壹志駅（伊勢国）に於いて長奉送使（ちょうぶそうし）（花山院長雅）の納言と贈答する詠など、戸部禅門撰入すと云々、面目と謂ひつべきか。

ここにある通り、兼氏は醍醐源氏の出身で、九条家の諸大夫であった。定家のもとにもよく訪れた有長の二男である。必ずしも和歌の家柄ではないが、自身はことに熱心であると言う。およそ承久・貞応頃（一二一九〜一二二四）の生れと見られ、右近将監に任じ後堀河天皇の六位蔵人に補し、譲位後は院蔵人に転じ、受領を経て四位に昇った。源家長とは同族であり、経歴もよく似ている。そして兼氏も「和歌所開闔」と称されるのである。

為家に「居住随順」しているという。具体的には、為家のもとに（近隣か）定住し、編纂の雑務を肩代わりしている、ということであろう。それゆえに為家の撰者進覧本や勅撰評定の情報を詳細に知り得るわけで、ここでは経光の亡父頼資が一首、経光が四首、また経光の女斎宮内侍と花山院長雅との贈答歌が為家進覧本に入っている、と教えたのである（ただし、現在の続古今集では経光の詠が一首入集するだけである。この後の評定で家族の詠はみな除棄されてしまったらしい）。

為家は齢七十に近い。兼氏が深く撰者進覧本に関わったことは容易に想像される。代々勅撰部立に「和歌所開闔兼氏朝臣中書勤仕」とあるのは、続古今集の時の和歌所の実態が不明なので、誤認と言われているが、後世の用法を遡らせて、御子左家（二条家）を和歌所と解し、「中書（本）」は為家の進覧本のことで、それを整えたことを指すとも考えられる。

## 撰歌を門弟に委ねる

兼氏については井蛙抄（せいあしょう）・巻六雑談にも逸話がある。

故宗匠（為世）語られて云く、続古今に撰者を加へられて後は、入道戸部（こほう）（為家）、物うくおもはれて、撰哥の事、冷泉亜相（為氏）時に侍従、に譲与す。その状に云ふ、勅撰の事一向沙汰せらるべし、堪能を誇るべからざる事に候なりと云々。その時、向後勅撰に入れらるべくは、兼氏朝臣の子孫、光行（源）の余流、祝部の者どもと云々。殊には門弟に譲与せらるるなり。
又云く、民部卿入道（為家）出行の時、弁入道（真観）の家の前を通らるるに雀文（すずめもん）の車立てたり。下部（しもべ）をもつて「誰人の御車に候や」と尋ねらるるの処に、「日向守殿兼氏朝臣なり、の御車」と云々。もつての外に腹立して帰らるるの後、直に和歌所に入りて、兼氏朝臣の歌三首書き入れられたるを悉く切り出さると云々。（引用は国文学研究資料館蔵寛永十年写本による）

井蛙抄は複雑な成立過程を辿った書物であるが、両段は巻六の最末にあり、一応頓阿の晩年に書き止められたと考えられる。ともに師の二条為世の言談であり、連続して読むべきである。

最初の段、為家が撰者追加により、意欲を沮喪し、嫡子為氏に撰歌の業を譲ったという（これは他の段にも見える）。そのことを告げる書状（あるいは為家卿続古今和歌集撰進覚書と同じか）に、「そなたが勅撰のことをすべて沙汰せよ、それは和歌の才能を優先すべきことではない」とあったという。真観などを堪能とは認めなかった為家の逆説とすればよく分かる。その上で今後「勅撰に入れらるべくは」、つまりまず入集させるべきは源兼氏の子孫、河内守源光行の一家、祝部氏の者たちである、と教えた。源氏物語研究で知られる光行の一家は御子左家に出入りし、現にその子孝行は為家の家人であった。日吉社禰宜の祝部氏も定家・為家と親交があった。ただ、これでは為氏を堪能と認めないことになってしまうので、「あえて編集作業を門弟に譲ったのだ」と結ぶ。この「門弟」とは自然、兼氏以外の人々となり、彼らが撰歌（正確には補助）をも委ねられたと取れる。ところで、頓阿も晩年には地下の門弟ながら、新拾遺集の撰歌を途中から委ねられた。そのことを思えば、頓阿の真意も見えてくる。

次の段も続古今集の時で、兼氏が実は真観にも媚を売っており、偶然これを知った為家は兼氏の詠を除棄してしまったという。たしかに兼氏の歌は一首しか採られず、さきに民経記に見えた自讃の言からすれば奇異であり、なんらかの失態を犯した可能性はある。なお、この説話では和歌所は為家邸となるが、撰者進覧本提出後、勅撰評定の時期でなければならず、除棄したならば後嵯峨院仙洞であったはずである。頓阿もやはり当時の認識で和歌所を為家邸と考えて、区別しなかったのであろう。

ところで、晩年の為家がみずから撰歌草稿を作成していたか―およそ煩瑣な手作業である。また為家・為氏は官位は正二位権大納言、歌壇での権威はゆるぎなく、この時期からは宗匠（そうしょう）とも称されるようになる。

入集希望者が倍増していたことは容易に推測がつく。古歌であれば、日頃に親しんでいて、目星も付けられるであろう。しかし、すでに見た通り、現存歌人は、撰歌が始まると聞くや否や、いきなり押し掛けたり、詠草を置いていったりする。撰者がいちいち目を通して採歌することは可能であろうか。この続古今集の頃から、撰歌の実務が門弟に委ねられ、撰者の負担を減らしたのではないか。しかも為氏は若い時から眼病を患っていた。この時期、撰集の「治定（じじょう）」という言葉が出て来るが、監修・校閲と同じで、権威に見てもらって、承認を得ることであろう。

## 住吉社歌合・玉津島社歌合

弘長二年の撰者追加の後、為家は歌道の神である住吉社・玉津島社に参詣したらしい。当時は玉津島社も住吉社が管領するところであった。この時、両社に奉納された、三題・三十三番の歌合が現存する。ともに出詠者は二十二人、左右に番えられた歌人も同じで、一対のものである。

主な出詠者を挙げると、為家の一家（御子左家）では、為家・為氏・為教・為顕（為家男）・源承（山僧、法眼、為家男）・安嘉門院右衛門佐（為家妻。のちの阿仏尼）・光成（御子左家一門の光俊の男）が、信実の一家（法性寺家）では信実・為継（信実男）・為綱（信実甥）・伊信（為継男）が参加し、これで半数である。さらに為家の門弟かつ家人として、源兼氏と寂意（源孝行）がおり、唱阿（藤原仲敏）もそうであろう。そして賀茂社神主の賀茂氏久、住吉社の津守氏は国助と覚源（山僧、法印）の兄弟、日吉社の祝部氏は成賢・成範の二人がそれぞれ出詠している。

この歌合は神前での法楽・祝儀を目的とするもので、勝負の判は無く、どの作品も千編一律、極めて平明に詠まれている。ただ玉津島社歌合の「社頭述懐」題には、

跡たれしもとのちかひを忘れずば昔にかへれ和歌の浦波（三十三番左・為家）

（明神が和歌の浦に垂迹された時の誓いを忘れていないのであれば、歌壇は昔に立ち戻って欲しいものだ）

といった感慨が見られ、和歌の神に御子左家への加護、具体的には単独で撰んだ続後撰集への回帰を祈る風があるが、あくまで古歌の表現を用いた、上品なものである。むしろ、この歌合からは、為家・為氏を中心とした御子左家が有為の人材を擁していたこと、濃やかな交流も垣間見られる点が貴重である。兼氏や孝行が列なるのは、単なる門弟としてではなく、為家に「随順」す

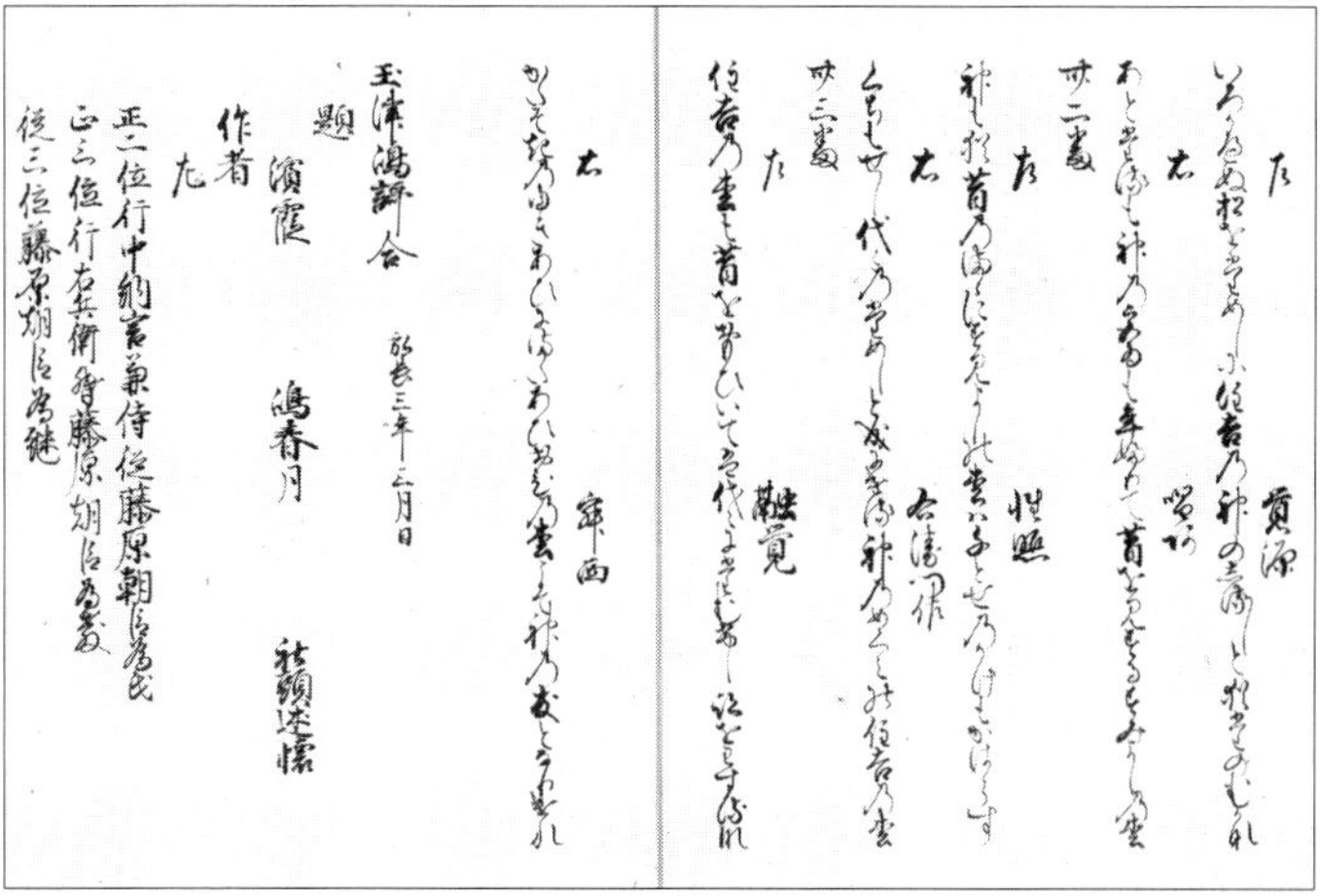
玉津嶋歌合　弘長三年二月日
題　浦霞　嶋春月　社頭述懐
作者
左
正二位行中納言兼侍従藤原朝臣為氏
正三位行右兵衛督藤原朝臣為教
従三位藤原朝臣為継

図5–1　住吉社歌合　弘長三年（宮内庁書陵部蔵類聚歌合）

る身であったからであろう。注意されるのは賀茂・住吉・日吉の祠官との接点である。神道と歌道とはもとより不可分であるが、この時期に大社の祠官と御子左家とは一体ともいってよい間柄であった。とくに津守氏との関係は深く、歌合の企画もここに懸かっている。

出詠者の覚源は定家の息とされて来たが（石田吉貞『藤原定家の研究』）、津守氏の系図（諸家系図纂巻二十九上）にも経国男、国平弟に「一条法印と号す、山僧」と注される覚源がいる。明月記天福元年（一二三三）四月二十五日条に、津守国平が「老童」を同伴し定家に見参し、この童を十月以後に出家させるつもりであると語る。「老童」とは薹（とう）の立った大童子（寺院で召し使う若者）の謂である。十一月五日には為家がこの「老童」に狩衣・指貫の恰好をさせ、まず西園寺公経のもとに連れていき、ついで前天台座主良快を戒師として出家させたとある。そして十二月九日に新発意（しんぼち）の「小僧覚源」が定家を訪れている。一連の行動から、国平に伴われ、為家が出家させた「老童」こそ覚源であると分かる。覚源は国平実弟と見るほかなく、定家の猶子とされたものであろう。為家は自身の童として引き回し、権門に目通りさせるなど、手厚く庇護していたのである。それゆえこの歌合に参加したのである。

このように当時の御子左家は、家格は高くないものの、歌道に熱心で有能な祠官や諸大夫を取り込もうとしており、結束を固める必要もあった。撰者追加以後の逆境はかえってそのことを自覚させたようにも思える。

## 為氏卿記――文永七年の宗匠一家

ところで、為氏の日記（為氏卿記）は文永七年（一二七〇）冬記が現存している。為家にも為世にも日記はまったく残存しないので、三ヶ月だけとはいえ実に貴重である。少しだけ、為氏の身辺や日常を覗いてみたい。

為氏は四十九歳、二年前の五年正月二十九日に権大納言を辞したが、ただちに本座を聴され、殿上の交じらいは変わらなかった。嫡男為世は二十一歳、正四位下右兵衛督、二男為雄は十五歳、従五位上、この年閏九月四日に左少将に任じた。末子為実は従五位上、七歳であると考えられる。

さて日記に見える公務としては、亀山（かめやま）天皇の内裏（二条高倉殿）には十月に八日、十一月に九日、十二月に六日、それぞれ参じている。なまじ現任の公卿よりも精勤である。後嵯峨院の仙洞（亀山殿・冷泉万里小路殿）は十月に十二日、十一月に六日、十二月に五日である。いっぽう、御子左家と旧縁があり、現に阿仏尼が仕える安嘉門院邦子内親王（北白河殿・持明院殿）には月に二度、かつての主人一条家には月に一度、挨拶に参上する程度である。為氏が後嵯峨・亀山父子に密着しているのはこれだけでも察せられる。

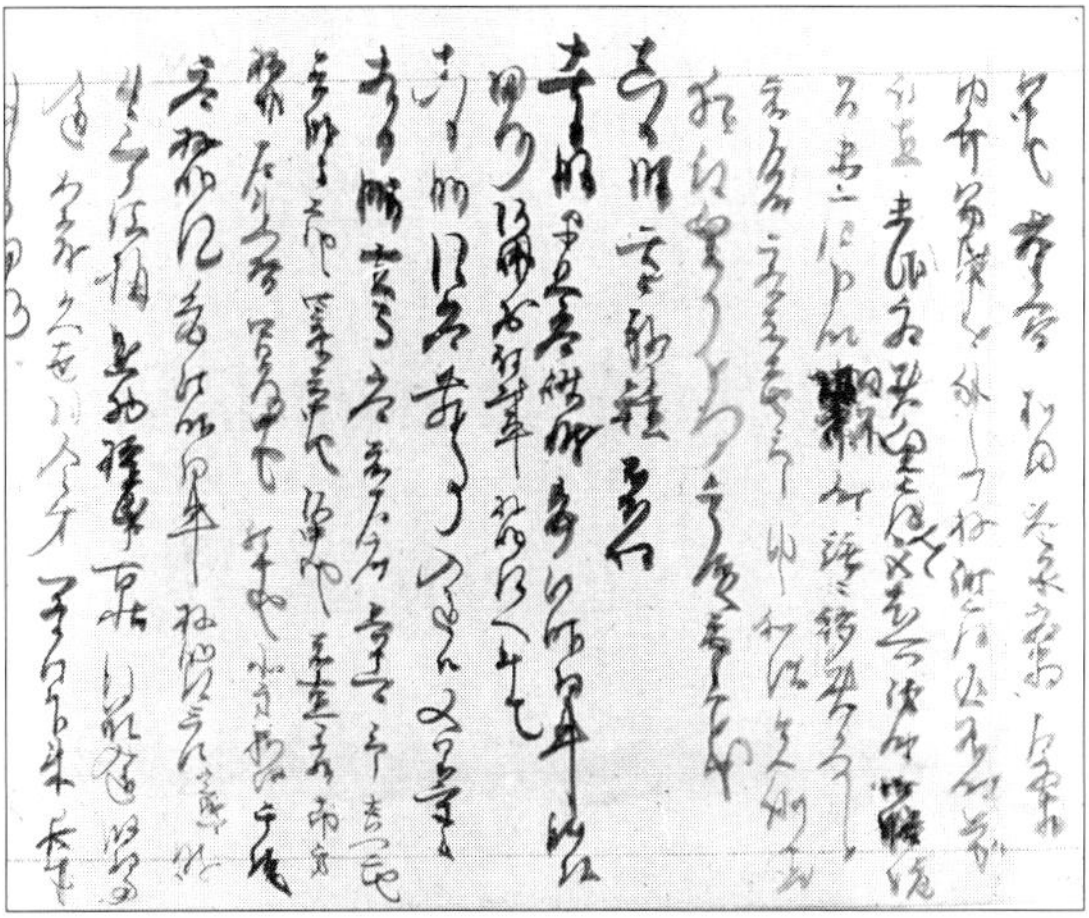

図5–2　為氏卿記（冷泉家時雨亭文庫蔵）自筆　文永7年11月

いっぽう、私的な生活では、為家のもとによく参上している。後に親不孝をなじられるが、父子の対面は五日と空けることはない。為家が阿仏尼とともに嵯峨中院で悠々たる老後を送っていたことは、飛鳥井雅有（雅経の孫）の仮名日記（嵯峨のかよひ）が活写していて、よく参照されるが、為氏卿記によっても一斑はうかがわれる。為家は持明院殿近くの北林（北畠）を出京時の宿所としたが、為氏はここにもよく顔を出した。また「早旦嵯峨に参る、亀・法眼同車す、晩頭帰路、阿仏房この車に付く、持明院へ出づるなり」（十一月十七日条）と、帰路の車に阿仏尼が同乗し、持明院殿まで送り届けるようなこともあった。不和の影はまだ感じられない。なお嵯峨中院に滞在中、「今日、女房、重清宿所に来る（きた）の間、行き向ふ、大夫相具す、その後帰りをはりぬ」（十月八日条）とある。藤原重清は左馬権頭、院の上北面で、蹴鞠の奉行となり、嵯峨に住んでいた（春のみやまぢ）。尊卑分脈（そんぴぶんみゃく）には、重清妹伊与（予）内侍（いよのないし）に「為実卿母」と注がある。つまり、この記事の「女房」は当時の為氏の妻伊与内侍であり、「大夫」は五位の謂であるから、末子為実と断じてよいであろう。

　このように子供たちのことはそれなりに詳しいが、対照的に次弟為教とは没交渉である。わずかに十二月九日、故内大臣藤原実宗（さねむね）（為家の外祖父でもある）の忌日に西園寺で修された法華八講で同座しただけである。兄弟の不仲を見てよいであろう。また同じく為顕・源承らしき人物も現れない。

　家司として藤原盛氏・盛康父子がいる。正式な外出では前駈を務め、為氏の冷泉烏丸邸の西隣に住んだらしく、方違（かたがたえ）先にもなっている。この家は歴代、受領と上北面となるから諸大夫の身分である。盛氏の弟に盛徳がいる。例の勅撰作者部類の編者であり、御子左家のために多大の貢献をした。また、従者（侍）の重弘・友弘・氏弘は兄弟らしく、うち氏弘は孝弘の末子とある（十一月十三日条）、他もそうであろう。孝弘は定家母の甥藤原親行の孫、為家乳母子である忠弘の子と考えられている（『藤原為家研究』）。歴代の家人である。他に左衛門佐という女房がいるが、安嘉門院に仕えているらしい。

上述の、賀茂・住吉・日吉の祠官とは、家族同然の交際が見える。日吉社には十一月二十二日に従者を引き連れて参詣、途中「一条法印」のもとから輿に乗ったとあり、これは前節で触れた覚源である。三日間の参籠を終えて帰邸後、賀茂社で通夜、神主氏久の男久世と盃を重ねている。日吉でもそうだったというから、祝部氏にも歓待されたのであろう。二十九日には「兵衛女房、来月に産の間、賀茂に向ふ」とあるのは、為世室が出産を控えて父氏久のもとに戻っていたのを見舞ったのである。まもなく誕生したのが為道である。氏久は後鳥羽院の実子であるから、為道は定家と院の血を引くのである。十一月二十八日には住吉社の津守国助が来て、「鯉・く、い・□き」という美物（珍味）を献上した。

この為氏に、ぴたりと付き従っているのが「亀（亀若）」と「法眼」という人物である。少し掲げるだけでも、

予西郊（嵯峨中院）に参る、女房左衛門佐相具す、法眼・亀、同車す、（十月二十四日条）
持明院に参る、亀・法眼、同車す、持明院三位（光成卿）、俄かに連歌結構す、懸物は檀紙百帖、行範（中原カ）入道・修理亮入道・賀茂久世・同舎弟・一条法印来る、（十一月十九日条）
西郊に参る、亀・法眼同車す、今日は亀随分の振舞と云々、（十二月一日条）
方違の為に西の馬助盛氏の家に向かふ、法眼・亀、相具す、小盃酌、（十二月十七日条）

といった具合である。とくに「亀」の親炙の度は著しい。

　これまで「亀」は末子為実、「法眼」は末弟慶融と考えられて来た。しかし「亀」は会合でよく「振舞」（幹事役）をしているし、また実弟の「法師式部房」（十月六日条）も現れるので、御子左家の血縁者ではないようである。津守氏古系図に、国平の末子棟国の幼名が「亀若」とある。この人物ではないか。思えば為家も国平の末弟であった覚源を引き取り、出家まで面倒を見ていた。棟国は建長五年（一二五三）生なので、文永七年には十八歳、ちょうど「老童」と言われる年齢である（なお、津守氏古系図には文永五年に元服したとあるが、周囲は依然幼名を用いたのであろう。当時このような例は多い）。いっぽう、嵯峨のかよひの文永六年十一月四日条に「巳の時ばかりに俄に大納言、弟の法眼（最瑜）・童一人つれて来れり」と、為氏の嵯峨中院来訪が見える。状況は為氏卿記と同じ、ちょうど一年前であるから、「法眼」の名は最瑜と判明する。為家の子だが、あまり活動は知られず、晩い子であったのだろう。また嵯峨のかよひで「童一人」とするのは「亀」に違いなく、まだ元服前の姿であったことを証する。

「亀」は為氏の寵童と考えて構わないと思われる。いろいろな想像ができる。物語の世界ではあるが、光源氏にも薫にも小君という若者が侍っていた。このような寵童を引き連れるのは、やはり為氏の地位の高まり、交際圏の広がりを示す指標であったようにも思える。少なくとも祖父定家の身辺にこのような者はいなかった。

　為氏卿記には、和歌に関する記事は意外に乏しい。ここに見えるのは、院や天皇の信任厚い、朝廷の重鎮の姿である。御子左家の当主がかかる存在となった時、和歌に割く情熱が単純に小さくなるとは言えないが、少なくとも俊成や定家の時代のようにはいかないことも道理である。とりわけ勅撰集の編纂などには、経営者としての顔を前面に出すことが求められる――システマティックなやり方へと舵を切らざるを得ないであろう。そのために身分は大して高くない、歌才も必ずしも「堪能」とは言えない、忠実な家人を擁した、組織としての御子左家を構築する必要があろう（なまじ、歌才や身分があると野心を持たれて面倒なのである）。為氏卿記の、明月記とはうってかわって、交際が広範な割に、ドライな筆致はそんなことを思わせる。

何より御子左家と住吉社・津守氏との関係は考える以上に密接であったとしなくてはならない。ここにも美物の献上が見えたが、住吉は海陸の接する交通の要所であって、そこを支配する津守氏が富強を誇っていたことは後述する。この点が御子左家の発展を支え、勅撰集の歴史にも大きな影響を及ぼすのである。

## 御子左家の分裂

為家・為氏父子の間は文永九年秋に著しく険悪になった。八月二十四日、為家は相伝の和歌文書を悉皆譲与する旨の処分状を末子為相（ためすけ）宛てに認（したた）めた。阿仏尼との間に弘長三年（一二六三）誕生した為相は、為氏より四十一歳も年少、為家の寵愛を一身に受けていた。さらに翌十年七月二十四日、為氏に譲った播磨国細川荘（現・兵庫県三木市）を取り戻し、為相に与える旨を阿仏尼に言い置いた。明月記自筆本もこの時に渡した。この冬、夫妻は嵯峨中院から持明院北林に転居した。和歌文書はこの時にすべて阿仏尼が運び出したという。為氏はやがて父の処分は無効だとして訴えることになるが、為氏の弟はみな一癖あり、父と兄の対立にも思い思いの対応を取った。

ところで、為氏は二条家の祖と言われる。為世の邸が二条万里小路にあったことは確かで、その家系・流派が「二条」を称するためであるが、為氏自身は「二条」と呼ばれていない。ただこれを使う方が区別しやすい。

為教は安貞元年（一二二七）生、歌才は兄に数段劣ると見られていたが、為教は西園寺家に仕えていたので後援を恃むところがあった。定家の一条京極の旧跡近くに住んだので、京極または毘沙門堂を号した。為教の男が為兼である。やはり西園寺家に出入りし、すでに祖父為家のもとにも通って教えを受けていた。

為顕は寛元二年（一二四四）頃の生、正三位藤原家信女を母とする。侍従に任じただけで官途から外れ、文永七年までに遁世して明覚房と名乗り、関東に下向している。

源承は元仁元年（一二二四）生、為氏・為教と同母であるが、なぜか両親に愛されず、祖父定家のもとで育ち、出家して山僧となった。後年、為家・為氏とは関係修復し、歌学の造詣が深く、仁和寺御室に出入りした。その歌学書の源承和歌口伝では真観や阿仏尼を攻撃している。

慶融も頼綱女の腹で末子とされるが、佐藤恒雄「覚源・慶融その他」によれば猶子であり、実父は御子左家の一門の法眼長賢（定家の長兄に当る興福寺権別当覚弁の子）で、寛喜三年（一二三一）の生まれである。初名は覚尊、後に仁和寺に入った。

為教の一家は阿仏尼と手を結び、源承・慶融は為氏の側に付いた（ただ、為氏は僧となった兄弟にも尊大に接したようで、源承・慶融は含むところがあったらしい）。為顕は関東で中立を模索していた。かれらは濃淡あれ、晩年の為家は為氏を信用していなかったとする。しかし、将来の勅撰集の編纂を、為氏に委ねる方針は揺るがなかった。為家の悲願は勅撰集撰者の地位を子孫に継承させることにあった。為相にも期待したが、この時点では幼児である。九年二月十七日に後嵯峨院が崩御、亀山天皇の親政が始まり、続いて十一年から同じく院政となるが、この頃、勅撰集の企画があれば、為氏を撰者とすることに内諾を得ており、為家が感泣して謝した書状が延慶両卿訴陳状に引用されている。老耄のため阿仏尼が代筆したとある。翌建治元年五月一日、為家は七十八歳で歿した。

## 続拾遺集の下命

建治二年七月二十二日、亀山院は為氏に、十二番目の勅撰和歌集を撰進するよう、院宣を下した。代々勅撰部立に「近古　正暦以来の作者これを入る」とあるごとく、一条天皇の代を上限とした（正暦は西暦九九〇～九九五の年号）。為家の教えに沿ったもので、勅撰集が古歌を撰歌から除外したのは千載集以来である。

この年秋、為氏は住吉社で歌合を開催した。五題、三十五番、為氏が判歌によって勝負を付けた。歌人十四人は為氏の子息とごく親しい門弟、そして国平以下の津守氏の人々で占められ、内輪の催しである。あの「亀」こと、津守棟国も成長して加わっている。為氏の「社頭松(しゃとうのまつ)」題、

たらちねのあとをつたへて住吉の松にかひある名をのこすかな（二十九番左）

（親の残した跡を受け継いで、住吉の松ではないが、待った甲斐のある名を和歌の歴史に残すのだ）

という一首が心境をよく物語るであろう。社頭披講の奉納歌合であり、撰歌の事業始めのイヴェントとも取れる。この十四人は為氏の下で多かれ少なかれ撰歌に関与した、つまり和歌所の衆であったと見てよいのではないか。さらに、この為氏の代から、勅撰集が完成するとその報告と御礼参りに、撰者が一門・門弟を率いて住吉社・玉津島社に参詣する「両社拝賀」という風習が始まった。

亀山院の為氏への信任は甚だ厚かった。これに乗じて、為氏は亡父為家の処分は無効だとして阿仏尼と係争、院の法廷では為氏の勝訴に終わり、阿仏尼は和歌文書を渡した（重要なものを悉(ことごと)く抜き取っていたという）。その時、「亜相(あしょう)は幼くより目に身（労の誤り）ありて稽古なし」（源承和歌口伝）と、おそらく阿仏尼から暴露された。眼病は事実である。しかし、撰歌の作業は、表面

上は大きな問題もなく、中書本の作成にまで漕ぎ着けた。これはやはり補助者がいたからであろう。代々勅撰部立に「和歌所開闔源兼氏朝臣中書勤仕、」とある。撰歌の場を「和歌所」と称し、再び開闔・寄人を置いた。実は明確に撰者邸を「和歌所」と称する史料はもう少し降るが、為氏が信頼できる門弟のみで組織した編集グループこそ「和歌所」の実態であったとしてよい。なお源承和歌口伝によると、為氏邸とは別に「撰歌の所」が設けられていたと分る。兼氏は為氏と同年輩、すでに老練な開闔であった。頓阿は井蛙抄で、

> 兼氏朝臣は稽古も詠み口もあひかねたる由、戸部（為藤）申されき。勅撰方の事は官・外記にも劣り候まじき由、人のもとへの状に書きて侍りけり。続拾遺の時、和歌所寄人にて侍りけるが、勅撰事終はらざる先に卒して侍りき。

と、為氏の孫為藤の言談を引く。同じ為藤か、勅撰集の実務にかけては、太政官の四等官である官務（弁官局）・局務（外記局）にも劣らないと言ったとある。両局は文書の発給、先例の勘申、命令の施行など朝廷の政務に不可欠な組織であり、当時はそれぞれ小槻氏と中原氏・清原氏に世襲されていた。兼氏はこれに匹敵するというのである。

集名は続拾遺集と定まっていた。為家の続後撰集を継承する意識を強く感じさせる。部立も拾遺集に倣って、四季を一巻ずつとし、別に雑春・雑秋の二巻を立てている。

ところが、兼氏は中書本の作成を終えた頃、奏覧を見ずに歿した。弘安元年（一二七八）春頃と推測される。和歌所は中心を失ってしまう。

## 寂恵上洛する

もと鎌倉幕府の陰陽師で、宗尊親王の鎌倉歌壇で活躍した寂恵法師は、文永三年（一二六六）以後まもなく遁世した。その後も鎌倉に住み、時には上洛して西山松尾の別所で修行に励んでいたというが、住居の一つが六波羅にあり、その生活基盤や範囲が推測できる。やがて採題北方には北条時村が就く。その父で執権も務めた政村に、寂恵は庇護を受けていた。政村も時村も北条氏では有数の歌人である。

寂恵は文永八年、為家の嵯峨中院を訪れている。明覚（為顕）の紹介であった。

山郭公（やまのほととぎす） 文永八年四月四日続五十首、寂恵始めて入来、
をぐら山まつとはすれどほととぎす暮れぬといそぐ声もきこえず（為家集・夏・三三四）

この日、寂恵を迎えて為家が五十首の続歌（つぎうた）（まとまった数の題を複数人が分担して詠む当座の歌会）を催し、「山郭公」題で詠んだもの。「ここ小倉山でホトトギスの鳴くを待ってはいたが、暗いと

いう名はあっても、暮れてしまった（早く帰れ）と急かすような声は聞こえないよ」という意。寂恵を歓迎し、引き留める内容である。社交辞令かも知れないが、初対面の遁世者への対応としては鄭重であると感ずる。寂恵は関東では真観の門弟となったが、心中では為家の歌風に惹かれていたと言う。晴れて入門したとも取れるが、為家の側では気を遣う相手であった。

　寂恵はその後また鎌倉にあったが、弘安元年春、為氏から上洛を促された。兼氏の死去を受け、寂恵を和歌所にスカウトしようとしたのである。三月二十七日の書状によれば、勅撰集は現在「中書」の段階であり、秋には奏覧の予定であること、「一向中書はたのみまゐらせ候、よも悪しくは相計らひ候はじ。心安く思はせ給ふべく候」と、その完成には寂恵の力を是非借りたい、と懇願する。

　自讃だから割り引くにしても、寂恵に右筆（ゆうひつ）の才能があったのは確かである。為氏とはそれ以前にさほど親交があったとは見えないが、働きぶりによってはそのまま子飼いにしてやろうと思ったのかも知れない。寂恵の側でも、和歌所の衆に加えられるのは名誉であったし、さらに兼氏の後任の開闔への野望を抱いたかも知れない。為氏のもう一つの思惑は、鎌倉幕府への対応である。続古今集でも明らかになった通り、鎌倉歌壇は無視できる場所ではなくなっていた。当時の将軍源惟康（これやす）も執権時宗（ときむね）も和歌には関心がなく、中書本を事前に見せるようなことは求められていないが、政治上の事柄であれば、鎌倉方の反応を事前に、かつ非公式に知りたいところである。六波羅探題とつながりを持つ寂恵はその意味でも魅力的な人材であろう。

寂恵が上洛したのは秋の末であった。九月三十日、冷泉烏丸邸で、中書本を前に、為氏は「日来の治定かくの如し、この上に寂恵所存あらば申すべきよし」を告げた。そこには和歌所の衆も同座していた。

## 顔色を失う和歌所の衆

寂恵法師文は、続拾遺集編纂のみならず、勅撰集がどのような議論を経て修正が行われたかをも垣間見せてくれる稀有の史料である。六十五年前（二〇二三年現在）に久保田淳「順教房寂恵について」によって初めて紹介され、現在翻刻・注釈も備わるが、構成が分かりにくく、必ずしも使用しやすい史料ではない。そこで九月三十日の和歌所での会話を、内容は忠実に、井蛙抄に載る逸話も混ぜ、言葉使いは現代風に脚色して再現してみた（世間で知られていない史料であることを考慮したまでで、諒とされたい）。

**寂恵**　巻頭歌は故為家卿の「年のうちに春やたつらんふりつもる雪間かすめる逢坂の関」です。続後撰集で巻頭歌に撰者の父上を置いた例を今回も踏襲したのはまことに結構ですが、ただこの歌はその続後撰集の巻頭歌「年のうちに春たちぬとや吉野山霞かかれる峰の白雪」（春上・一・俊成）に、表現も着想もよく似ていますから、別の歌に取り替えるべきです。

一同　その通りだ。取り替えよう。

寂恵　……（今まで巻頭を飾っていた歌をそんなに簡単に替えてよいものなのか）。続いて二番目、入道前関白二条良実公の「春たつとかすみにけりな久方のあまのいは戸の曙（あけぼの）の空」も、続後撰集の「ひさかたのあまのいは戸の昔よりあくれば霞む春はきにけり」（春上・七・雅経）にそっくりです。共通する句の位置は違いますが、「あまのいは戸のあけぼの」「あまのいは戸の昔よりあくれば」という懸詞の修辞も似通っています。良実公は新勅撰集以来の作者でいらして、歌道で名声もありましたから、これも当座に詠み捨てて、過去の歌と似た歌がないかどうか十分比較されていない作品なのではないでしょうか。これも取り替えるべきでしょう。

一同　……。

寂恵　言い過ぎましたでしょうか。

為氏　良実公の歌は問題ではあるまい。

寂恵　そもそも詞書の書式や作者の表記のことは分かりませんので申しませんが、この中書本に撰ばれた歌は、過去の勅撰集の歌とちゃんと比較されているのでしょうか。

衆A　それは、「花」題の歌は同じ「花」題の歌群を、「月」の歌は「月」歌群を点検するのだ。

寂恵　純然たる四季の歌であればそれでよいですが、上下句のいずれかが、恋歌のようだったり雑歌のようだったりする歌もあり、そういう歌は四季部ではなく、他の巻に入っていますよ。私の記憶でも、似た歌が指摘できる歌、他にもこんなに沢山ありますよ。

為氏　分かった分かった、みな取り替えよう。

寂恵　続いてですが、巻十七（現存本では巻八・六四八）・雑秋の巻頭に「永治元年譲位の後、こもりゐ侍りけるに…」という詞書で、皇太后宮大夫俊成卿の歌があります。終わりの方の巻ですが、「譲位」という言葉は勅撰集には縁起が悪くないですか。

衆B　俊成卿の歌だから、削除しないで、巻末近い目立たないところに移動しよう。

寂恵　さらにたいへん申し上げにくいのですが、巻七・雑春に、

五社に百首歌よみて奉りけるころ、夢の告あらたなるよししるし侍るとて書きそへ侍りける　皇太后宮大夫俊成

春日山谷の松とはくちぬとも梢にかへれ北の藤波

その後年をへて、このかたはらにかきつけ侍りける　前中納言定家

立ちかへる春をみせばや藤波はむかしばかりの梢ならねど

おなじくかきそへ侍りける　前大納言為家

ことの葉のかはらぬ松の藤波に又たちかへる春をみせばや

三代の筆の跡を見て又かきそへ侍りし　前大納言為氏

春日山いのりし末の世々かけてむかしかはらぬ松の藤波

という歌群があります（五二六〜五二九）。これは俊成卿が文治六年（一一九〇）伊勢・賀茂・春日・住吉・日吉の五社に百首歌を奉納された後、子孫は繁昌なさるという春日大明神の夢告を得て、書き添えられた歌です。はたしてその通りになって、歴代が書き続けていかれたのですね。もちろん、御子左家が世間で和歌の家だと認められ、歴代が歌聖であることはよく承知しています。でも、他家の撰者を交えた状態であればまだしも、今回の撰者はお一人で、曾祖父・祖父・父・自分と並べて採るのは私物化が過ぎませんか。俊成卿が「梢にかへれ」と詠んで、定家卿が「立ちかへる春をみせばや」という歌を載せる位が限度でしょう。家祖の長家卿の官に達したといって、為家卿が「又たちかへる」と詠んだのですが、三代続くと悪目立ちします。まして、いくら大納言になられたからといって、「むかしかはらぬ」と宗匠ご自身が詠んだのは、あまりにも傲慢ではないですか。

**一同**　それは、開闔の兼氏殿がこの箇所を見て「この四代が続くありさま、実に素晴らしい」といたく感激しておったのだ。我々も同意したし、何より御家門のことであるから、誰も口出しはできないのだ。

**寂恵**　何を言うのですか。皆さんこうやって編纂の席に加わって、またこの集の作者にもなっている。その名誉というものは、この集が道理に反さぬよう、世人の誹謗を受けないように努めて、初めて得られるものでしょう。私は宗匠のためを思って、ひとり衷心より、このようなことを申し上げるのです。

**為氏**　それは院の御意向をうかがって決めよう。

**寂恵**　いま宗匠の御先祖のことまで僭越にも申しましたが、私も先日、お願いしまして、こちら載せていただいております。

寂恵法師世をのがれ侍りける後つかはしける　　中務卿親王

すつる世のあとまでのこる藻塩草かたみなれとやかきとどめけん

返し　　寂恵法師

すつる世のかたみと見ずは藻塩草かきおくあともかひやなからん

亡き親王様の右筆を長年勤め、詠草なども代筆していましたので、世を捨てた折、こんな風に惜しんで下さったのです。このやりとり、弟君の源承法眼が編纂され、故為家卿監修の類聚歌苑(るいじゅかえん)の巻十七・雑歌にも採られております。貴人と遁世者の歌の贈答、過去の勅撰集にも何組か載っていますが、初めての勅撰集入集がこれでは、少し目立ち過ぎます。こちら、残念ですが、削除していただきたいと存じます。

**衆C**　いや、実に見上げたお志ですな。ところで宗匠、それがしの縁者の某、まだ未熟者なのですが一首だけでもと泣きついております。

為氏　縁者なら入れてやってよかろう。
寂恵　？？？
慶融　ところで、兼氏殿の「橋に寄する恋」題の
小墾田の板田の橋とこぼるるはわたらぬ中の涙なりけり
（小墾田の板田の橋がこぼれて〈壊れて〉渡れない、ではないが貴女に会えないとこぼれるのは涙だなあ）
という歌、故人自讃の歌なので入集させましたが、無理に入れなくともよいと存じます。
為氏　それもそうだな。切り出してしまえ。
兼氏の亡霊　歌人とは死後の名声をこそ重んずるものだ。それをよくも。
慶融　！（突然悶絶）
為氏　慶融は腰痛持ちであったか。おぬしの歌みたいに腰が折れては気の毒だな。
観恵（後の長舜）　これはまさか父上？
寂恵　……
寂恵はたしかに言い過ぎてしまったのである。関東から上洛して、和歌の家の出でもなく、ま

だ勅撰作者でさえない遁世者が、このような直言を呈すれば、面々どう受け取ったかは想像に難くない。博識を便利だと思っても、仲間に入れようなどとは思わないであろう。なお、兼氏の後任の開闔には慶融が就いていた。

それは為氏とて同じである。この田舎陰陽師くずれめ、空気も読まずにつまらぬ正論を吐きおってと不愉快千万に感じたであろうし、とんだ見込み違いだったと後悔したであろう。が、すぐに計算を働かせた—幸いに自分から入集を辞退したいと言っておる。勢いで恰好を付けているだけだが、そう言うのだからいずれ望み通りにしてやろう。ただ仕事はできそうだから、しばらくは使ってやろう、と。

寂恵のところに、すぐに為氏の書状が届く。これも現代語で示す。

一昨日は晩に皇太子(煕仁親王)の歌会があり、その後は亀山院のところで詩歌合で朝十時に終わって退出した。昨日も同様で、連日夜明けに帰宅するのでもううんざりだ。弟慶融も□□□寵童とやらにしきりに何かねだられるとかで、時々しか来ない。こんな調子で進まない。貴殿に御上洛いただいたところまでは和歌の道の加護だと思っておる。いろいろと不満だろうが、どうせならば明晩こちらに来て、完成まで見届けてくれぬか。愚息の定為(じょうい)も編纂に加えるので、そんなに時間はかからないだろう。それでともかく中書本の形で、院の御覧に入れたいと思う。こんな風に言うと何だかありきたりだが、今回上洛してくれたおかげで撰集も早く終わりそうで、その後で鎌倉へ下られるのなら、貴殿にとっても末代までの名誉になるのでは。意地を張って、連日の会に参上せぬのもよくないと思うので、このようにした。どうかこちらに光臨いただきたい。円意が近くに宿所を用意したと申しておる。

十月二日　為氏

順教御房（寂恵の房号）へ

おだてられた寂恵は、十日ばかり「一向にとりさばくり」をしていた。しかし、入集固辞の姿勢は変えなかったらしい。為氏は十月十一日の書状では根負けした風で、「始終も御覧あるべく候、空しかるべからず候、又勅撰も候ぬと存じ候」と述べた。見捨てずにいて欲しい、あなたの功績を無駄にはしない、また勅撰集の企画もあるだろう、その時は入れてやるぞ、とのリップサービスである。寂恵もまた北条政村ら旧縁のある鎌倉の歌人の詠を増やすよう働きかけ、受け容れられている。

ところが、寂恵はさらに根本的な疑義を呈したらしい。まず集名。拾遺集は三代集とはいえ、不慮の退位を遂げ、その後もとかく品行が世間を騒がせた花山法皇の撰、避けた方がよい。巻二十・神祇歌の巻軸、この集の末尾の歌も花山が熊野修行に出た時の詠にしているが、好ましくない。もし拾遺集に拘るなら、後拾遺集が佳例であるから、「続後拾遺」がよい。ついで部立。巻七・八に雑春・雑秋（季節詠であるが個人的感慨が強く出た詠）を、前半十巻に置くのは感心しない、そもそも雑春と雑秋は拾遺集にしかない部立だから、今更復活させる理由はない――完全なダメ出しである。しかも、為氏自詠二十一首の歌数に及ぶ。続後撰集では撰者（為家）の歌は十一首であった。これを遵守すべしとの反撥を恐れて、姑息にも院宣を出してもらって命令で仕方なく増やすという形を取ろうとしましたね、とほとんど弾劾に及んだ。

次の勅撰集には必ず入集させるという気休めも、事ここに及べば懐柔の余地はないと悟ったか、十一月には寂恵は和歌所を離れたらしい。

続拾遺という集名は、為家の続後撰を継承する意識から出ていて、御子左家にとって、これ以外は考えられない。為家生前の内意もあった。撰者四代の歌群ももちろん同じ目的である。それに対して異論を唱えることなど、とうてい容認できるものではなかった。まして、和歌所は不正の温床、歌数も謀計で増やしたと言われたのであれば、もはや許容できるはずはなかろう。

## 勅撰集は公器か

十二月二十七日に清書本が奏覧された。関係者の歌数を挙げると為氏は二十一首、為家四十三首、定家二十九首、為世六首、定為二首、為教七首、源承・慶融三首、為顕一首、為子（為教女）三首、為兼二首、阿仏尼六首、なお兼氏五首、賀茂社祠官は氏久四首・久世一首、住吉社神主は国平二首・国助五首（うち隠名一首）・覚源二首、日吉社禰宜（ねぎ）は成茂五首・成賢二首・成良二首、そして寂恵零。子女や門弟は優遇されたが、弟たちには冷淡である。定為はまだ二十歳ほど、撰者の子息という理由で入集し、しかも肩書を与えてやろうと院にねだって権律師という僧官に任じさせたことに、寂恵は強い怒りを覚えた。

以後は伝聞であろうが、寂恵によると、二十八日に下された院の女房奉書は賛辞で埋め尽くされ、為氏も喜んだ。二十九日、清書本を返却するとの連絡があった。清書本が返却される、というのはほんらいおかしいのである。しかし、為氏は「わが哥のかさねているべき院宣」が下されると期待し、いそいそと参院したところ、「御しるし（褒美の品などか）どもはひろうなくて」院は「人に見すべからず」と言うなり、入御してしまった。為氏は悄然として帰宅し、慌てて津守国助が参上、和歌所の衆は恐慌に陥った。

その翌日、寂恵はすかさず自身の奏状を奉った。「いまの勅撰すでに清書奏覧の後、その事叡慮よりおこりてその哥用捨あるよし天下に風聞」したので、ここに申し上げるとした。寂恵は、自分の姿勢は謙遜のポーズであって、自身の功績に照らせば、最終的には入れられてしかるべきだ、と主張するのである。末尾は「十二月卅日　沙弥寂恵上」と結び、宛所はないが、亀山院（直接には側近の誰か）に宛てた形式となっている。

相当にひねくれた主張のようであるが、これも実は計算の上である。寂恵は批判を列ねるうちで「ひとへに撰集のための公平を存候て」、「これ又公平のそのひとつと思ひ給へ候」とたびたび口にする。為氏の「私曲」に対し、寂恵は「公平」であるというが、これは武家が公家に干渉する時に見られる論法であった。だいたい、亀山院に対しても、北条時宗は後深草院の子孫もまた「公平」に皇位に就くことを求め、その皇子の熙仁親王が立太子されたばかりではないか。もちろん「公平」は政治上の駈け引きの道具に過ぎないはずが、武家政治家は妙に「公平」にこだわり、その実現を素朴に使命と観ずる風があったから始末が悪いのである。勅撰集の入集では情実や賄賂は平気でまかりとおるし、そもそも撰者の地位を御子左家が独占していることが私物化の最たるものであるが、公器としての社会性も期待される時代なのである。武家の好む正論を持ち出された批判に、亀山院は面倒なことになったと顔を曇らせたのではないか。

　続拾遺集はたしかに奏覧後ただちに公開とはならなかったらしい。明けて正月十八日、京極為教が批判の申状を奉った。「非譜代非堪能」で初入集する者さえ数首ずつ採られたのに、為兼二首、為子三首とは恥辱である。自分の歌を減らして、子女の歌を増やして欲しい、という。院は「尾籠過分」であると却下したが、非難の声は他からも上がったらしい。とくに幕府からは事情うかがいがあったもようで、四月十五日、為氏が鎌倉に下向した。院から馬を賜っている。現地で陳弁したのであろう。

　春のみやまぢには、弘安三年四月二十八日、後宇多天皇の内裏や春宮御所が、この集の話題で持ちきりになったとの記事があり、明らかに披露直後であると読み取れる。直接の典拠は不明であるが、勅撰歌集一覧に「四十首許り勅定として歌を出さると云々、この内、如円・観意等の類、年を経て所存を申し立て、還り入らると云々」とある。これによれば、今度は棄除された作者から不満が出て、如円房（浄土宗西山派深草流の僧真空）、観意法師（六波羅奉行人斎藤基永）が再度入集したと解される。ともに初入集・一首の歌人である。実は二年十月七日に何名かの作者が追加入集、あるいは顕名（作者表記の「よみ人しらず」を実名に改める）といった措置が加えられ、そのうちに如円がいたことが明らかになっている（平舘英子「伝為兼卿筆『続拾遺和歌集』」）。つまり、奏覧を遂げながら、一年以上は修訂の期間が設けられるという異例の事態であった。院はすぐにも公開したいはずであるから、これはやはり幕府の干渉があり、それに応じて修正、諒解を得るまでの期間であったと考えられる。

続拾遺集は御子左家が歌壇を制覇し、単独で撰ぶという、長年の悲願が完全に実現した集であったとされる。亀山院は、為氏と相談しつつ、百首歌（弘安百首）を四十人より召し、勅撰集の奏覧とほぼ同時に詠進させている。応製百首も以後、勅撰集に附属した行事として踏襲される。増鏡は「たましひあるさまにはいたく侍らざめれど、艶にはみゆる」（老の波）と評されたと伝える。「しっかりした主義主張はないが、何となく華やかには思える」とは、印象としてもまあ正しいであろう。もちろん武士の歌数は相応に多いがこれは時勢である（なお、続拾遺集は「鵜舟集」という異名を取ったというが、これは後述）。総じて問題の少なかった集のように見えていたが、その裏側ではかようなトラブルがあった。身内が叛旗を翻したところもあり、為氏にとっては思わぬ苦い記憶となったであろう。

## 為教父子と寂恵

続拾遺集をめぐる人間関係は、十分過ぎるほどに複雑怪奇であったが、なお続きがある。ここに寂恵の自筆書状がある。江戸時代前期に第一紙と第二紙とが分離し、別々に伝来していたが、最近三百年ぶりに首尾揃ったので紹介したい。たいへん貴重なものである（翻刻は附録Ⅲに掲載した）。

弘安二年（または三年）三月二十一日、鎌倉に下向した直後の寂恵が発したものである。宛所は切断されているが、いくつかの徴証から、京極為兼に宛てたと分かる。袖書（そでがき）（追伸）に見える「前兵衛督殿」とは、右兵衛督を極官とし、「毘沙門堂兵衛督」と号された、為兼の父為教である。同じ内容なので、父上の御あたりへの報告は略します、と断っているのである。ところで、為教は弘安二年五月二十四日に急逝している。「前」は故人に冠する場合もあり、翌三年の書状である可能性も存する。さきに述べたように、京都でも鎌倉でも続拾遺集の公開は三年春頃なので、その方が整合性がある。

内容は多岐に亘るが、まず、勅撰集が三月中旬に鎌倉でも披露されたことを報じている。その内容を確認した寂恵は、京都で一見した奏覧本と改められた点があるのを確認、しかし「雑春部の四代の御詠、なほもつて元の如くに候」、また「花山院御製、第廿巻の巻終に載せられ候、拾遺賞翫（しょうがん）の故に候ふか、しかれども熊野御修行の詞、強（あなが）ち甘心（かんしん）せず候」とする。これこそ寂恵が

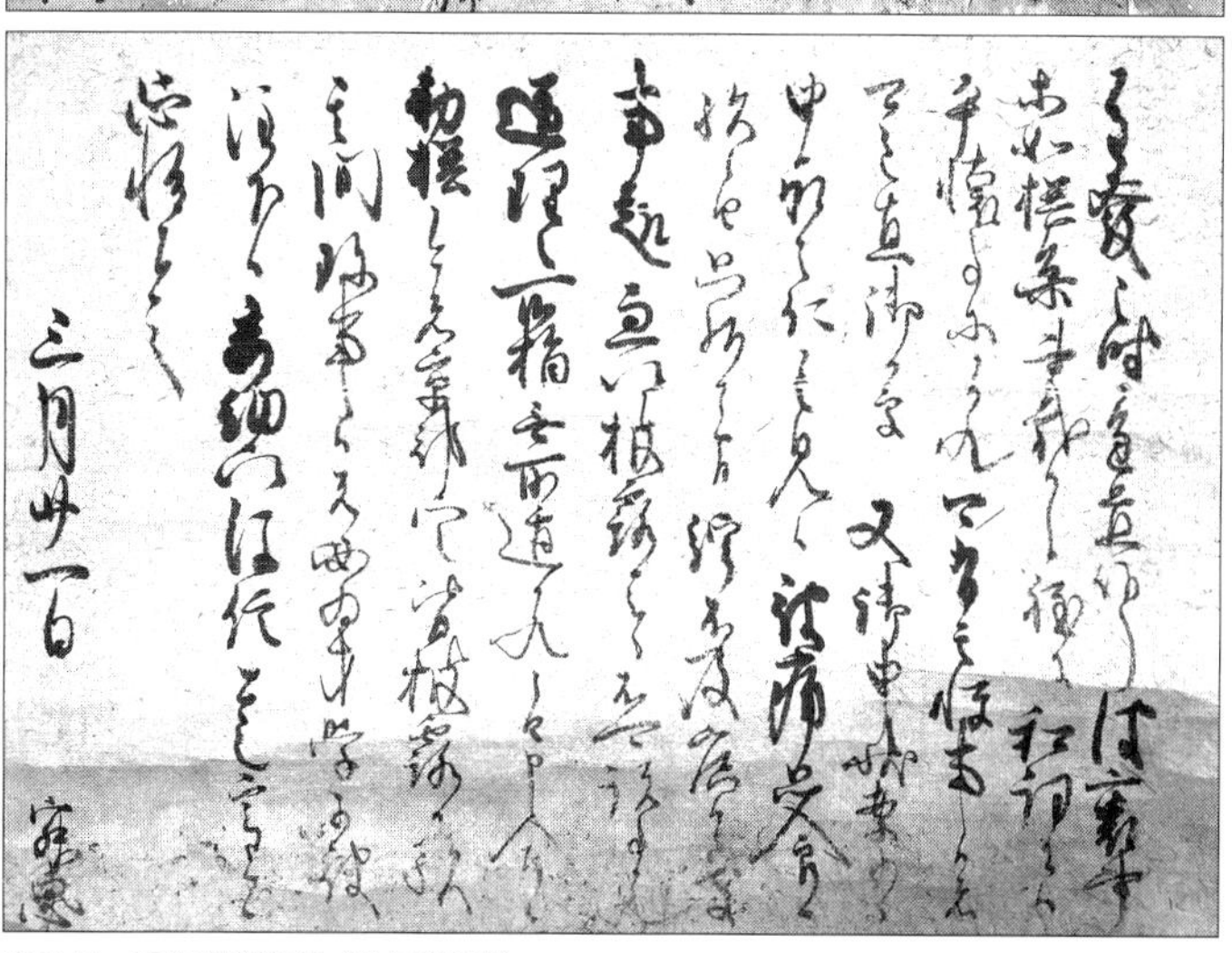

図5–3　寂恵自筆書状（大垣博氏蔵）

散々批判していた、続拾遺集の最大の問題点であったことは言うまでもない。それが依然そのままになっていることに憤っているのである。

いっぽう、「御中状案（案はこの場合は写しの意）」のことを取り上げる。寂恵はこれを鎌倉の要人にも示したところ、同情の言葉があった。公開を憚ると伝えたのに、さらに上の方にも披露している、困ったものであるが、もっとも道理を述べているのだから大丈夫でしょう、といった報告である。為兼宛てであれば、これはさきに亀山院に奉った為教の申状を指すとしか考えられない。なお、その申状は為兼が代筆していたという。

以上のことから十分であろうが、寂恵の背後には京極為教・為兼父子がいたのである。両者は連携して、続拾遺集を非難したのである。為教の異議申し立ては、無謀なように見えるが、寂恵にも写しを渡して鎌倉にも働きかけをしていたのであった。

寂恵の方も、為兼に対して「かの裏書など、撰集の如く書き載せ候ひし程に、和詞には平懐の事など候か、その憚りあるべき事候はば、直さしめおはしますべく候や」と要請する。これこそ、寂恵法師文のことではないか。和歌を多く引用し、撰集のようになっている。仮名で書かれて少しくだけすぎかも知れない、是非遠慮なく筆削下さい、と願ったのである。「裏書」とは、装訂上の特色、つまり巻子本の裏面に記入された注釈・意見・補記などを指す語であるが、この時代には、そういうものが独立し、書物として「裏書」と称される用法もある（古事記裏書、大鏡裏書などそれである）。寂恵法師文はその意味ではまさに続拾遺集の「裏書」であった。寂恵法師文は、撰集の内情と不正、これを改善するために払った努力と、為氏から受けた報復、院への訴状とをまとめたもので、全体としては鎌倉への要人に提出されたと見てよい。宗尊の御所を「和歌所」と称し、そこでの活躍を縷々述べた意図もあきらかであろう。そして為兼の確認を請うたのである。なお、寂恵法師文の唯一の伝本である尊経閣文庫蔵本は、「為兼卿筆本」を書写したとの極札（鑑定書）がある。為兼がこの時に転写した本が近世まで伝来していた可能性は考えてよい。

　為教は兄を呪いつつ死んでいったが、為氏はすでに容易ならざる敵を、京都と鎌倉に抱えていたのである。実は寂恵書状に「又　勅撰あるべき事、御契約一身に非ざる事に候けり、去年十月廿五日、関東に送り遣らる、武家の人々進発の時、進らせ置き候ひ了んぬ」という一節がある。文意がいまひとつ分明ではないが、為氏が次回の勅撰和歌集の企画について口にし、院との約束は私一人に限ったことではない（撰者指名の可能性は自分だけではない）と発言した。これを昨年十月二十五日、幕府の関係者が下向する便に付して、関東（この場合、将軍や執権）に報告した、という内容ではないか。

　為氏は寂恵に対して、続拾遺集の完成以前から、もしつぎの勅撰があれば、という発言をしていた。実現するかどうかも分からない、リップサービスを言質としたのかも知れないが、続拾遺集の奏覧後、為氏が勅撰集を私物化したという批判は相当に高まっていて、院も無視できず、為氏もこのような言明を余儀なくされたのかも知れない（そうするとやはり弘安三年の書状とする方がよさそうである）。それがただちに鎌倉でも共有されたことは、撰者への野望を抱く為兼には朗報なのである。

## 阿仏尼の存在

寂恵と京極為教・為兼父子の連携には、さらに別の人物がいた。

寂恵が自筆で書写した歌書は複数現存している。細かく勘物（異文や語注）を付けることで知られているが、その一つにいわゆる寂恵本古今和歌集があり、早く複製も刊行されている。その上帖の奥書には「古今一部、順教御房にこまかによみきかせまいらせ候ぬ（花押）」とある。順教とは寂恵の房号である。

すなわち、弘安元年十一月上旬、寂恵は古今集を証本（この場合は定家筆本）をもって書写すると、ある歌道師範の講義を受け、寂恵はその説を書き入れた後、その師範が課程修了を証し、花押を据えたという運びである。後年、寂恵はこの本を自身の息英倫に授けた。

この師範は御子左家の人物であり、為氏と考えられている。しかし、寂恵が散々に続拾遺集批判の言を吐いた直後である。そもそも花押は為氏のものではない。この時点で、定家本の書写を許し、古今集を授けられる資格があるのは、ただ一人、阿仏尼しかいない。つまりこれは阿仏尼自筆である可能性が極めて高い。

阿仏尼はすでに為氏と厳しく対立、逆に為教・為兼父子と手を組んでいた。古今集なども亡夫

図5-4　寂恵本古今和歌集（宮内庁書陵部蔵）上帖奥書

為家から直接聞いたとして、勝手な思いつきを授けていると後に為世から非難されている（延慶両卿訴陳状）。実は寂恵本には阿仏尼の独自の説とおぼしき勘物が散見され、この点からも奥書の筆者が裏付けられる。

寂恵は弘安元年九月の上洛後、阿仏尼に入門して直接講義を受けていたことが明らかになった。ところで、阿仏尼は亡夫為家の処分をめぐり為氏と争ったが、そもそも公家法では親が一旦子に譲った財産を取り戻すこと（当時は「悔い返し」という）を認めない。しかし、武家法では「悔い返し」を認めていた。阿仏尼が再審の望みを懸けて鎌倉へ下向するのが弘安二年十月十六日のことである（十六夜日記はこのときの紀行文）。阿仏尼が鎌倉でどのようにして暮らしたのか、現地で和歌を指導したと考えられていたが、実情はまったく明らかではなかった。

しかし、すでに寂恵との関係が生じていたのであれば、心強い支援者となったであろう。引き続いて鎌倉に地盤を築く為相をも、寂恵が引き続き後見していたであろう。

当時の金沢流北条氏二代目の当主、顕時（一二四八～一三〇一）は、勅撰集に入集していないが、歌学に関心があり、古今集の談義・校合をしていたらしい。そこで阿仏尼筆本を参照している。時期からして阿仏尼が現地で献じた可能性が高い。この本は後に嘉元三年（一三〇五）頃、顕時の子貞顕が入手した。当時六波羅探題南方であった貞顕は、寂恵を召し、この「民部卿入道の後家(阿仏尼)の手にて、故殿(顕時)の御時、沙汰など候ける御本」を示して、鑑定させているのである（小川「謡曲「六浦」の源流」参照）。

阿仏尼と金沢北条氏との間には寂恵の仲介があったとするのが自然である。阿仏尼の下向以後、冷泉家と鎌倉武家に直接の縁が生じたことは、たんに歌壇史のみならず、たとえば金沢文庫旧蔵の古典籍の伝来など、文化史上の問題にも波及する。

続拾遺集成立をもって、歌壇は御子左家の一人勝ちとなったように見えたが、同時に一門の亀裂は大きく拡がり、京都にも鎌倉にも火種が蒔かれた。さらに幕府の意向は勅撰集の内実にまで及ぶようになっていたのである。

# 第六章 打聞と二条家和歌所――永仁勅撰企画・新後撰和歌集

## 勅撰集と私撰集――「打聞」とは何か

これまでに五つの勅撰和歌集について述べた。勅撰和歌集の編纂は歌壇の一大事業であるから、完成の前後に、その周辺で副産物的に生まれる作品があることも予想される。まずは私撰集にも注意を払う必要がある。

福田秀一は、私撰集研究の意義を「歌壇が安定もしくは沈滞した時代には、そう沢山の私撰集ができるものではない。（中略）各時期における私撰集の数とその成立動機とは、歌壇史研究において相当に注意を要することである」と述べている（『中世和歌史の研究　続篇』）。

院政期や鎌倉中期には、たしかに数多くの私撰集が成立している。歌道師範家の権威に盲従せず、それと一線を劃するグループが盛んであった時期で、たとえば詞花集に対しては後葉集（藤原為経撰）や拾遺古今集（藤原教長撰）が、続後撰集に対しては万代集（衣笠家良・真観撰）・秋風集（真観撰）・雲葉集（九条基家撰）・明玉集（藤原知家撰）などが成立している。勅撰集編纂中や完成直後に私撰集を成立させることは、自身にも撰者の資格があると世間に示す効果があり、その勅撰集を否定する意味さえ持つ。私撰集といっても、相当に重いものなのである。勅撰集とみまごうばかりの部立で構成されることが多い。

いっぽう、勅撰集に対抗する私撰集に対して、勅撰集を補完したり従属するものもある。ここで取り上げるのはそうした私撰集である。

ところで、私撰集のことを「打聞」とも言う。広義には「ちらと耳にする、小耳にはさむ」の意、転じて「何かを書き留める」から「私撰和歌集」を指すと説明される。ただし、単に私撰集と解しては具合が悪い用例もある。弘長二年（一二六二）五月の為家卿続古今和歌集撰進覚書（附録Ⅱ）に、

> 且は雲葉・明玉集など披露の時、打聞共も見及びき、上古歌どもは、ただ作者名大切ばかりにて、代々の撰者きらひすてたる歌どもとこそ見えしか、（いっぽうで雲葉集や明玉集などが公開された時、その打聞なども見た。上代の歌などは、単に有名な作者を求めるだけで、代々の撰者が評価せず捨てて来た歌としか思えないのだが）

とある。この「打聞」とはそれぞれの私撰集の草稿段階を言うのであろう。雲葉集・明玉集は上述した反御子左派の私撰集であるが、ともに為家への対抗心から、勅撰集を意識していたので、このような書き方をしたのではないか。

そもそも、勅撰集にしろ、私撰集にしろ、最終段階になるまで、集名は決定しなかった。とかく集名というものは真っ先に世間から難じられる。そこで編纂の途中では「第一撰集の名字披露あるべからざるゆゑに、まづ仮名を付けて置く事侍り」（諸雑記）という教えもあるが、単に「打聞」と称することも多い。文明十五年（一四八三）、足利義尚が企画した私撰集は、仮名を「撰藻鈔」としたが、通常「室町殿打聞」と称されている。この点、古典学者として知られた三条西実澄（実隆の孫）はさすがに明晰であり、「撰集の時、まづ、歌を書きあつむるを打聞と云ふ、中書・清書、重々あると也」（二根集・二）とする。要するに狭義では、撰集の初期の草稿、ということになる。

## 類聚歌苑と続拾遺集

続拾遺集の周辺でもいくつかの私撰集が成立している。源承の類聚歌苑、同じく閑月集、為氏の現葉集、慶融の残葉集などである。このうち類聚歌苑は、上述の通り続拾遺集に先立ち成立していた。すでに散佚し、わずかな逸文をとどめるのみと思われていたが、久保木秀夫が巻十三・

恋歌三が伝存していることを発見、紹介した（『類聚歌苑』）。全体の巻数は二十巻、歌数はおよそ千五百首、撰歌範囲は一条天皇から当代亀山天皇までとし、かつ、勅撰集にいまだ入集していない歌を対象としていたことも明らかにした。これは続拾遺集ともほぼ同じである。

成立年代は文永七年十一月から八年三月までの四ヶ月間に絞られる（若干の増補があった可能性もある）ことも考証している。久保木によれば、巻十三・恋歌三のおよそ九十五首のうち二十五首が続拾遺集に見出せる。しかも、続拾遺集巻十四・恋四との比較において、歌の排列、歌群としてのまとまりなども類聚歌苑と著しい一致を見せるという。そこで久保木は、「『類聚歌苑』は『続拾遺集』の単なる撰集資料のひとつどころか、ほとんどその母体であったかのように思われてくる。もしかすると『類聚歌苑』を基盤とし、それに取捨選択を加える形で成立したのが『続拾遺集』だったのではなかろうか」という見解を述べている。前章で述べたような、続拾遺集の成立過程を思えば、これは当然のようにも思えて来るのである。

それでは、こうした私撰集と、これまで勅撰集の成立でしばしば問題とされた「中書本」とは、どのような関係になるか。名は異なるものの実体は一つで、一つの撰集が整理されていく、それぞれの段階を称しているに過ぎないと言えないか。つまり、あくまでも非公式ではあるが勅撰集を念頭に置いて編纂を開始し、撰集の姿を著した段階が「打聞」であり、正式に勅を下された後で、多少整えられて「中書本」となる、そのような過程を辿ったのではないか。

続拾遺集には、次の贈答歌を収めている（雑上・一一四八〜四九）。

高野山に侍りける比、皇太后宮大夫俊成千載集えらび侍るよし聞きて、
歌を送り侍るとてかきそへ侍りける　　西行法師
花ならぬ言の葉なれどおのづから色もやあると君ひろはなん
（華やかではない和歌ではあるが、たまさか特色もあるのではとあなたには思っていただき、選び取って欲しい）
返し　　皇太后宮大夫俊成
世をすてて入りにし道のことのはぞあはれもふかき色はみえける
（世を捨てて仏道に入られた、そんなあなたの和歌です。感動も深いし特色もあります）

西行が高野山に居住していたのは治承四年（一一八〇）までで、俊成が千載集の撰進の命を受けたのは寿永二年（一一八三）二月のことであった。詞書には撞着が生ずる。出典とおぼしき俊成の自撰家集長秋詠藻では、詞書は「西行法師、高野にこもりゐて侍りしが、撰集のやうなるものすなり、と聞きて、歌かきあつめたるもの送りて包紙に書き付けたりし」となっている。八雲御抄などによれば、俊成は、一条天皇より高倉天皇（在位は治承四年まで）までの十五代の期間を対象とした、三五代集（さんごだいしゅう）という私撰集を編纂したと伝えられる。そこで「撰集のやうなるもの」は三五代集であり、為氏はこれを千載集と誤認（曲解）した、と考えられている。しかし、代々勅

撰集事（冷泉家時雨亭文庫蔵）には、千載集は、通説を七年も遡る、安元二年（一一七六）十一月に下命されたとあり、この説は渡邉裕美子によれば「従来問題とされてきた資料等との関連から信憑性が高い」とされる（「『千載和歌集』の成立過程」）。つまり三五代集は、千載集の「打聞」であったことになる。したがって為氏の続拾遺集の詞書は、あながち誤りとは言えないのである。

もちろん、勅撰和歌集は、下命を受けて初めて撰歌に着手することが建前である。あらかじめ編纂しておいた私撰集を勅撰集とすることはあってはならないはずである。しかし現実的な問題として、限られた期間で奏覧に漕ぎ着けるためには、私撰集を―それもできれば複数―準備しておくことが必要であり、そうしたものが「打聞」と称されたのではないか。それは源承・慶融・定為のような、一門出身の歌僧で父や兄に忠実な者に編纂させるのが、万一のトラブルが生じた時のためにも賢明であろう。この後、為氏直系の子孫、つまり二条家による勅撰集にはほとんど、打聞に相当する私撰集があったことを確認できる。事情は他家でも同じではないか。

勅撰集完成後にも同様の「打聞」がある。為氏の現葉集と慶融の残葉集は、現在わずかな逸文を残すのみだが、続拾遺集の撰外佳作を収めていた。本集に洩れた歌人の鬱憤を慰める目的もあり、当然現存歌人を主とした。こうしたものを編纂しておけば、つぎの勅撰集のための「打聞」としても利用できる。想像を逞しくすれば、いよいよ階層的にも地域的にも拡大の一途を辿る、勅撰集への入集希望者に対応するために、「打聞」が常時編纂されていたのではないか。勅撰集の下命とは関係無く、歌人たちが歌道師範家を「和歌所」と称するようになる理由の一つはここにあろうかと思われる。

## 伏見天皇と永仁勅撰企画

弘安十年（一二八七）十月二十一日、後宇多天皇が譲位し、皇太子熙仁親王が践祚した。伏見天皇である。歌道に秀でたことで名高い。父後深草院は健在であったが、やがて出家、また少なくとも公式な場では和歌を詠まなかったので、伏見が歌壇を主催した。早くから近臣・女房と閉鎖的ながら質の高い文藝活動を展開し、和歌では京極為兼を指導者として、新風を志向していた。践祚後、為兼は蔵人頭に抜擢され、やがて権中納言に昇進した。

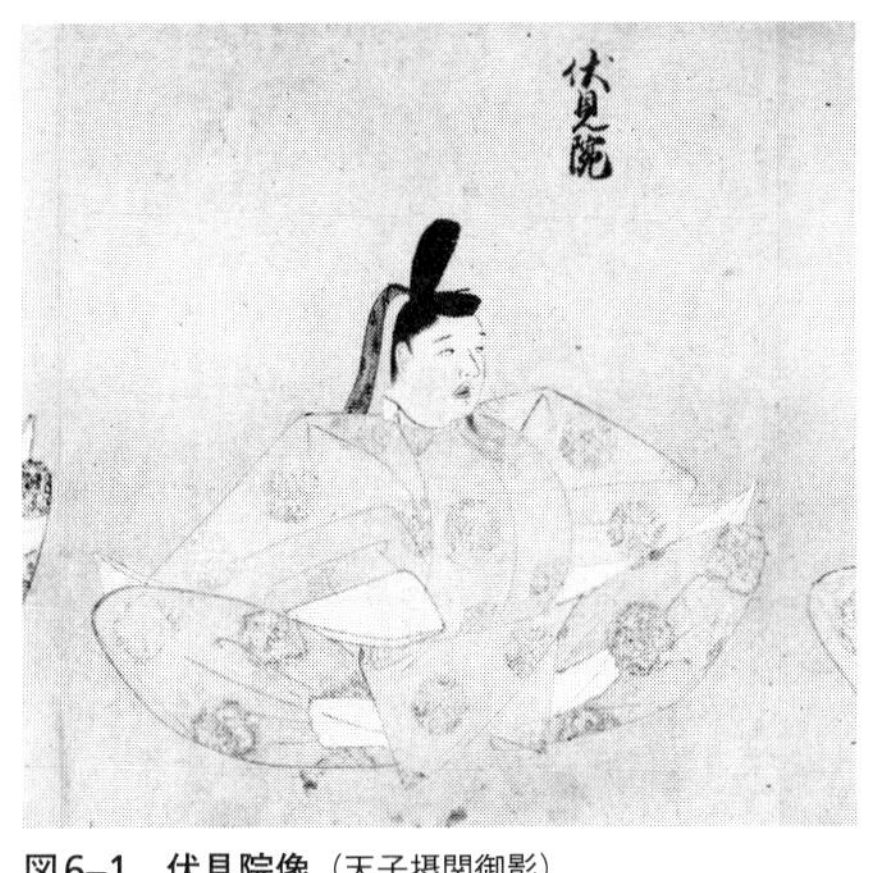

図6–1　伏見院像（天子摂関御影）

為氏は弘安九年に歿し、為世が継いだ（以下、二条を冠する）。為兼とは父の代からの因縁があり、亀山院・後宇多院の愛顧を受けた為世は、最初から伏見天皇の宮廷とは距離があった。

永仁元年（一二九三）八月十五日、冷泉富小路内裏で歌会があった。題者（出題）は為兼、月前風・月前虫…という「月前○」の月五首であった。同日、嵯峨亀山殿で、後宇多院が十首歌会を開催した。題者は為世、こちらは秋風・秋虫・秋雁・秋恋…という「秋○」の二字題で構成されていた。為世・為兼はじめ双方に出詠している者も何名かいるが、皇統の分裂に伴い、それぞれの近臣集団と歌壇が形成される傾向が見てとれる。伏見の持明院統には京極家が用いられ、亀山・後宇多の大覚寺統には二条家が属した。いっぽう、冷泉為相の勢力はまだ微弱で、主に関東で活動し、都の歌会には参じていない。なお、地下の身分ながら、津守国助が亀山殿に召されている。

そして、同二十七日、伏見は為世（四十四歳）・為兼（四十歳）・九条隆博（たかひろ）（五十余歳）・飛鳥井雅有（まさあり）（五十三歳）という四人の専門歌人を召して、勅撰集の企画について諮った。雅有は病気で欠席した。

この日の天皇の日記が残存するので、やりとりがよく分かる。諮問は下命の月、下命の形式、撰歌の範囲、応製百首を召す時期、以上四項であった。下命の形式は単独撰者の場合は直接に仰せ下すが、複数人の場合は綸旨によるとし、応製百首も、勅撰集下命以前に召す必要はない。この二項は見解の相違がなかったが、撰歌の対象に上古を含めることに為世は反対した。これは為家・為氏の方針であり、「誠に上古の歌、代々の集撰び残されたる、下品の物たるか」と。しかし為兼は「近日専ら古風を慕はる、尤も上古以来を撰ばるべきか」と主張した。また下命の月も、為世は後撰集の佳例があるので十月がよいとしたのに対して、為兼はいつでもよろしいとした。隆博はともに為兼に賛成した。天皇は「度々の佳例、各（おのおの）の別（こと）なる月なり、今月宜（よろ）しかるべし、又上古の歌棄てらるるの条尤も無念なり、今度撰び載せらるべし」と定め、今日は吉日だからと手回しよく綸旨の案を持って来させた。天皇が為兼と事前に打ち合わせていたものであろう。

天皇は為兼ひとりに撰ばせたかったであろうが、十分な実績もなく、何より父は撰者とはなっておらず、難しい情勢であった。隆博は続古今集撰者の行家の子、雅有も新古今集撰者雅経の孫、ともに為世・為兼より歌歴は長く、緩衝役を期待したであろう。こうして四人に綸旨が下され、撰歌の業が開始された。ただ為世の顔を立てたつもりでも、複数の撰者、また古歌をも対象とするのでは、為氏の代よりは明らかな後退である。

なお応製百首の有無は不明だが、十楽院僧正道玄が翌永仁二年四月二十一日に「禁裏百首」を詠進したとあるのは応製百首か（門葉記巻一一九）。ただ他には明徴なく、道玄は護持僧であるので、内々の催しにとどまったらしい。

## 雅有の遺品に残る撰歌

飛鳥井雅有は公武両政権に仕え、歌鞠両道を家業とし、歌にも文にも長じた、ある意味では鎌倉時代の典型的な廷臣であった。為世の叔父で、女子は為世嫡男為道の室となったから、二条家の縁戚である。しかし伏見天皇の在坊時の近臣であったし、為兼とも親しかった。

康永元年（一三四二）正月の年記を持つ、飛鳥井家の蔵書目録の断簡（大津平野神社蔵某相伝文書書籍等目録断簡）がある。当時は雅有の子雅孝が当主であった。歌道師範家の蔵書目録は非常に乏しいので貴重である（拙著『中世和歌史の研究』で紹介した）。ここには歴代の歩み、とりわけ雅有の多彩な活動が刻印されている。たとえば、「撰哥上下」と題された櫃ないし葛は、雅有の遺した資料であり、次のような内容である（数字は私に付けた）。

①四季恋雑已下廿巻　②御抄物一帖北（院カ）　③和哥座右愚抄　④古今和漢六帖一帖　⑤為道朝臣状一通　⑥綸旨案一通（正文於関東焼失了、）　⑦同御請文案　⑧撰集名字一通　⑨師宗返状一通　⑩条々一通　⑪神道□□御哥事　⑫短冊　⑬可勘哥　⑭部立注文　⑮恋題次第　⑯御小草子（但無之、）　⑰代々撰集事

以上十七点、典籍・文書など雑多であるが、永仁勅撰企画を受けた撰歌資料を一括したと見て間違いないところである。⑥は永仁元年八月二十七日、撰進の下命を受けた綸旨、⑦は承った旨の雅有の奉答のそれぞれ写しである。①は、これまでの例から考えるに、雅有の撰者進覧本（の手控え）であろう。すでに全二十巻の姿を現していたことになる。⑧は集名を検討した、⑭⑮は部類・排列にあたってのメモであろう。そして⑫は、これこそ撰歌に際して、さまざまな資料から和歌を書き抜いた小短冊（カード）なのではないか。雅有のもとには縁故の深い関東武家歌人の詠草が多く寄せられていたはずなので、小短冊への抜書が効率的であろう。おおよそ、この時代

から、短冊が用いられるようになったと見てよいと思う。なお、②は何か分からないが、この包みの性格からして伏見天皇による何らかの抜書ではないか。天皇も撰歌に関与したらしいことは後述する。

### 為世の「打聞」――承空本私家集の紙背文書

正応から永仁にかけての十年ほどの間、玄観房承空という浄土宗の僧が大量の私家集を書写している。承空は西山派の拠点善峰寺の別所の往生院長老であった。この寺院は為家の岳父宇都宮頼綱を旦那とし、承空は頼綱の孫である。つまり為世・為兼には父の従弟に当たる。承空がしきりに私家集を写したことは、永仁勅撰と連動したものと考えられるが、料紙は承空宛の書状を利用しており、史料に乏しい二条家周辺の動静を伝える。

そこから、永仁元年（一二九三）七月二十八日、つまり勅撰集下命一ヶ月前の、導蓮という僧の書状を掲げる（『冷泉家歌書紙背文書』二〇八）。導蓮は同じ浄土宗深草派の僧、如円房真空（一七三頁参照）の弟子らしく、摂家鷹司家に出入りし、また武家にも知己が多い人物である。これも整理した上で現代語とする（数字は私に付けた）。

いかがお過ごしですか。昨日、唯教房に対面しましたら、以下を言付かりました。

(1)武蔵守北条時村殿の和歌一巻を進上します。

(2)関東武家の関係者の和歌については、便宜がある知り合い一両人に、先日、申し送りました。確かではありませんが、まだ少しはあると思います。

(3)昨正応五年、(北条貞時殿が)伊豆三島社で十首和歌を開催しましたが、その時の和歌一巻を進上します。この面々が現在の関東の主力歌人です。御覧になっていたら、お返し下さい、もし万一まだ御覧になっていなければ、これはいい加減な写しですので、ぜひ修正された上で、御披露下さい。

(4)飛鳥井雅有卿の事ですが、ある者を通じて連絡しましたら、返事はこのようでした(注・『冷泉家歌書紙背文書』二〇六、七月二十五日、唯教宛て尭観書状がそれか)。残念至極です。また来月七、八日頃には遠方(鎌倉)に下向する予定とのこと。雅有卿の高覧に供して置かなかったことが、とりわけ残念です。

(5)御出京の機会ございましたら、必ず御立ち寄り下さい。機会なかったら、こちらから参上いたします。

(6)□阿の歌、御助言をいただいて披露下さったのでしょうか、くれぐれもよろしく申せと言っております。

それから、前関白鷹司基忠公の御詠草については、ずっとお願いしておりますが、これからも申し上げる予定です。鷹司殿に出仕した折に頂戴する旨、右大弁廣橋兼仲殿が申してお

図6–2　導蓮書状　永仁元年七月二十八日（冷泉家時雨亭文庫蔵信生法師集紙背）

ります。また如円房真空上人の和歌ですが、先日の五十首の中から、打聞に入りました歌を、念のために書き出して、差し上げます。この外にもまだあるでしょう、しかと覚えておりません。近年では慶融法眼や順教房（寂恵）という人たちが、たくさんの打聞を編んでいると聞いております。それにも定めて入っておりますでしょう。ただ、まだ見ておりません。（下略）

内容が多岐に亘る書状である。まず、(1)〜(6)は唯教房という人物からの伝言である。唯教は六波羅探題に仕える御家人信太宮内少輔（しだのくないしょう）である。やはり浄土宗に帰依し、かつ歌人であったが、和泉国を本拠とし、畿内に知行地を複数持ち富裕であった。徒然草・二三六段の「しだのなにがし」はこの人物か近親である（小川「兼好の居る場所」)。長く探題北方を務めた北条時村に仕えていて、(1)のような役目を果たすのである。時村は当時鎌倉に戻り、引付衆の頭人であった。あわせて(2)や(3)からすれば、承空のために、武家歌人の詠草を提出させたり、資料を見つけて送ったりする役割を担っていると判断される。いっぽう、導蓮は鷹司殿につてがあるので、当時前関白太政大臣であった基忠の詠草を賜ることを願い出ている。師である真空の和歌も送付していたが、これは他の「打聞」に入っている分を確認して欲しい、と言っている。そして慶融、寂恵もこの頃多くの「打聞」を編んでいるという。

以上を判断するに、ある私撰集が編纂の途上にあり、承空の指示を受けて、導蓮や唯教が動いている状況が見てとれる。問題はこの私撰集が承空の企画かどうかである。和歌史上にそれらしき痕跡は何も遺されていないが、推考するに、直接には二条為世の命による、永仁勅撰企画をにらんだ「打聞」ではないか。(3)や(6)によれば、導蓮は自分が送った資料を、承空が上位の誰かに「御披露」すると知っているが、これも為世であろう。永仁元年以前から、勅撰集撰進の機運が高まっていたことは容易に推察できたはずであり、為世は承空に命じてあらかじめ打聞を編纂させていたのであろう。承空は源承の立場を継いだことになろう。

源承もそうなのだが、承空は歌人としてはほぼ無名、続千載集に一首入集するに過ぎない。承空に協力した導蓮や唯教にしても同じであり、素性さえよく分からない。しかし、この人々がいかに和歌に熱心であったかは述べるまでもなく、打聞の助力をこの上ない名誉としたに違いない。それでこそ各階層からの希望に応えつつ、かつ治天の君の苛酷な要求の下で、確実に勅撰集を撰進することができたのであろう。

なお、証空に始まる浄土宗西山派の各流（西谷・深草・東山・嵯峨）には歌人が多く出ていて、二条家との関わりが深い。遁世者の立場を生かし、都市にあって公家や武家を顧客に、信仰のみならず、金融や荘園の年貢徴収の請負など経済活動をも手広く行っていたらしい。賀茂・住吉・日吉の祠官たちとあわせて、歌道家を物心で支える存在として、大いに注目する必要がある。

ところで、この書状には慶融と寂恵の名も見える。慶融は兄為氏と不快な事態が生じたらしく、一時は鎌倉にあって活動していた。そこでは異母弟の冷泉為相に接近、その右筆のような働きをしていた。寂恵は言うまでもない。二人は為兼や雅有の指示を受けて「打聞」を編纂していた可能性もあろう。一般の歌人は、入集をより確実とするため、敢えて複数の窓口に詠草を送ることもあったらしく、そのためこんな情報が導蓮の耳に入っていたのであろう。

為世の側でさえこれほど事前準備が進んでいたとすれば、為兼も独自に撰歌を進めて、撰者進覧本を整備していたであろう。九条隆博については、醍醐寺の僧隆勝(りゅうしょう)に詠草を求めていることが知られている（続門葉集）。

撰者進覧本が提出されれば、これを統合して、一つの集とする、いわゆる「部類」となったはずである。その議定は伏見天皇の御前で開催されたはずである。残念ながらこの間の動向は史料を欠き空白であるが、続古今集の例に倣えば、さほど時間は要しない。

早くも一年半後、永仁三年閏二月十八日の導蓮書状に、「この集」が登場する。例の唯教房が

「この集の事、殊に望み申し候、しかるにかの御目六(もくろく)に就いて、勅撰に非ざる作者、また秀哥たるべからず候の上は、左右無く推して愚詠を進らす条、散々に候べく候らんと不審の余り」尋ねて来たという（『冷泉家歌書紙背文書』二一五）。「かの御目六(録)」とは撰集の作者一覧であると推定され、すでに個人の入集数を確定できる段階、すなわち中書本が成立していたと考えられる。唯教房は過去に入集したことはなく、資格は乏しいのは分かるが、やはり「打聞」に協力したから、導蓮・承空を通じ、為世に斡旋してくれというのであろう。この時点では為世もまた中書本の完成に向けて努力していたように見える。

通説とは異なり、伏見天皇の永仁勅撰企画は実は相当に進んでいて、完成を待つばかりという状態となっていたと考えられる。

### 勅撰企画の挫折

さて、永仁年間と見られる二月一日の為世の自筆奏状がある（大阪青山大学図書館蔵）。鄭重な書止文言からは、伏見天皇に宛てたと推測される。

> 撰哥の事、先日具(つぶ)さに申し入れ候ひをはりぬ、所詮残るところの家記文書等、弘安御沙汰に任せて、悉く家に返付せられずんば、何の面目ありて撰哥の沙汰を致すべく候や、縦(たと)ひ又家

記等を返付せられ候と雖も、哥の員数の如き、代々の例に違はしめ候はば、撰者の号更にその詮あるべからず候、この両ヶの所望一事と雖も達せずば、生涯を失ふべく候、御意を得て御執　奏あるべく候や、この旨を以て洩れ披露せしめ給ふべく候、為世誠恐頓首謹言、

二月一日　　為世上

為家が為相に遺した和歌文書は、亀山院の裁許で為氏のものとなり、阿仏尼のもとから引き渡されたが、為氏・為世は重要なものが抜き取られている、と主張していた。そこで伏見天皇に対して判決の遵行を願ったが、伏見は為相を庇って埒が空かない。あろうことか永仁二年五月、為相は自分も勅撰の撰者に加わりたいと望み、為兼も支持する事態となった。為相には実力はないから、為世への牽制である。

この奏状は以上の事態を受けてのもので、為世は改めて文書の還付を強く求めた。その上で、撰者辞退の意さえ仄めかした。「哥の員数」とは、撰集における歌数が、おそらく為兼らに比較して抑えられたことを抗議したと見られる。為世は下命当初から疎外されがちであったが、示された歌数に甘んずることは歌道家嫡流の地位を譲り渡すことであり、断じて容認できなかった。これは中書本の成立時期から見て、永仁四年のものと思われる。その後の経過は不明であるが、もとより伏見の容れる所とならず、為世は撰者を辞した形になったと想定される。

ところで、室町時代中期の伏見宮家には、世尊寺定成（さだなり）筆「玉葉集正本」が伝来していた（看聞

日記永享七年〈一四三五〉八月二十七日条)。定成は伏見院の近臣で能書だが、永仁六年（一三一二）十二月に没しているから、正和元年に奏覧された玉葉集の清書を担当することはあり得ない。しかし、これが実は永仁勅撰のそれだとする説に従えば、これは撰者進覧本を統合し部類した中書本であり、その筆者に定成が宛てられることは大いにあり得るし、撰歌への愛惜の念から「正本」と誤って伝承された可能性が考えられる。

勅撰集の全貌が明らかになったからこそ、二条家の危機感は強まったのであろう。伏見や為兼の庶幾する歌風が、同じ一門にもかかわらず、ひどく異風に感じられた。永仁三年九月に成立した野守鏡は、作者を明らかにしないが、当時の時宗僧・禅僧の破戒ぶりになぞらえつつ、為兼の新風を攻撃する論難書である。

ところが、四年五月十五日、為兼は権中納言を辞退、籠居した。為兼は身辺に敵が多く、伏見も近臣集団を制御できなかった。そもそも後深草・伏見父子には院政の実務に堪える人材が乏しかった。亀山・後宇多父子が有能な伝奏・評定衆を擁していたのと異なる。しかも為兼は伝奏でもないのに政務に容喙しており、幕府に異心を持つとの噂が広まったらしい。

六年正月七日、為兼は遂に六波羅探題に拘引され、三月十六日、佐渡に配流となった。伏見の立場は一気に苦しくなり、七月二十二日、皇太子胤仁（たねひと）親王への譲位を余儀なくされた（後伏見天皇）。そのまま伏見の院政となるが、八月十日、皇太子に後宇多院の第一皇子邦治（くにはる）親王が立てられた。伏見の譲位日までに奏覧の儀はなかったから、永仁勅撰企画は遂に挫折したのである。

## 新後撰集

正安三年（一三〇一）正月二十一日、幕府の執奏で、皇太子邦治が践祚（後二条天皇）、父後宇多院の院政となる。大覚寺統が十五年ぶりに治世に復帰した。ただちに後宇多院は勅撰集を企画、為世が単独で撰進した。代々勅撰部立によれば、十一月二十三日に下命、二十六日に事始を行った。和歌所の面々は「連署衆」とされ、為藤（為世二男）・定為・長舜（源兼氏の子）・津守国冬・同国道であった。開闔は長舜、中書本の作成を担当した。ただ勅撰歌集一覧は津守国道のかわりに平親世を挙げ、連署ではなく寄人とする。まず寄人が置かれ、そこから連署衆が選抜されたものか。

撰歌の範囲は、当然古歌を除いたもので、上限は天仁元年（一一〇八）、つまり鳥羽天皇以後と、続拾遺集よりさらに一世紀引き下げられた。嘉元元年（一三〇三）十二月十九日に奏覧した。新後撰集と命名された。しかし後撰集との類似は恋歌を六巻とするくらいで、部立はむしろ千載集・続後撰集に近い。奏覧の日、参院する為世に孫の為定が付き従って、清書本を入れた手箱を捧げ持った（園太暦）。早世した長男為道の嫡子、為藤の甥で養子となっていた。まだ十一歳ほどであるが、為世は将来の家督としていたのである。

ところで、京極為兼はこの年に罪を許され、閏四月には佐渡から帰京し、早速持明院統歌壇に指導者として復帰する。この年の日記が抄出本ながら残存する。新後撰集の奏覧を聞くや、大胆

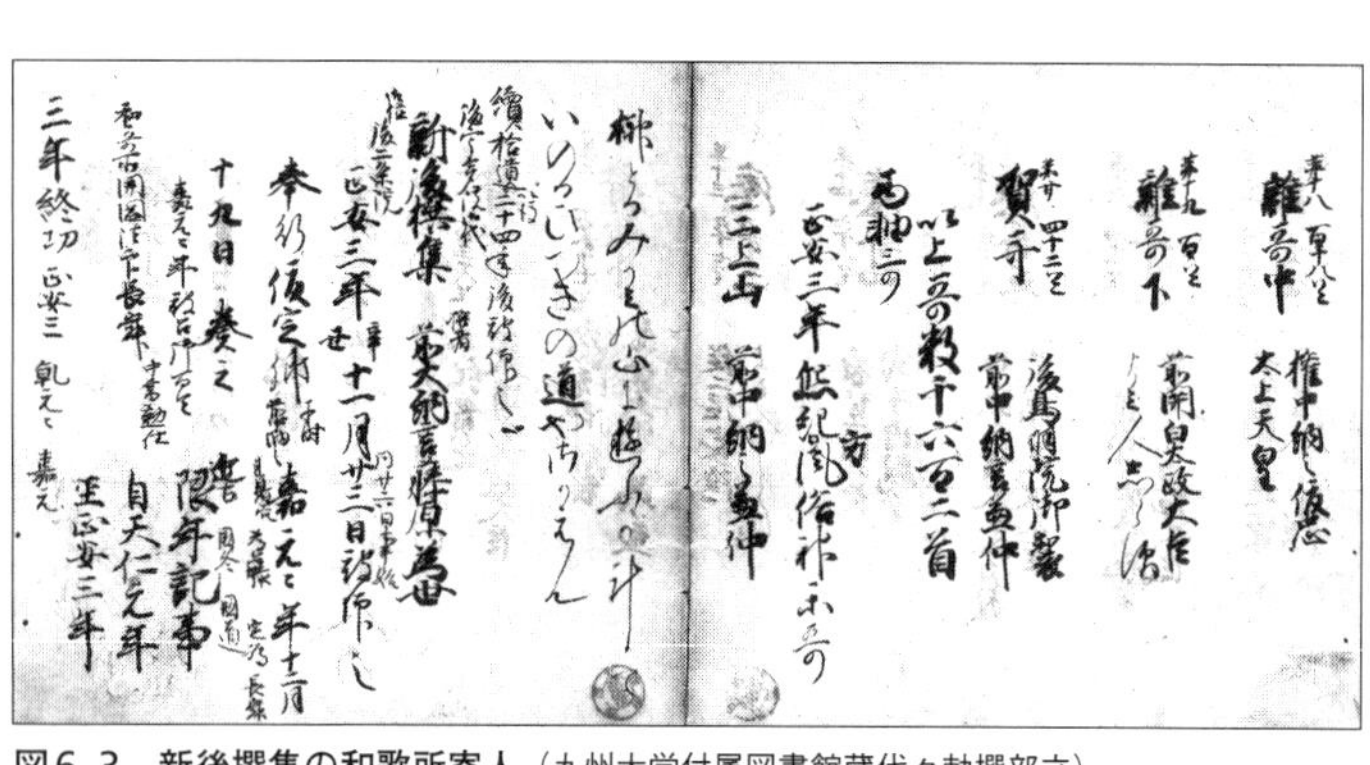

図6–3　新後撰集の和歌所寄人（九州大学付属図書館蔵代々勅撰部立）

にも後宇多院・亀山院の御所に参上し、それぞれ伝奏を通じて、自身の扱いの低すぎることなど、この集の欠点を種々演説している。

応製百首は乾元元年（一三〇二）冬に召されて、嘉元元年八月五日に仙洞で披講があった。二十七人のそれが現存する。これが嘉元百首である。

為兼はあれこれと非難するが、大覚寺統の為世への支持は揺るがない。入集歌数は後嵯峨・亀山は二十五首、後宇多は二十首、後二条十八首、いっぽう伏見は二十首、後伏見は四首と一応の均衡を心がける。また為世は自身を十一首、為藤は六首とした。これは伝統に沿ったものである。為兼は九首、為子（為兼姉）は八首と、決して貶めていない。しかし、このような例もある。

和歌の浦や五代かさねて浜千鳥七たびおなじ跡をつけぬる（雑上・一三三〇、為世）

我が世にはあつめぬ和歌の浦千鳥むなしき名をや跡に残

さん（雑上・一三三二、伏見院）

為世の和歌は、俊成より数えて五代、千載集から数えて七集、御子左家が勅撰集の撰者となった実績を誇っている。いっぽう伏見院の和歌は、もちろん永仁勅撰企画の挫折を歎息したもの。「和歌の浦」「千鳥」と、よく似た措辞を持つ両首が隣り合っているのは意図的であろう。為世に直接の責任はないとはいえ、いささか配慮に欠けるように思える。両統の対立が根深いところで深刻になっている現れである。

なお、亀山・後宇多が期待を懸けていた尊治（たかはる）親王（後の後醍醐天皇）が三首採られた。もちろん初入集である。

時鳥すぎつる里のこと問はんおなじ寝覚めの人もありやと（夏・一九三）

（時鳥よ、過ぎて来た里のことを尋ねてみよう。私と同じように、鳴き声が聞きたくて眠りから覚めていた人はいたかと）

稀にあふうらみもあらじ七夕のたえぬ契りの限りなければ（秋上・二六五）

（たまさかにしか逢えないといっても恨みはあるまい。七夕の二星はその関係が尽きることなく続くのだから）

人ははやいひし契もかはる世にむかしながらの身こそつらけれ（恋五・一一一五）

（相手は心変わりして、言ったそばから約束を早くも違える、そんな間柄で、以前のままであろうとする自分が嫌になる）

十六歳以前の作なので当然であるが、癖のない詠み方である。為世の女為子は後宇多院の妃遊義門院姈子内親王に権大納言の名で仕え、この集に五首も採られる。やがて後二条天皇の典侍となり、尊治の寵愛を受ける。二人の間に生まれたのが、歌人としても名高い尊良・宗良両親王である。

## 和歌所の組織固め

新後撰集は、歴代でも屈指の、個性に乏しい勅撰集であるとされる。当時でさえ「よわよわとしておちぶれたる物」（歌苑連署事書）と貶されてしまう。しかし、成立まで大きなトラブルがなかったのもまた事実である。

いくつか理由があろう。為世は永仁勅撰企画で撰者を辞退したものの、その時に編纂した撰者進覧本は、ほぼ確実に転用されたと考えられる（これは後年の玉葉集の場合にも同じことが言える）。

ついで、為世の二条家が公式に和歌所と称され、その組織が固められたことがある。この時、所衆から選ばれた「連署衆」とは、和歌所運営の式目（規定）に違反しないと宣誓し、署名した人々であると考えられる（小林大輔「長舜と二条家和歌所」）。残念ながら肝腎の式目は、文保二年のものの断簡しか伝来しないが（二四三頁参照）、たとえば「一、起請連署の仁の外、和哥所に入れらるべからざる事」とあるように、厳しく部外者の立ち入りが制限されている。続拾遺集では未熟な者が和歌所の衆となり、かつその縁者を優先したとの批判があったから、歌道師範家でも撰歌に携わるメンバーを厳選する姿勢を示したのである。

いっぽう、これは歌風をいっそう固定的にしたであろう。為世も多忙であり、入集希望の詠草はいちいち見なかったらしい。入道前太政大臣西園寺実兼は伏見院中宮永福門院鏱子の父である。今回、四男兼季が詠草を送ったところ、為世からは端から奥までとくと見た、と懇ろな返事があったが、入集は二首のみであった。返却された詠草には開いた形跡がないので、まさに「見た」だけなのだなと実兼は嫌味を言ったので、為世は青くなって弁解した。為兼はこれを聞いて吹聴して回り、伏見院は大いに溜飲を下げた（為兼卿記）。

また、為氏を補佐した津守国助は正安元年（一二九九）に歿していたが、その地位を子息の国冬・国道兄弟が引き継いだ。為世はこの頃国助女を室とした。津守氏の優遇は甚だしく、国助は十七首入集の多きに及んだ。他に一門の作者は経国・国平・国助女（為世室か）・国冬・国道・覚源、あの「亀」こと棟国も初めて入集した。さらに関係者の隠名入集が七名を数え、庶子傍流まで恩恵に預かった。このため「津守集」という渾名を奉られたのである。

敷島の道護りける神をしもわが神垣と思ふうれしさ（神祇・七四二・国助）
（歌道を護っている神が自分の神社の境内におられると思う嬉しさ）

## 武士の入集

新後撰集は、多方面に配慮して怨恨を買わないように努めたふしがあるが、これは同時に勅撰集入集のハードルを一気に下げることになった。作者数はおよそ五百六人、うち武士（鎌倉幕府関係者）は六十人以上であり、続拾遺集と比較しても大幅に増加している。正確には「四位」「五位」「凡僧」の急増であった。ここで勅撰作者部類により、これらの層と、比較のため「庶女」（官位を持たない女性）、それぞれの作者の人数を集計し、各集の初出毎に示したのが表6－4である。各集の校訂本文による集計に比すれば遺漏は多いが、およその目安にはなろう。

十八代集の作者総計は約三千百人、うち最大の層が「庶女」（五百十八人）、ついで「五位」（五百五人）、「四位」（三百三十五人）、「凡僧」（二百七十九人）の順となる。「庶女」は女房歌人と言い換えてよい。玉葉・風雅を除けば、八代集に偏し、以後急減するのは文学史の知識を裏付ける。「五位」は院政期には受領・諸大夫であり、常に最も層が厚い。鎌倉前期にやや減ずるものの、その後急増する。いわば時代の風を形成するのはこの層なのである（平均すれば、一首二首程度の平凡な作者が多くを占めてしまうが）。各集の初出歌人の人数を見るとよりはっきりする。初出歌人が多いのは、撰者がその層に対して手厚かったことを意味する。新後撰・続千載・新千載などの勅撰集では、その集で初めて勅撰作者となった「五位」「凡僧」がきわだって多いことも読み取れる。玉葉集は規模は大きいものの意外に抑制的であった。続千載集は大盤振る舞いをしたことが分かる。このことが集の質を下げているのは否めない。

それでは新後撰集で武士と目された人を、グループに分け列挙した。ほんらい「侍」の出身であること、院や廷臣を主人とする者は除外し、鎌倉将軍を主人と仰ぐことを条件とした。熱田大宮司家など御家人と認められる祠官、「凡僧」も素性が知られる者は入れた。以下の通りである（数字の付かないものは一首作者。○は勅撰作者部類で四位、＊は六位、無印は五位。法師とあるのは凡僧）。

| | 四位 | 五位 | 六位 | 凡僧 | 庶女 |
|---|---|---|---|---|---|
| 古今 | 9 | 31 | 28 | 6 | 22 |
| 後撰 | 19 | 26 | 8 | 6 | 60 |
| 拾遺 | 18 | 35 | 7 | 15 | 32 |
| 後拾 | 40 | 51 | 6 | 26 | 78 |
| 金葉 | 18 | 45 | 4 | 19 | 54 |
| 詞花 | 6 | 8 | 5 | 8 | 11 |
| 千載 | 30 | 27 | 6 | 31 | 26 |
| 新古 | 13 | 8 | 1 | 8 | 20 |
| 新勅 | 23 | 15 | 1 | 15 | 22 |
| 続後 | 10 | 16 | 1 | 12 | 13 |
| 続古 | 11 | 14 | 2 | 11 | 19 |
| 続拾 | 14 | 18 | 3 | 10 | 12 |
| 新後 | 36 | 37 | 3 | 20 | 21 |
| 玉葉 | 20 | 32 | 3 | 11 | 47 |
| 続千 | 24 | 51 | 7 | 28 | 29 |
| 続後拾 | 3 | 14 | 1 | 1 | 2 |
| 風雅 | 17 | 38 | 0 | 12 | 34 |
| 新千 | 24 | 39 | 8 | 40 | 16 |
| 計 | 335 | 505 | 94 | 279 | 518 |

表6–4　十八代集別初入集歌人の数

**北条氏一門**（二十六人）…為時・煕時・義政・久時3・時遠・時元・時広・時春・時直・時範2・時茂・宗泰・重村・政長・盛房・斉時2・長時・○時村6・○宗宣3・○政村・○宣時7・○泰時・○貞時5・*時藤・見性法師（時賢）・行念法師2

**他氏御家人**（二十六人）…後藤基政・同基頼・同基隆・宇都宮景綱6・伊賀光盛・中条広茂・佐々木時清・源光行・長井宗秀2・長沼宗秀・長沼宗泰2・後藤泰基・宇都宮泰宗2・惟宗（島津）忠景4・同忠宗2・塩谷朝宗・長井貞重・同茂重2・同頼重4・大友頼泰・*東行氏6・*同時常2・素暹法師（東）4・定覚法師（惟宗）・道洪法師（安達）5・蓮生法師（宇都宮）6

**奉行人**（三人）…斎藤基任・観意法師（斎藤）3・行生法師（斎藤）

**祠官御家人**（三人）…藤原親範（厳島）・金刺盛久（諏訪）・星野忠能（熱田）

**御家人被官**（二人）…*安東重綱2・唯教法師（信太宮内少輔）

人数もさることながら、武士と目された者の大半が五位の者である。幕府草創の頃こそ御家人の官位は厳しく制限されていたが、実朝の治世には緩和され、北条氏をはじめ有力御家人には叙爵（叙従五位下）される者も多くなった。いっぽう四位の者は北条氏に限られる。いずれも執権ないし連署となった者であるが、その家格はもはや殿上人の扱いであったことを示す。すると北条氏に仕える家人（被官）が新たな「侍」層を形成するわけである。勅撰集における武士の増加は、このような秩序の変動を視野に入れる必要がある。

作者異議によれば、北条貞時は、一門の家人は勅撰集に入集してはならないと禁じたという。しかし、他ならぬ得宗被官の安東重綱（しげつな）が二首、かつ六位なのに実名で採られている。これについては「特別な許可を得て、玉葉集成立後、これを飛び越し、新後撰集に追加された。撰者の為世が筆を執ったのだから、どうしようもないことだ」とある。たしかに、新後撰集には「藤原重綱」が二首入集するが、尊経閣文庫蔵伝蜷川親元（ちかもと）筆本には重綱の歌は二首とも存しない。伝親元筆本は奏覧本の姿を伝えると目されており、この異同は右の証言を裏付けているのではないかと思われる。つまり、貞時存命中は、得宗被官の重綱は希望を出すことも許されなかった。しかし玉葉集成立の後―貞時はすでに没していた―重綱は遡って新後撰集への入集を希望し、撰者為世が応じたのである。撰者みずからの筆であれば、奏覧後でも修正が認められるのであり、重綱を入れた形の本文が流布したのである。新後撰集成立からすでに十余年を経過しながら、このようなことが許されるのは驚くべきであるし、重綱の入集希望はかくも強かったのである。そして、六位は入れないという最後の歯止めも、既に揺らいでいた情勢が察せられる。

## 洛中武士の扱い

ところで、現存本には見えないが、常盤流北条氏の被官、小串宗行（おぐしむねゆき）も同様に新後撰集の作者であったらしい。宗行は五位であるが、勅撰作者部類に「藤宗行 下野権守 小串、大炊御門油小路篝 才一、玉一、載三、風一、新千

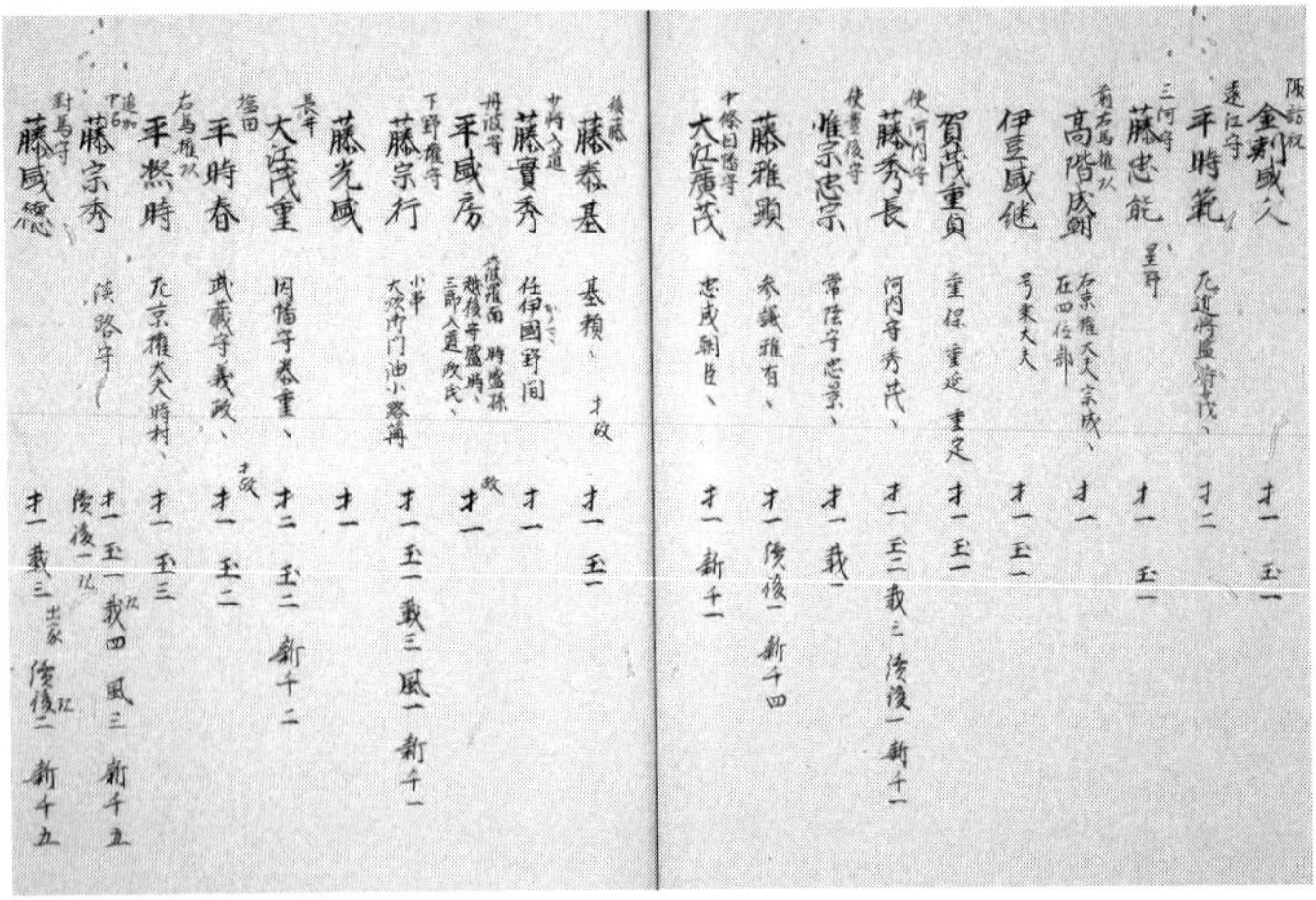

図6–5　**勅撰作者部類**（早稲田大学図書館蔵）より五位部・新後撰集初出作者

二」とある。官は下野権守だが、実体は洛中篝屋の武士で「大炊御門油小路篝」に常駐したことが分かる。

篝屋は暦仁元年（一二三八）将軍九条頼経の命で、洛中に設置された。六波羅探題の配下の武士が常駐し、洛中の警備のほか、犯罪者の逮捕拘禁なども担当する、恒常的な施設となっていた。

小串氏の勅撰作者は他に範行（続千載のみ）、範秀（続千載以下）・秀信（風雅のみ）がいる。範行も六波羅探題北方常盤範貞の被官で、正中の変では首謀者多治見国長を討った「小串三郎左衛門尉範行」その人である（太平記巻一・土岐多治見発向事）。また範秀もやはり常盤家の被官で、探題に祗候した。この二人は六位である。秀信は元弘の乱に際し、大塔宮の配下殿法印良忠を拘禁し、やはり「大炊御門油小路篝屋、小串五郎兵衛尉秀信」（同巻四・囚人配流事）とある。

つまり、大炊御門油小路の篝屋は小串氏の拠点で、一族は洛中の治安維持、六波羅探題直轄の軍事力として顕著に活動していた。

頓阿の井蛙抄には、勅撰集の異名について、続拾遺集が「鵜舟集」と呼ばれたと伝える。鵜舟には篝火を灯すから、「かがりの多く入りたる故なり」、すなわち篝屋の武士が多く採られたためと解かれている。「かがり」の語にはいかにも蔑視の感がある。ただ、続拾遺集には、いまだ篝屋の武士らしき者は見当たらず、これは新後撰集以降にふさわしい。この異名には、都市住民となった武士が勅撰集の世界に入り込んだ違和感が表明されている。

その意味では、巻十・神祇歌の終わり近くの並びの二首も意図的かも知れない。

神垣に思ふ心をゆふしでのなびくばかりにいかで祈らむ（神祇・七六五・祝部成久）
跡たれて神もいく代をまもるらん大宮どころ今もくちせず（神祇・七六六・平時村）

特定はしていないが、成久は日吉社禰宜惣官であるから、「神垣」も日吉社と読むのが自然である。続く北条時村の歌の「神」はいずれとも言っていないが、排列上は日吉の神としか読めない。「大宮どころ」は皇居を指す歌語。日吉の神は鎮座してより何代も治世を守って来た、皇居はいまも栄える、という王城守護を讃える歌となる。そして、時村の作意とは恐らく別に、「大宮どころ」は日吉大社の上七社の第一「大宮」をも想起させる。

時村は正安三年（一三〇一）に六十歳で連署となった、幕閣の主要人物である。歌道にも熱心で、新後撰には六首も採られた。時村は弘安年間、六波羅探題に十年にわたり在職し、迫り来る元寇の脅威に備え、かつ京都では公家・寺社との折衝に当たった。そんな老練な政治家でも、山門の嗷訴（ごうそ）には尽瘁（じんすい）させられた。神輿を奉じた山僧は洛中でしばしば暴徒と化し、先頭に立つのが大宮の神輿であった。緊急時に探題は洛中の御家人、とりわけ篝屋の武士たちを指揮して対応するが、抵抗すれば神仏の敵と糾弾され、かえって武士たちが罪に問われてしまう。時村は何度か幕府に善処を訴えている。（森幸夫『六波羅探題』）。時村の苦悩は為世も承知であろうし、状況は現在とて同じである。時村の詠を隣に据えることで、武家と山門の融和を祈るものとも読める。

新後撰集は当代歌人に偏した勅撰集であるから、時事的な話題を多数扱っているようである。これは現代人には問題とされなくとも、当事者にとっては重要であり、撰者も苦心したところでもある。この点に触れずに集を論評するのは不当でもあり、研究はまだこれからである。

# 第七章 おそろしの集――玉葉和歌集

## 鎌倉期の家門相論

御子左家の三家（二条・京極・冷泉）分立は、和歌史上に多大な影響を及ぼした。当時の複雑な政治状況と絡み合って、この一門にはさまざまな相論が生じたが、そのうち最も激しかったものは、二条為世と京極為兼の間の玉葉集撰者をめぐる争いである。延慶三年（一三一〇）、両者は三度にわたって撰者の資格の有無につき論争、治天の君伏見院の判断を仰いだ。これが延慶両卿訴陳である。いわゆる延慶両卿訴陳状は為世の第三度訴状のことであるが、このほかにも、関係文書が多数残存しており、両者の主張とその背景をかなり具体的に把握することができる。なお、著者は歌論歌学集成第十巻で延慶両卿訴陳状を注釈し、また拙著『中世和歌史の研究』でも改めて関係文書を一覧して紹介した。以下引用はこれに基づく。

この訴陳は、鎌倉時代の公家社会で頻発した家門相論の典型である。この時代は摂関家から下級官人まで公家社会各層で「家」の分立が進行し、同族内の序列、嫡流・庶流の別をめぐる抗争が増加した。同じ頃、武家社会でも嫡子が庶子を従属させる惣領制が揺らぎ始め、庶子が自立する傾向が強まり、嫡子との相論が頻発している。

一般に家門相論は、土地の所有・知行に関わる権限の一部、つまり領家職・地頭職・預所職などの下級所職をめぐるものが大半を占める。「職」は本所（院・摂関家・顕密大寺などの権門）を頂点とする上級領主によって、一つの土地に体系的・重層的に設定されていた。つまりは支配のための役職であるが、その職務を請け負うことで得られる臨時の権限収益（「役得」に近い）をも含む。しかし、せいぜい一代限りである「職」を、ある家や組織が私物化してしまうことは少なくなく、しかもこれを勝手に相伝したり売却することで、トラブルが深刻化したのであった。

「職」をめぐる相論が生じて、和談が不可能となった場合、本所に訴訟が提出され、原則は政所など家政機関で裁決される。しかし、鎌倉時代は「職」をめぐる権利関係が極めて複雑となったため、本所では手に負えず、治天の君の法廷、院文殿・記録所への出訴が目立って増える。治天の君は「職の体系」の外に立っているが、最高権力者としての裁許が期待される。その判断は「職」を永代ではなく遷代（一代限り）とみなす傾向、つまり特定の家や個人の占有を否定することがあり、これが物事をあるべき姿に戻す理想の政治、「徳政」に合致するとされた。徳政は為政者にとり普遍的な題目であるが、この時代には「あらゆる既得権益を強制的にもとの所有者に戻す」ことに転換した。廷臣の家でも家督や財産の継承などは惣領の一存であったはずが、そうはいかずに、嫡子もまた治天の君の「安堵」を望んで獲得するようになる。支配の構造が強化され、後醍醐のような、本所の判断にまで介入し、聖断至上主義を標榜する治天の君が出現したのである。

## 「職」と学藝

この図式を学藝にも及ぼしてみたい。和歌、蹴鞠、音楽、学藝の営みは、特定の家に独占されているが、それは形式的にも治天の君からの「請負」の手続きを踏んでいるからである。歌道師範家は、和歌という学藝の領域に設定された「職」（治天の君からの請負で勅撰集を編纂する撰者の地位）を世襲する家である。家記・文書もこの「職」の責務を果たすために必要不可欠な財産とみなされる。

もっとも、治天の君はひとたび学藝の「職」をある家に委ねてしまえば原則干渉することはなかった。後鳥羽院のような人は例外である。それに和歌は父子相伝という重代の価値がことさら重視されるから、歌道師範家とその「職」とは一体化して疑われることはなかった。しかし、この時代は例外的にそのことが問い直される。

二条為氏と阿仏尼・冷泉為相とが相論した播磨国細川荘は、皇室を本所とする八条院領の一つで、御子左家が領家職と地頭職を所有していたため、それぞれ朝廷・幕府の法廷で審理されている。領家職は最終的に弘安九年（一二八六）六月四日の亀山院の院宣により為氏の勝訴とされた。また、これより前、阿仏のもとに在った、家記・和歌文書も院宣により為氏へ引き渡された。この「弘安御沙汰」は、為氏父子の斯道における「器量」の公的な承認とも言え、後々まで為世の恃むところであった。

とはいえ、家門相論では、訴人・論人の実力が伯仲していて、なかなか決着を付けがたいことが常である。前代の判決が、治世が交替すると当代で覆されることもしばしばあった。御子左家も例に漏れない。京極・冷泉両家が持明院統の伏見院に接近するのはこのような事情がある。

## 譜代か器量か――課試

家門相論では、嫡流・嫡子が「譜代（重代）」を、庶流・庶子が「才学（器量）」を、それぞれ言い立てる場面が目立つ。前者は歴代が「職」を相伝している実績、後者は相伝に中断があっても「職」にふさわしい天分を持つことを論拠とするのである。公家が「譜代」の価値を疑えば自己否定となるが、それでも鎌倉時代の政治家はしばしば「才学」優先の姿勢を打ち出して、家格を無視した人材登庸を進めた。

しかし、実際の人事で才学を優先すれば、秩序を破壊するとして強い抵抗に遭うし、寵臣を登庸する口実に過ぎないと受け取られることもある。そこで才学の有無を客観的に判断する手段として「課試」が採用される。

課試とはもともと大学寮が学生に対して行なった官吏登庸の試験のことである。あくまで専門の学業の成否を知るもので、家柄と年労を基準とする、大概の任官にはなじまないし、そもそも大学寮の官が特定の博士家出身者で占められるのだから、完全に形骸化していた。しかし、治天の君や摂関たちに「課試」は魅力的に映った。

たとえば後嵯峨院は仙洞で「職事弁官課試事」を行い、院みずからが出題して詩を賦させた（帝王編年記建長二年七月十三日条）、後宇多院もまた医道や陰陽道の輩に、叙爵（従五位下）以前に課試を義務づけた（元亨元年四月十七日制符）。後醍醐天皇は、弁官・職事（五位蔵人）・少納言などの要職には課試の及第者を任じた（花園院宸記元亨四年十月三十日条）。試験内容は、当座に詩を賦させたり、古典の一節を鬮（くじ）で選び音読させるような形式であったが、大学寮以外の任官にも広がっていった。志願しながら欠席する者も出るなど、なかなかに厳格であった。

大覚寺統の治天の君は課試に執着した。しかも、これはその耳目となった評定衆や伝奏を務める近臣によって支持された。持明院統の雰囲気はそこまで急進的ではなかったが、為兼もまたそうした一種の実力主義の風潮を存分に利用した。

新後撰集の奏覧前後、為兼は治天の君である後宇多に対して、為世の資質に疑問を呈していた。為兼卿記嘉元元年十二月十八日条に次のようにある。

その上勅撰の口伝故実一身にこれを伝ふ。もし不堪の由、前藤大納言(為世)申さしめば、彼と云ひ是と云ひ一々召して決せらるべし。諸道また課試せらるる最中なり、当道に於いて何ぞこの儀無からんやの由、これを申し入る。「道の為、世の為、定めて閣(さしお)かれ難きか、もっともその沙汰あるべきか」の趣なり。

器量の優劣をはっきりさせるために、御前での対決を申し入れる。放言のようであるが、当時の後宇多院政の姿勢を受けたものである。今やあらゆる学藝で「課試」がある、歌道でも実施されるべきだ、とする主張が、玉葉集の撰者決定の伏線となる。延慶両卿訴陳は為世の方で為兼の資格を疑って訴えたのが始発である。為兼の言は為世によって実行に移されたと言える。その意味で為世もまったく時代の子であった。

## 「訴陳」の時代

延慶元年(一三〇八)八月、後二条天皇が急逝、伏見院第一皇子で皇太子の富仁(とみひと)親王が践祚(花園天皇)、再び伏見院が治天の君となる。院は永仁勅撰企画を再興しようと考えた。九条隆博と飛鳥井雅有はこの世の人ではなく、為兼一人に撰者が下命されると見た為世は、同三年正月二十四日、訴状を提出し、撰者にふさわしくないと再考を求めた。為兼もただちに陳状を奉った。訴陳状は上申文書であり、宛先は権門に置かれた訴訟機関である。訴人（原告）の訴状の正文と具書（証拠書類）が提出されると、訴訟機関で受理した後、奉行（担当者）を定めて、訴状・具書とともに問状（といじょう）が論人（被告）に下される。問状とは訴えを受理した旨を告げ、反論があれば陳状を提出するよう求める文書である。問状の発給をもって裁判の開始となる。そして論人は訴状を箇条書きで引用して逐一反論した陳状を執筆し提出する。新たに具書を附帯させることもできる。それで決着がつかなければ、まとめてこれを相手側に渡して、なおやりとりが続けられる。中世の裁判はすべて当事者主義であり、判決は訴人・論人双方が提出した証拠に基づいて下された。

改めて経過を整理すれば、

正月二十四日　為世第一度訴状（現存せず、第一度陳状の引用で骨子が知られる）
二月三日　為兼第一度陳状（その案が現存する）
三月下旬以前　為世第二度訴状（現存せず）
同じ頃　為兼第二度陳状（現存せず、第三度訴状に「同状云」として一部引用）
五月二十七日　為世第三度訴状（抄出本が延慶両卿訴陳状として現存）
七月十三日　為兼第三度陳状（現存せず、一部の草稿が現存）

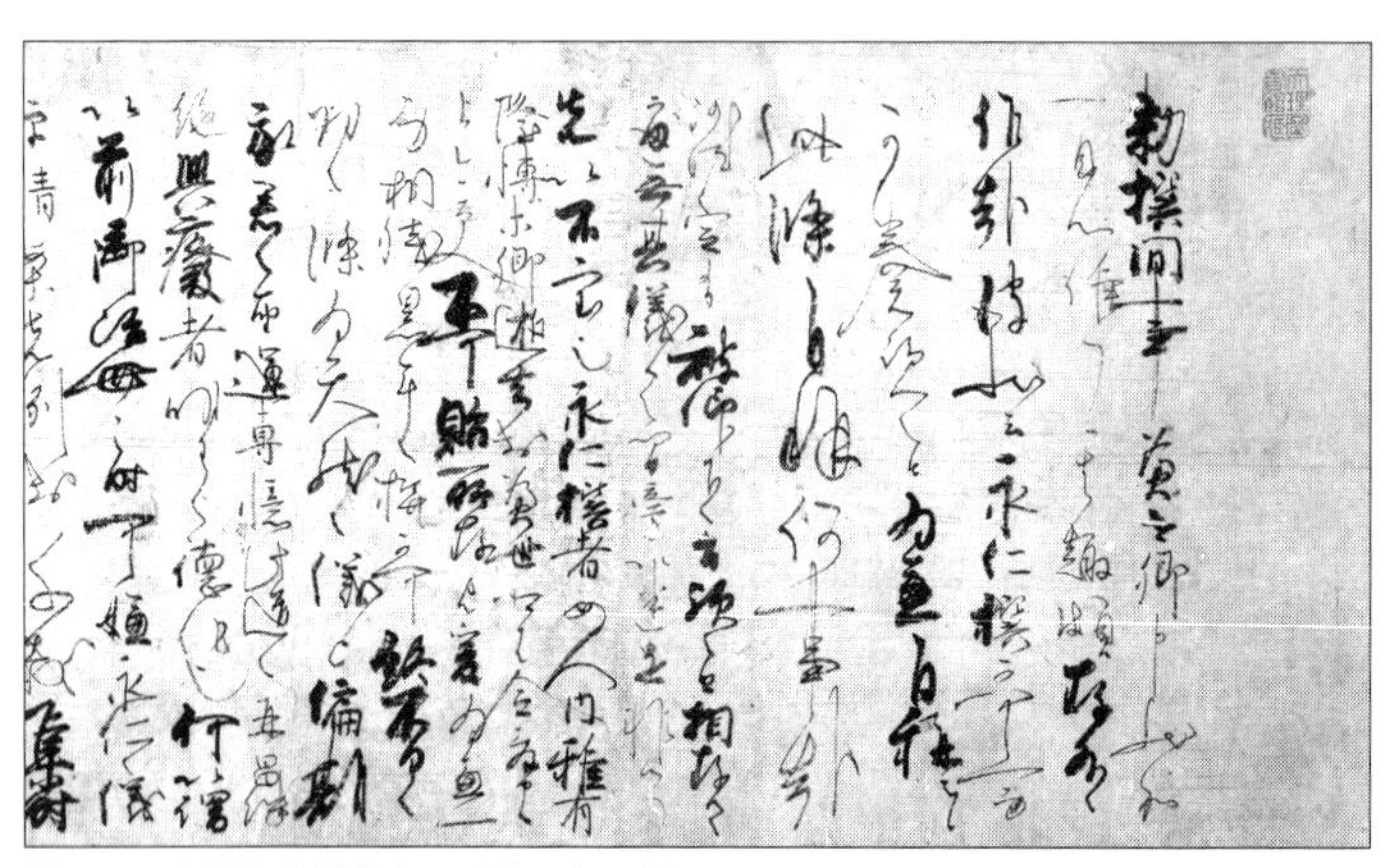

図7–1　京極為兼陳状案　延慶三年二月三日（天理大学附属天理図書館蔵）

となる。現在歌学書として扱われる延慶両卿訴陳状であるが、これは為世の第三度訴状から和歌関係の条項を三条西実隆が抽出したもので、原本では論点はさらに多岐に亘っていたらしい。訴陳は伝奏平経親を奉行として半年あまり続き、為兼が第三度陳状を提出したのを最後に打ち切られた。なお、この間に冷泉為相も為兼に与して撰者に加えられんことを望み、幕府要人にも働きかけた。さらに九条隆博の子隆教も撰者を望んだ。この二人は問題とされなかったが、撰者決定にいよいよ混沌とした印象を与えた。

伏見院の内意は為兼に在ったのに、敢えて訴陳という面倒な手続きを踏み、ガス抜きならばまだしも、対立を激化させただけで終わったのは、完全な下策であるように見える。しかし、これはこの時代の思想の現れなのである。訴陳を重ねることで、論点を集約し、理非に基づいた判決を下すという訴陳の手続きこそ、公家政権、治天の君が最も重視したからである。

代々の治天の君は、所領関係の訴訟（雑訴）に対応するため、また幕府の圧力もあって、制度の改革に取り組んだ。訴訟制度の整備に最も熱心であったのは他ならぬ伏見院であり、正応五年（一二九二）七月二十五日の新制十三箇条は、これまでの公家新制と異なり、すべて記録所の訴訟手続きに関する条項であった。そこでは訴人の提訴→訴陳（書面審理）→記録所での対決（口頭弁論）→判決という道筋が明文化されている。また訴状を下された論人が理由なく二十日間陳状の提出を怠った場合、その権利は保留され、さらに十五日経つと自動的に敗訴となる、と定められた。公家法では訴陳は長く二問二答であったが、武家法の影響があって、延慶二年三月二十八日の院評定で新たな雑訴法（いわゆる延慶法）を制定、そこでは「訴陳は三問三答を過ぐべからざる事」と改められた。

延慶両卿訴陳は、雑訴ではないが、為世と為兼とも、相手の文書を受領してから、長くとも一ヶ月ほどで反論していること、応酬が三問三答で打ち切られたらしいこと、いずれも延慶法に准拠したものであろう。

訴訟文書として「延慶両卿訴陳」を考えれば、内容も理解しやすい。たとえば、「胸臆の自称」（為兼第一度陳状）「胸臆荒涼の申状」（為世第三度訴状）と互いに相手を罵る。「胸臆」は、訴訟用語としては「当事者の単純な事実の主張」のことで、第三者の証言が無ければ、相手の主張は「訴訟法上なんらの証拠力も認められない」ことになるのである（『新版　中世武家不動産訴訟法の研究』）。また為兼は「庶子として撰者の号無きの由掠め申す」「いかでか雅意に任せて掠め申さんや」（第二度陳状）などと為世を非難するが、これは「問状を掠め申す」、すなわち正当な理由なく訴訟を起こすことで、認められれば処罰の対象となった。武家では早くに明文化されている（吾妻鏡仁治元年閏十月五日条）。為世もまた「自由の過言に及ぶ」「無窮の過言に及ぶ」（第三度訴状）と為兼を非難するが、法廷での過言（悪口）も罪科とされた。散見する「虚訴」「濫訴」の語もその訴えが不当であることを印象づけるためである。ことの当否が判決に影響するわけではない。

なお、この訴陳では、為世・為兼・為相、逐一経過を幕府要人に報告している。訴訟を有利に運ぼうとする計算が働いたことを否定しないが、阿諛追従とは少し違う。歌道師範家の人々の脳裡には、家業をもって仕える主君として、公家（治天の君）とならんで、武家（将軍）が姿を現していた。この時代、治天の君は重事の決定に際して幕府と仰せ合わせることを義務づけられ、幕府の申し入れ、すなわち「武家執奏」は公的な強制力を持っていた。幕府要人が積極的な意志表示をした形跡はないが、好むと好まざると、撰者を決定する立場へと押し上げられる。この事実は改めて鎌倉幕府の国政上の位置を考えさせる。

### 相論の論点と顛末

三組の訴陳状のうち、完全な形で現存するものはないが、いま為世の第一度訴状における、当

初の主張を復元して示せば、

(1)永仁勅撰企画の際の撰者決定および撰歌資料はもはや無効である。
(2)配流の前科がある者は撰者たりえない。
(3)庶子に撰者の資格はない。

となる。

(1)について、為兼はまず「永仁撰者四人の内、雅有・隆博等の卿は逝去す、為世卿に於いては辞し申さしめ候か、今更所存を貽(のこ)すべからざるか」と一蹴する。為世は撰者を辞退したと受け取られる言動があったのは先に見た通りである。そこで為世は第二度訴状では永仁勅撰企画自体の不吉さ、これを用いるべからざることに争点を移した。つまり隆博・雅有の薨去と為兼の配流で、とくに撰者が完成以前に死去した不吉さを強調したらしい。今度は為兼は「古今集の紀友則、新古今の寂蓮、続古今の衣笠前内府(家良)」の例を出して別にこれらの集は凶例ではないと反論した。すると為世は為兼の古今集理解が誤りだと攻撃し、論点が逸れていく。

(2)も、(1)から派生した、かつ感情的な議論で、為兼に「配所に赴くの輩、帰京を聴され、先途を達せしむるの事、王侯将相その例繁多、勘録するに遑(いとま)あらず、事無くして配所の月を見る、故人の慕ふところなり」と開き直られては、為世は分が悪い。第三度訴状では為兼の周辺にはつねに波風が立つとし、おのれの撰んだ新後撰集では「勅を奉はるの日より始めて、奏覧の期に至るまで、海内清平にして、朝庭〔廷〕無事たり」、だから両人の正邪は分明だと誇ったが、個人攻撃に終始して議論が発展した形跡はない。

けっきょく、最後まで争点となったのはやはり(3)であった。

為兼は、庶子で撰者となった先例として六条藤家の有家と御子左家の寂蓮、次子でありながら家督となった例に定家・為家を挙げた。そして必ずしも家督は嫡庶によらず、才学を優先して決定されるとの立場をとった。それは「縦ひ相続の家たりと雖も、その身不堪たらば用ゐられ難し、縦ひ累家の仁に非ずと雖も、堪能たらば清撰に応ずべき者か」（第二度陳状）という主張に端的に現れている。

為世は「中絶の了見、不便と謂ふべし」（第三度訴状）などと、為教が撰者となれなかった点を攻撃し、「凡そ七度相続の芳躅を以て、五代清撰の撰者たり」という「譜代」を強調する（これは新後撰集でも誇っていた）。ここで庶子であり子孫もいなかった有家・寂蓮を例示し、「庶子不吉たるの条、その疑ひ無き者なり」（同）と断じたが、その底には「庶流→異風」「異風→不吉」よって「庶流→不吉」とする、陳腐な三段論法が働いている。

有家・寂蓮はともかく、定家と兄成家の関係に限定すると、為兼は、成家をさしおき、定家が器量を買われて家督に立てられたと見る。為世は、成家は系譜上は兄でも器量その他問題外で、これこそ庶子とみなされ、嫡子の庶子に対する絶対的な優位は揺るがない、と断言するが、後世から見た場合さえ、嫡庶を決定するのは官位・長幼ではなく器量なのだとすれば、自家撞着に陥ってしまっている。

両者は具体的な修学の成果を白日の下にさらして論争する。「詠歌の作法」、歌論の差異も争点になっているが、それは付随的で、主に勅撰集を撰ぶための父祖の説、とくに為家の説の相伝が核心となった。二人は「為兼不才たりと雖も、少年より家業を嗜む、稽古に於いては涯分を励む、故民部卿(為家)入道に対して口伝故実を面受し、勅撰の奥議を伝ふるの条、世以てその隠れ無し」（第一度陳状案）、「凡そ亡父(為氏)は祖父(為家)に従ふこと五十余年、為世は亡父に従ふこと卅余年、晨昏(しんこん)の礼を致す毎に、家業を談ぜざる莫(な)し」（第二度訴状）などと、祖父にいかに嘱望されたかを蜿蜒と争い続ける。

しかし、為家の説をどちらが正しく伝えているかは、客観的には典籍・文書の質と量しか判断材料はない。その点で優位を主張できるのは為相だけであり、為世と為兼は、互いに相伝した文書の内容を攻撃するが、どちらが有利とも言いがたい。為兼は三問三答を終えても、意を尽くせないので、両人を召して対決させて欲しい、と述べている。御前での対決があったかは分からないが、最終的には聖断が求められる。

伏見院は窮してしまったらしい。この段階で、西園寺実兼とおぼしき重臣に対して、自分の庶(しょ)幾(き)するのは為兼の歌風であり、彼に撰者を命じたいが、為世も為相もしきりに競望して、困惑している。いっそ三人に撰集を奏覧させよう。別々の撰集として公開すれば、各人も満足するであろう。同時に複数の勅撰集ができることになるが、大きな問題になるまい。各人の考えも明らかになるし、かえって面白いかも知れない、などと言い出した。これもたしかに一種の課試であるとは言える。しかし、複数撰者の場合であっても、撰者進覧本を統合して初めて一つの中書本へと漕ぎ着けている。そうした最低限のリーダーシップさえ抛棄したのは下命者として問題外であろう。もちろん翻意したようで鎌倉幕府の内諾を得た上で、翌年五月三日、伏見院はようやく為兼一人に撰者を下命した。為世は関東申次の西園寺実衡(さねひら)（実兼の嫡孫）のもとに駆け込んで、院の決定は誤りであり、慣例にならって幕府が諫言を呈し覆すよう愁訴したが、もはや叶えられなかった。

　持明院統の治天の君は総じて優柔不断で、しかもしばしば読みを誤ることがある。伏見も制度改革には熱心であったが、ここぞというところで判断の下せない人であった。これでは幕府も困るであろう。けっきょく鎌倉時代を通じ、「聖断」に多少の暴走があっても、大覚寺統が輿望を担った理由も察せられよう。

　この訴陳は当時の歌壇では冷ややかに見られていた。他ならぬ二条家の家人であった藤原盛徳(もりのり)が、和歌所への落書という体裁で訴陳を揶揄した批判が世に広まったと証言し、これは「或る才学の仁」が作ったと仄めかす（古今秘聴抄）。

　さらに盛徳によれば、ある人（この落書を作った者）が、勅撰集の撰者となる野望を抱き、撰者は一人ではなく、器量さえあれば何名でも追加してよい、と主張したとする。論拠には古今集を挙げ、八雲御抄に「紀貫之為棟梁撰之、友則・躬恒・忠岑同助成」（巻二・作法部）とあるのを曲解し、古今集には貫之たちのほか「すけなり」という、世に知られぬ撰者がいたのだ、と述べたという。なかなかの珍説であるが、この説は、古今集六巻抄という別の注釈書によって、正和三年（一三一四）頃、六条有房が唱えたと分かる。落書は有房の作だったのである。

後宇多院の伝奏・評定衆、かつ和漢の才人として知られた有房は、まさに器量をもって立身した人物である（父は公卿にもならず歿したが、自身は内大臣にまで昇った）。歌道でも一家を立てようとし、為世・為兼からは警戒された。有房のごとき怜悧な才人であれば、訴陳の馬鹿馬鹿しさ——秘事も口伝も相対化される——など先刻承知であった。その有房がこれまで御子左家に独占されてきた勅撰集の撰者を望んだとすれば、たしかに器量を優先した延慶両卿訴陳に乗じたものと言える。

家門相論では、死守して来た「職」とは何か、それにふさわしい器量とは何かが争われ、内実が白日のもとにさらされる。そもそも皇位ですら、幕府の判断によって左右される「職」と化していた。後嵯峨院の遺言か、嫡流庶流の別か、はたまた本人の器量か、神仏の加護か。両統とも「徳政」を標榜して正統性を主張し、その結論はあらゆる「職」の相伝を一旦リセットした政治、つまり後醍醐の建武親政であった。しかし、そのようなことは、平時であれば事々しく論ずるまでもない。皇位を決定するのは何なのか問い直されるようになれば、権威も何もあったものではなかろう。

論争して撰者を決定することは、公平でかつ画期的のように見えて、和歌のような学藝にはなじむものではない。為世も為兼も大いに自身を恃むところがあり、歌道師範家はしばらくは繁栄を謳歌するものの、衰頽の兆しは内側から生じていたのである。

## 玉葉集の成立

すでに明らかにしたように、為兼は永仁勅撰の撰者進覧本、またはほぼ完成していた中書本を母体にして編纂を進めたと思われる。延慶三年（一三一〇）正月二十七日の時点で、為兼は為相に「愚撰出来の間、清書せしめて奏覧すべきなりと分明に申さしめ候の間」と述べている。これを受けて二月六日、為相も門弟に「漸々御前に於いても沙汰、私にも撰哥の上は、早速の儀をもって奏覧すべきと雖も」と言い送っている。伏見院の御前での精撰作業も完了し、あとは手直しと若干の当代作者を加えるばかりであったのであろう。奏覧は正和（しょうわ）元年（一三一二）三月二十八日、下命よりわずか一年後である。第十四番目の勅撰集は、玉葉和歌集と命名された。

二十巻の部立は比較的シンプルであるが、雑部を五巻に拡張しているのは後拾遺集以外には見られなかったことである。また、古今集で巻十一を恋歌一としてより、前半十巻に四季部、後半十巻に恋部・雑部とを宛てるという構成が堅く守られてきたが、ここでは敢えて巻九を恋歌一としている。また序はない。革新的な集であり、成立まで紆余曲折も経たので、あってしかるべきとする向きもあったが、為兼が漢学の才能を欠くために果たさなかったという。目録の有無も不明である。また応製百首の沙汰もなかった。

上位入集歌人は伏見院九十三首、定家六十九首、実兼・為子（為兼姉）六十首、俊成五十九首、西行五十七首、為家五十一首、永福門院四十九首、為兼三十六首、和泉式部三十四首と、いわゆる京極派歌人と、伏見院・為兼が尊重する古歌に大きく偏する。為氏十六首、為相十四首、為世十首は一門としての配慮であろう。持明院統の後伏見院十六首、花園天皇十二首に対して、大覚寺統の後宇多院八首、後二条院八首、亀山院七首は露骨に貶めている（皇太子は勅撰集に入集できないので、尊治親王は零である）。なお津守氏は国助・国冬・国道のみ各一首と激減、群小歌人の扱いとなっている。鎌倉幕府関係者と見られる作者は新後撰集より増え、七十人を越えているが、いっぽう女房歌人もすこぶる多い。

## 歌風の特色——おそろしの集

玉葉集は、京極派によって編まれた初めて勅撰集であり、近代に入って京極派和歌が称賛されたことから、話題になることも多い。すでに複数の全注釈を有し、十三代集のうちでは恵まれた状況にある。この点今更繰り返すまでもないであろう。

伏見院と為兼の君臣は、庇護者と文学者の域を越えた同志的結合、三十年にわたる息の合った和歌活動を続けて来た。その間には肉親あるいは近臣・女房にも優れた同調者が現れたが、京極派の核となるのは二人であろう。君臣を番えた金玉歌合（きんぎょくうたあわせ）の編もあるが、ここで玉葉集から君臣

隣接する詠を挙げてみると、

山風は垣ほの竹に吹きすてて嶺の松よりまた響くなり（雑三・二二二〇・為兼）
（山風は垣根の竹を吹いて弱まり、峰の松に当たってまた高い音を立てる）

山嵐の過ぎぬと思ふ夕暮におくれてさわぐ軒の松が枝（雑三・二二二一・伏見院）
（山嵐が吹き過ぎたと思う夕暮、少し遅れてざわざわと音を立てる軒先の松の枝）

同じ「山家嵐」題で詠まれた、別の機会の作である。着想はともに山住みの戸外を渡ったと思う風が、時間の差を置いて音を立てる、その気づきである。為兼はいったん垣根のあたりに弱まった風が、高い峰の松で音を立てるとし、印象は浮かびやすく、表現も整っていて和歌らしい。院の歌は、上句では字余りも厭わずに直叙し、四句も「おくれてさわぐ」とあまり和歌で見ない表現を用いている。そのような差はあるが、ともに嵐が吹き荒れたり吹き止んだりするのをさながら感ずる趣向は同じで、山中ではいかにもそのようなことがあるはずだと思わせる。そう思わせることが肝腎で、必ずしも写生に徹する必要もなく、敢えて古歌の発想を借りることもない、しかしそれがたしかな趣向と確信すれば、院のようにややくどく説明することも厭わないのである。

勅撰集として見れば、二千八百一首・七百六十二人という規模は過去最大であり、しかも純粋

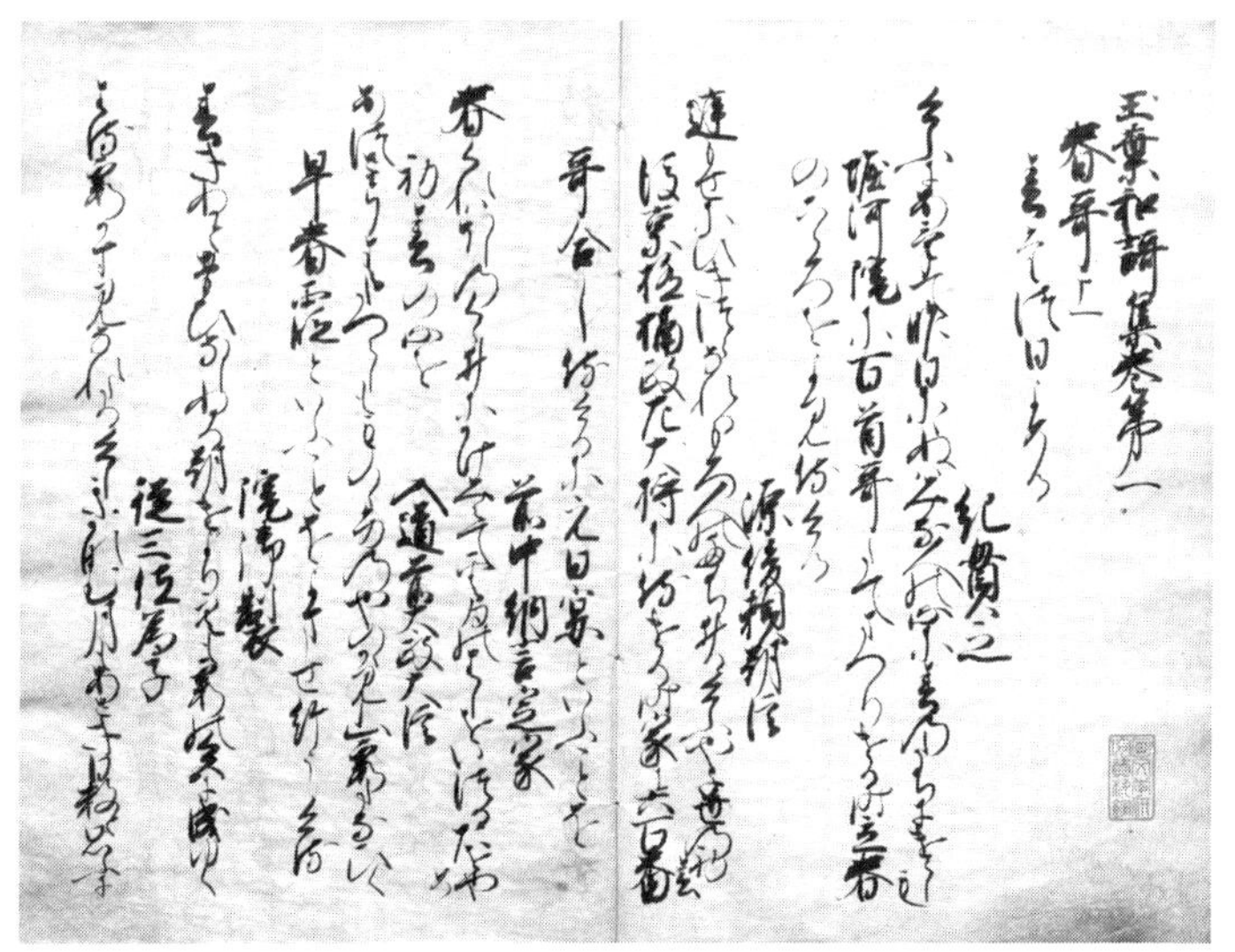

図7–2　玉葉和歌集　正中二年（1325）奥書本（国文学研究資料館臼田碧洋文庫蔵）

な京極派歌人と言えるのはうち五十六人に過ぎず、党派色はあっても、その作品数も全体の二割程度だというデータがある。要するに為氏・為世が避けて来た古歌の選択に特色が出ている。為兼には実子がおらず（養子はいたがまだ若年であった）、撰歌に補助者がいたという明徴はないことも注意すべきである。そこで、「古歌など大略上皇撰び出しめ給ふところなり」という、伏見院が古歌を撰んだとの所伝が注目されるのである（東野州聞書引用の勅撰目録）。性急な結論は出すべきではないが、伏見院・為兼、それから為兼姉為子あたりとの内々のやりとりから、この集の骨格が生まれたのではないか。

　ところで、これより十年ほど後に成立した、尹大納言絵巻（詞）は白描画の尤品として知られる。手鑑『玉潤倚疊』（藤田美術館蔵）に収められる断簡は、あたかも無名草子のごとく、女房がざっくばらんに和歌撰集を品評する場面である（二八一頁）。画中詞には「あな心うのおそろしの集とかや候、おそれ候て、玉葉にはよきふるき歌どもの入りて候ものを」とある。残念ながら前後の会話は不明であるが、絵巻自体は大覚寺統廷臣、二条派歌人の立場で製作されているので、まずは玉葉集をひどく貶し、やや弁護したものであろう。「心憂の恐ろし（とても残念で恐怖心を覚える）」とは、撰者をめぐる訴訟の罵倒合戦か、斬新な歌風か、二千八百首という巨大な規模か、あるいはこれらすべてか、いろいろと考えられるが、当時の受け取り方としては直截で貴重である。その上で、「よきふるき歌」が入集している、という評価も見逃せない。

## 構造的な古歌の配置

勅撰集の性格はしばしば巻頭歌に凝縮されると言われる。その点でも玉葉集の個性は際立つ。

　　春たつ日よめる　　　　　　　　　　紀貫之

今日にあけて昨日ににぬはみな人の心に春の立ちにけらしも（春上・一）

（今日には春と開けて昨日のようでないのはすべての人の心に春が立ったらしいな）

立春で始めるにしても、これまでの勅撰集はほぼすべて霞を詠んでいたし、さらに撰者の父の歌を据えることが慣例となっていたから、新鮮に感ずる。また貫之は過去に巻頭作者となっていない。これを「「春が立つのも人の心の働き一つによるものである」という理(ことわり)、為兼歌論の基礎である唯識(ゆいしき)思想を、歌聖貫之の詠をもって闡明した」(『玉葉和歌集全注釈』)という。「心」の重視という京極派歌論の主柱を表明するために、天慶三年(九四〇)の内裏屏風歌として詠まれた一首を見出した為兼の眼力は大したものである。

四季部の最後、つまり冬の巻軸は紫式部の歌である。これは紫式部日記に見える。為兼卿和歌抄にも紫式部日記の引用があって相当に親しんでいたらしい。

里に侍りけるが、しはすのつごもりに内に参りて、御物忌なりければ、局にうちふしたるに、人のいそがしげに行きかふ音を聞きて思ひつづけける　紫式部

年くれて我が世ふけゆく風の音に心のうちのすさまじきかな(冬・一〇三六)

(一年が終わろうとして私の年齢も夜も更けていく風の音を聞くと、心中が荒涼としてくるよ)

実家とはうってことなる、歳暮の内裏を行き違う男女のせわしげな物音を、間近で聞きながら、孤独に苛まれる心中を洩らしたもの。ただし、読み手の個人的な感慨は別に、玉葉集では、四季の始まりが「心」のうちに立つ春で始めた以上、その「心」のうちが何もない荒涼空漠に回帰す

る、と読める。

古今集の歌人と摂関期の女房歌人とを首尾に配置する構造は、恋部でも取られた。

題しらず　　紀友則

思へどもはかなき物はふく風の音にもきかぬ恋にぞありける（恋一・一二四七）

（いくら思ってもはかないものは吹く風の音ではないが、噂も聞かない恋であるよ）

はやう物申しける男の、かよひける女のもとへまたまからずなりて、ほかになんある、と聞きければ、かの女のもとへ夕暮に申しつかはしける　　和泉式部

夕暮は人の上さへなげかれぬまたれし頃に思ひあはせて（恋五・一八二三）

（夕暮は他人のことまで歎いてしまう。自分が訪れを待っていた頃をつい思い出して）

友則の歌は、出典（友則集）では詞書により「風の音」に相手の音信の意を込めており、返事を待つ状況に限定されるが、ここではそれを捨象し、「初恋」（まだ相手のことを何も知らない状態での恋）の本意に沿った、普遍的な内容となっている。

和泉式部の歌は、自分を捨てて別の女に通った男が、さらに第三の女に通い始めたと聞き、第

二の女に送ったという、やや込み入った状況である。出典の和泉式部集（正集）では「今はほかに、ときく人のもとに、夕暮にいひやる」と簡略である（万代集でも同じ）。当時、一人の男を中心として、その妻妾愛人の間には交流があり、また男が他の新しい女に熱中した場合、以前からの妻妾の間で一種の連帯意識が生まれることもあった。そうした慣習を踏まえている詠である（『和泉式部集全釈』）。しかし、玉葉集は、より一般的な人情の機微に立ち入るとらえ方となっている。つまり、かつて男が自分から去っていった、その原因となった女は、最も疎ましく思うはずなのに、いま自分と同じ思いを味わっている身の上には同情を禁じ得ない――もちろん他人の不遇を喜ぶ感情などではない――愛情の果てには、このような何物も許容し得る心境となるのかも知れない、と読者に思わせる。勅撰集の恋歌は絶望し相手を怨む内容（絶恋）で終わるのが常なので、たいへんユニークである。しかも勅撰集は長文の詞書は避けるのに、敢えて詞書をより長くしているのも興味深い。

古歌は、必ずしも家集ではなく、万代集や明玉集といった反御子左派の私撰集に拠ったとの指摘もあるが、詞書は為兼が独自に書いているようである。為家・為氏・為世が顧みなかった古歌が、為兼（あるいは伏見院）に見出され、巻頭だけではなく、要所要所にその思想・主張を象徴するように置かれている。このあたり、同じく古歌が目立つといっても続古今集とは違う。古歌の発見と再生は玉葉集を読む醍醐味の一つであろう。

## 批判の声

ところで奏覧より三年後、正和四年（一三一五）八月、玉葉集を匿名で論難した歌苑連署事書が成立している。勅撰集の論難書はこれまでもいくつかあったが、本書はかなり本格的な批判の書である。現在では、玉葉集の評価が非常に高いものだから、逆に本書の批判は所詮吹毛の難に過ぎないと蔑まれている。しかし同時代人の受け取り方として参考にすべきである。

この書のスタンスは体裁に顕われている。末尾には喜撰・素性・恵慶・道命・能因・良暹・俊恵・道因・西行・寂蓮の十名が作者として並ぶ、つまり八代集時代の著名な歌僧が連署して玉葉集を批判する設定である。虚構はいろいろと穿鑿可能であるが、この十人は全員勅撰作者部類では「凡僧」に分類される、官位を持たない野僧である。つまり歌道師範家とは関係がないとする立場表明である。書名の「歌苑」も、俊恵主催の歌林苑を念頭に置いた、やはり在野の和歌結社を意味する（もちろんこれは韜晦であり、むしろ作者はかなり高位の身分と見られる）。つまり為兼個人だけでなく、歌道師範家のありようにも疑義を呈しているのである。実際、新後撰集に対しても「よわよわとしておちぶれたる物」と手厳しい。六条有房の作とする説があり、首肯される。

七部に分けて批判を展開する。衒学的ではあるが、それなりによく研究していて、勅撰集としての欠陥を衝いているように思える。最後にはかなり長い跋があり、ここでは玉葉集の「姿」に対する批判が展開される。

おほかたいかにとさだむべき姿ともおぼえず。かねて思ひ侍りしは、当世のいみじきいまやう姿とかやをむねとして、ただあしもふまず、あらぬ姿はあとをけづられて、目もさめ耳もおどろきて、かかることもありけるなどおもひて、それにむけてこそ、おぼつかなきふしも、心えぬ道もあらむずる心地してありしに、いまはまたひたすらにさもなくて、をろ（ママ）（「還而（かへりて）」の誤写か）古き跡をもちがへられたるかとみれば、またしどけなくなれる、よになまさかしくつ（へ）つらへるさまなり。

（この集は、およそどんなものかと定めようとして定められるスタイルではない。以前思いましたのは、当世流行の斬新な風をもっぱらにして、ひたすら破調で、他のスタイルはかたはしから否定して、目が醒め耳を驚かした。こんな歌もあるんだなあと思って、関心がある以上、不審な点や理解できないやり方もあるのだろう、と感じていましたが、現在はもうまったくそんなこともなく、かえって以前の詠み方とは違えたかと見ると、やはりだらしなくなり、本当に小賢しく世間に媚びたスタイルとしか思えません。）

二条派のように、着想・表現ともに伝統の枠内で創作され、誰でも心やすらかに鑑賞できる、整った和歌のスタイルに比較したとき、京極派では、特異な表現を敢えて用い、思ったまま、見たままを詠むことに際立った差異がある。たとえば清新な叙景歌は、万葉集に近いと言われるが、為兼の主張は、単純な写生叙景ではなく、自然の微妙な動きをいったん観念の世界でとらえ直してから、言葉に出すものなので、単に俗語を厭わないとか、古歌を慕うといった単純な手法とは次元を異にする。作者は一旦惹かれつつも、勅撰集として形になってみると、内包する歌風の振幅があまりにも大きすぎて、理解不能である、と述べている。筆致は晦渋ながら、和歌に通じていたとおぼしき作者の目から見た、当時の正直な評価として聞くべきものがあろう。

そもそも、歌論とは、よい歌はどうすれば詠めるか、優れた歌は何が違うのかを説く文学論の一つである。しかし古来の歌論は、人が歌を詠むときの心の働きについては正面から説こうとはしなかった。いくら立派な論を立てたところで、実際によい歌を詠めるかは別問題である。それより題材の本意を知り、歌語の使い方を覚え、趣向は古歌のそれを参考にすれば、ある程度はすっきりした歌が詠めてしまうから、歌論の内容は秀歌撰（例歌提示）か、題詠や本歌取りなどの具体的な技法が主となる。ともかくも歌を詠みたいと願う階層に対する教えは、それで十分であったはずである。

為兼は、二条家に対抗する必要もあったとはいえ、歌を詠む心の働きを初めて突っ込んで考えた歌人であった。認識・認知のありかたを、法相宗（ほっそうしゅう）の唯識論や空海の声字実相義（しょうじじっそうぎ）における三密相応の教義から借用し、「外界は人間が認識するからこそ存在する、だから感じたこと見たことを正しく認識し文字にさえすれば、外界を限りなく忠実に再現できる。古歌の趣向にも、細かな表現にも、拘らなくてよいのだ」と主張して、そのような和歌を詠み始める。

もっとも、表現を凝らさずに、自身の心をそのまま文字にすることは理想であるとはいっても、実際にはまったく困難である。極論ではあるが、反対派は「花に鳴く鶯」「水に住む蛙」の声も歌なのかと罵り、為兼は真摯な感動から出ているのだから歌であると強弁する。為兼の初期の作品は、およそ歌とは言えない、奇妙なものであり、三十年の厳しい試行錯誤を経て洗練され、共感を生む境地に達したのだけれども。

京極派和歌がともかくも成功し玉葉集に結実した背景に、時代の特色も考えてよい。当時の公武の政治家がしきりに「徳政（善政）」を標榜し邁進したことと、根底でつながるような気がしてならない。理想を掲げる強権政治は、元寇以後に高揚する神国思想によって正当化され、反対派は「神仏の敵」扱いをされる。為兼もまた、自身の歌論こそが正しいと主張する時は、しばしば神仏の守護があると喧伝し、そこには怪しげな夢告や示現がつきものであった。延慶両卿訴陳の時も「冥（みょう）の照覧に於いては、微臣殊に候ふ所なり」（第二度陳状）などと述べて憚らない。もっとも、その為兼を支持したのが聖断至上主義を強くは打ち出せなかった持明院統の天子であったことは皮肉である。

## 為兼の失脚と配流

伏見院は正和二年（一三一三）十月十七日に出家し、為兼も従った。伏見院は後伏見院に政務

図7–3　京極為兼捕縛される（絵本徒然草153段）

を譲ったが、なお為兼が政務に容喙した。後伏見院は為兼を嫌悪し、そこに乗じたかつての主人西園寺実兼が鎌倉幕府に讒言したことで、四年十二月二十八日、為兼は六波羅探題に拘引された。例の得宗被官安東重綱が上洛して直々に軍勢を指揮、幕府が重大事ととらえていたことが分かる。翌五年正月十二日、為兼は今度は土佐国に配流された。前期京極派の活動はここに終焉を迎える。

　事件の後遺症は大きく、伏見院は、異心なき旨の卑屈な告文（誓紙）を何通か関東に送らざるを得ず、また大覚寺統の攻勢にも悩み、文保元年（一三一七）九月三日に五十三歳で崩御した。花園天皇も翌二年二月二十六日に譲位に追い込まれた。

　為兼は後年、優免されて和泉国に移住した。しかし、後伏見院は入京を許さず、そのまま正慶元年（一三三二）三月二十一日、七十九歳で歿した。養子の俊言・忠兼・教兼らはその跡を継がず、歌道師範家としての京極家は事実上二代で断絶したのである。ただし、為兼は最晩年まで花園院とは交流を保っており、教えは花園院を通じて継承され、後期京極派と呼ばれる活動に開花する。

# 第八章
# 法皇の長歌——続千載和歌集

## 二条家和歌所の活動

延慶・正和年間は、為世にとっては雌伏期であったが、子息の為藤・孫の為定を中心として一門の結束は堅く、和歌所で月次三首歌会が開催された。懐紙披講の後、たいてい酒宴と続歌三十首があった。定衆（常連）には津守国冬、専門歌人に准じられる小倉公雄・実教父子、法性寺為理（信実の子孫）のほか、中院通顕・三条実任・中御門冬定・北畠具行ら大覚寺統に近しい廷臣が交じる。官医や六波羅探題奉行人、遁世者もおり、層が厚い。すでに為世門の和歌四天王のうち、頓阿・浄弁・慶運が和歌所の会に参加している。ただ、兼好だけは見えず、かなり遅れて加えられたとみられる。兼好は若年期には鎌倉にある期間が長く、おそらく冷泉為相の指導を受けていたと考えられる（最晩年に冷泉門に戻るのである）。

一門の活動は和歌所の外にも及び、正和四年（一三一五）三月に為世は東山に遊び、東林寺（泉涌寺の近くにあった）で十首歌会を開催した（花十首寄書）。為世末子でまだ幼名幸鶴を名乗る為冬も加えられた。母は国冬妹か。また下鴨社での月次歌会・続歌を収める飛月集は正中二年（一三二五）七月から四ヶ月分が残るが、歌会自体は早くから定期的に開催されていたに違いない。なお、為世の弟定為は、定家の旧跡一条京極邸の敷地を相続していて、月次歌会はそこでも開かれた。為世の外孫の尊治親王の王子、つまり贈従三位為子腹の若宮が人々の歌談義をひそかに聴いていたという（天授千首奥書附載消息）。後の尊澄法親王（宗良親王）である。

## 津守国冬の富強

ところで、これらの催しに欠かさず参加した津守国冬は、この時期、著名な抗争の当事者となっていた。住吉明神はもとより航海の神でもあったが、国冬は大阪湾を航行する船舶への関銭をめぐって、東大寺と激しい相論を続けていた。

西国の貢納物は瀬戸内海の船便に頼り、かつ年々通行量は増大していたため、治天の君は、積載物に対する徴税権を設定し、寺院修造などの事業費に宛てるようになった。鎌倉後期、こうした水上関はすでに荘園を上回る財源となっていた。

摂津国兵庫関（現・神戸市兵庫区、もと大輪田泊）の升米（通行税）は、延慶元年（一三〇八）、伏見院の院宣により、東大寺に与えられた。しかし、国冬は商人・問丸（運漕業者）と結託、かれらの船を住吉社領である播磨国江井崎（現・明石市大久保町）に属すると偽り、升米の納入を拒否した。

これとは別に、湾岸の兵庫・一洲（現・尼崎市）・渡辺（現・大阪市中央部）の三津の目銭（入港税）は、社殿造営料の名目で住吉社のものとされたが、正和二年（一三一三）頃、その半分が東大寺東塔の修復料に宛てられることになった。東大寺はもちろん、伏見院も、大覚寺統と二条為世に忠勤を励む津守氏を快く思わず、懲罰的な措置であろう。しかし、国冬は意に介さず、経済活動に手を染める畿内の中小武士団（所謂「悪党」である）に巨額の銭を融資した。そして「悪党はこれをもって閉籠合戦の兵糧とし、国冬はかれをもって利銭借上の質券を取る」とあるように、住吉社の傭兵と化した「悪党」は、同五年の暮、兵庫関を襲撃、さらに大仏殿を占拠、堂舎を破壊した（八代恒治氏所蔵文書「東大寺学侶衆徒訴状土代」）。東大寺は国冬を遠流にせよと訴えたが、もはやその沙汰はなかった。

このように住吉社は、他の京洛大社と同様、商人・問丸を神人として組織、流通の拠点を支配下に置いて銭貨を蓄え、さらにこれを資本に借上（金融業）を営み、畿内一帯で大いに勢力を振るっていた。正和年間と見られる国冬の詠はその敏腕を自祝するものか。

ゆたかなるわが神垣のみつぎもの人のあゆみにはこびそへつつ（国冬百首・祝言・五）

（富み栄えるわが住吉社への貢納物、人々が往来するごとに運ばれ積み上がり続ける）

もちろん、国冬のかかる強硬姿勢は大覚寺統の支持なしには考えられない。いや、大覚寺統そのものが津守氏の富強に少なからず依存していたのではないか。のちの南朝と住吉社との縁はすでに生じていた。

## 続千載集の下命

文保二年（一三一八）二月二十六日、鎌倉幕府の執奏があり、皇太子尊治親王が践祚（後醍醐天皇）、父後宇多法皇の院政となる。為兼配流以後、持明院統への幕府の心証はすこぶる悪かったので、皇太子も大覚寺統、故後二条院の遺児邦良親王が立てられた。そして十月三十日、後宇多は勅撰集撰進の命を二条為世に下した。院宣によったと思われる。為世六十九歳、後宇多五十二歳、ともに二度目の勅撰集の企画である。また応製百首も下命と同時に召され、翌元応元年のうちに詠進されたらしい。この文保百首は三十四人の作が残る。

下命を受けて定められたと考えられるのが、文保和歌所式目（冷泉家時雨亭文庫蔵）である。前欠の一紙、五箇条のみの断簡で、標題も後世の命名であるが、内容が二条家和歌所の内規であることは疑いない。

（前欠）

一、その所を定められ、雑役の主典を召して付けらるべき事、

一、さしたる事にあらずば、御知行を略せられ、御自力を入れらるべき事、

一、衆中の会合、自由の故障に及ぶべからざる事、

一、起請連署の仁の外、和哥所に入れらるべからざる事、

一、文書紛失せしめば、これを尋ね進らすべし、もし尋ね出ださずば、衆中の沙汰として、

これを書写せしめ、入り立つべきの事、

右定むる所件の如し、

文保二年十二月　日

第一条、「主典」とは各官司の幹部職員のうち四等官（さかん）である。和歌所に置かれるはずがないが、院庁における「主典代」のごとく、そうした書記や出納の役を呼んだか。意も「場所を定めて、雑用係の主典を出仕させて詰めさせること」となる。

第二条、これは和歌所のために所領が与えられ、所衆に知行（経営権、なんらかの「職」であろう）を許していたことになる。和歌所の荘園として有名なのは近江国小野荘（彦根市小野町）であるが、確認されるのは南北朝期で、鎌倉後期にそういうものがあったのかは不明である。二条家の所領

の一部かと思われるが、長年係争した播磨国細川荘もけっきょく冷泉家の権利が認められており、その面での余裕は乏しい。「御自力」とあるのは、所領知行はあてにせず、諸経費は自弁せよ、という内容であろう。

第三条は個人の都合で会合を欠席することを禁ずる。第四条は前に触れた。

第五条は、文書（この場合は典籍も含むであろう）が紛失した時の規定で、発見できない場合は連帯責任で復旧せよとするのは、和歌所が建前上は身分に拘らず、フラットな関係で運営されていた証となろうか。

経済的な基盤については、もう少し知りたいところであるが、この面での治天の君の配慮は十分なものではなかったであろう。所衆の自弁が求められているほどなのに、この時期、二条家和歌所ではどうして頻繁な勅撰集企画が可能であったのか。代々勅撰部立によれば、和歌所の事始に際して、津守氏が御簾（みす）・疊（たたみ）などを沙汰し、また奏覧の時に清書本を納める手箱も調進したという。これらは象徴物であり、津守氏が和歌所運営に関わる経費を負担したことを意味しよう。そもそも、遠祖の国基は後拾遺集の撰者藤原通俊に小鯵（こあじ）を贈り、三首入集を果たした。そのため同集には「小鯵集」と異名が奉られたとの逸話が古く袋草紙にあり、井蛙抄でも回顧する。鯵も立派な贈答品であるが、入集のための贈賄ならば珍しい話柄ではない。湾岸に勢力を拡げていた新興の津守氏が勅撰集に入ったことを誇ったものであろう。そして時代は遷り鎌倉後期、物資の大動脈を掌握していた津守氏が、小鯵のかわりに銭貨を献上し、勅撰集の編纂を直接に支えていた、そんな構図が浮かび上がってくるのである。

### 奏覧と返納の分離

和歌所での撰歌は十一月三日に開始された。連署衆は為藤・為定・定為・長舜・津守国冬・同国道であった。開闔は長舜で、これも新後撰集の時と同じ、中書本の清書も担当した。集名は続千載であった。下命者が法皇であった千載集を襲う意図があったか。序はなく、目録の有無も定かではない。

史料により相違があるが、代々勅撰部立によれば、早くも翌元応元年四月十九日に奏覧した。ただし、これは四季部六巻だけで、その後も撰歌を継続し、翌年七月二十五日に全二十巻が完成した。

このように、続千載集は、四季部六巻と、恋部・雑部などを分離し、二段階で完成させる方式を初めて明確に採用している。後者を「返納」と称する。以後の勅撰集でもこの方式が踏襲されるが、完成の年月日は返納のそれと見るべきである。

表8-1は、十三代集の歌数を一覧したものである。総歌数は増加の一途であるが、四季部六巻（続後撰と風雅のみ八巻）の歌数は全歌数が膨脹しても、意外に増えておらず、ことに二条派勅撰集では七百首台を上限としてほとんど変化しない。勅撰集が、群小歌人の入集を許容するよう

になっても、それは恋部・雑部に限られ、とくに初入集の場合は、四季部への入集は見られない。四季部こそ集のオモテ（晴）なのである。

新しい勅撰集が公開されれば、入集して喜ぶ者がいるいっぽう、不平不満を抱く者もいて、拒めない要望も寄せられる。こうした作者を雑部・恋部に追加することは比較的容易であるし、カドも立たない。奏覧の後、反応を見定めて調整をした上で、返納を遂げることは、かなりよく考えられたやり方と言える。群小歌人の増加が歌集の文学的評価を下げる結果となるのは、撰者としても承知であろう。続千載集ではことにこうした層の入集が急増するが、もちろん雑部に集中するのである。

ただし、それは恋部・雑部も、完成の目処が立ち、撰歌の方針が定まっている場合に有効であって、もしそうではないところに大量の修正が生じたら、全体にわたる手直しが必要となるであろう。

| 集名 | A | B | A／B |
|---|---|---|---|
| 新古今 | 706 | 1272 | 0.56 |
| 新勅撰 | 442 | 932 | 0.47 |
| 続後撰 | 530 | 841 | 0.63 |
| 続古今 | 685 | 1230 | 0.56 |
| 続拾遺 | 469 | 990 | 0.47 |
| 新後撰 | 531 | 1076 | 0.49 |
| 玉葉 | 1036 | 1764 | 0.59 |
| 続千載 | 704 | 1439 | 0.49 |
| 続後拾遺 | 500 | 853 | 0.59 |
| 風雅 | 898 | 1313 | 0.68 |
| 新千載 | 734 | 1631 | 0.45 |
| 新拾遺 | 676 | 1244 | 0.54 |
| 新後拾遺 | 576 | 978 | 0.59 |
| 新続古今 | 744 | 1400 | 0.53 |
| 新葉 | 507 | 919 | 0.55 |

A：四季部歌数　B：それ以外の歌数

**表8–1　勅撰集四季部の比重**

## 評価と批判

続千載集は二条家の勅撰集としては珍しく、古歌も撰歌の対象とした。しかしこれは注意すべき量ではなく、比重は現存歌人にある。巻頭歌は定家である。主要な作者としては大覚寺統の治天の君を厚遇しているが、津守氏では国助二十首、国冬十首、国道六首、国夏四首とこれも手厚い。他の連署衆では定為二十首、為藤十七首、為定六首は近親であり、長舜七首、その父兼氏十二首、息実性三首は多少役得の感もある。いっぽう伏見院十八首、後伏見院十一首、花園院四首、為相五首、阿仏尼一首、為教二首、為兼は罪人であるから一首も採らなかった。

大覚寺統と為世に敵意を持つ花園院は、返納について「伝へ聞く、新勅撰（続千載集と号すと云々）、すでに披露す、但しなほ遍からず、暫く秘さるべきの由仙洞に申すと云々、去年ただ一巻ばかりの中書を以て奏覧、今年功を終え披露か、未だ先例を聞かず如何」（花園院宸記元応二年八月四日条）とある。「一巻ばかり」は誤認であろう。そして四季部六巻を見て、「哥の躰甚だ珍重に非ず、もとより推量、違はざる者なり、不審の事、又済々あり」（同十二日条）と言っている。

しかし、為世は得意であった。返納の後、住吉・玉津島両社参詣を遂げ、玉津島社の殿舎を再興したという（和歌両神之事）。もちろん津守氏がお膳立てしたのであろう。晴れがましいようすは増鏡が描いている。ただ、歌風は新後撰集と同じ撰者だから大して特色がない、しかし思慮のまさる為藤が助力したので、新後撰集よりは若干まし、と至って冷ややかである。

## 統一されない本文

ところで、続千載集の本文には問題があり、同一人物の表記・呼称が異なっているケースが多数あることが指摘されている。藤原盛徳は、「是文保三（元応元）年四月廿（ママ）九日奏覧以後、追加の人は、後任の官を載する所なり」（作者異議）と明言している。官位表記は奏覧の元応元年四月十九日を基準とするが、それから返納までの間に追加された作者はその時点での官位で表記されていて、統一されなかったという。

このこと連動し、より深刻な問題は、内容も写本によって甚だしく相違することである。中條敦仁の克明な調査によれば、たしかに精撰本は見出せないばかりか、歌数さえ諸本間で最少二千百十八首から最大二千百四十八首と三十首もの違いがある。しかも、それらは二系統に大別されるものの、そのA・B両系統がそれぞれに独自の修訂を進めていった痕跡を示して

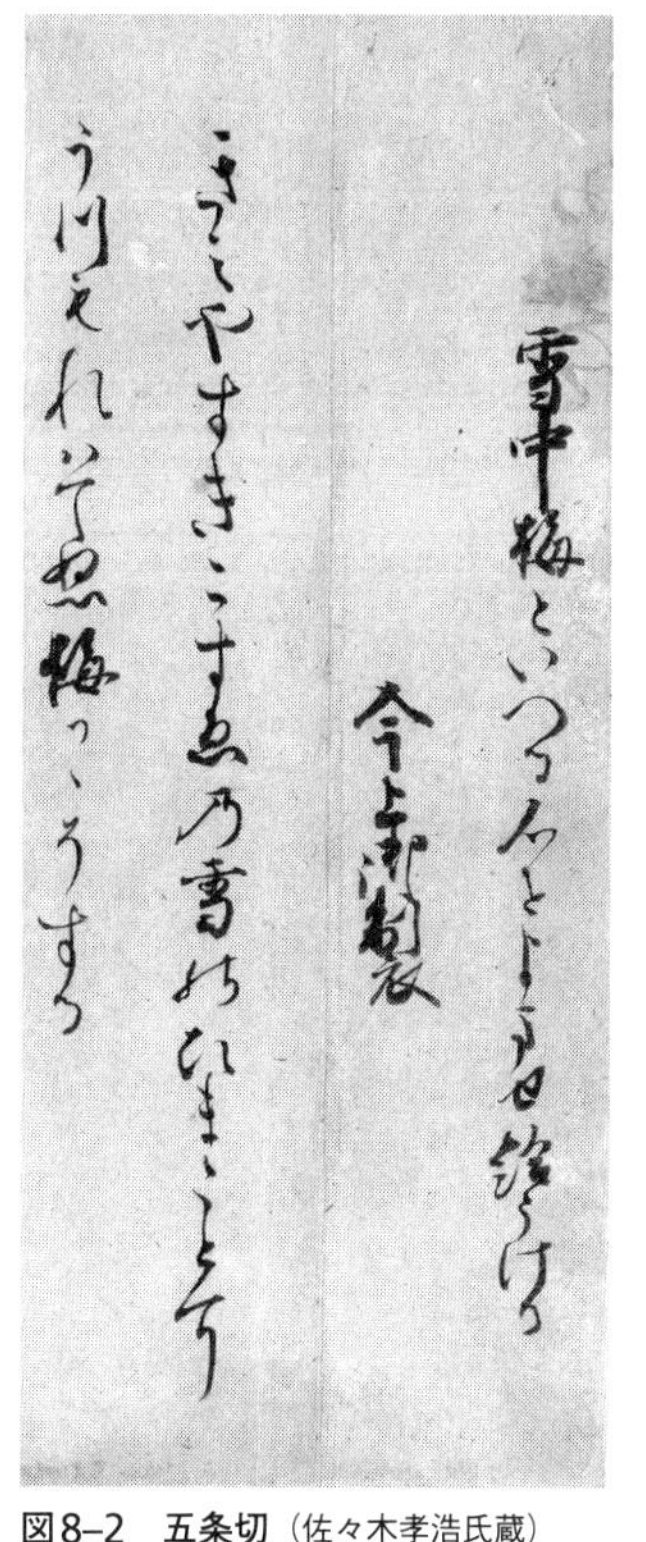

**図8–2　五条切**（佐々木孝浩氏蔵）
為世自筆続千載集の断簡。紙継があり巻子本であったことが分る

いるという。

つまり和歌所では、二つのグループに分かれてそれぞれ修訂作業を進めたが、その結果が遂に統合されることなく終わったことを意味する。何とも奇妙な現象である。奏覧から返納までの限られた期間に、各方面からの要望（入集や修正）が殺到したため、とりあえず分業にしたのではないか。ここで一つ思い合わされるのは、返納の直前、元応二年六月十七日、連署衆の津守国冬が頓死したことである。国冬は上洛して和歌所に詰めており、そこで発病したという。五十歳の壮年、痛手であったのは間違いない。為世は老齢、為藤・為定は廷臣として多忙であり、体制を立て直せないまま、撰歌が終わってしまったのではないか。

## 為世の独善

この時期になると、歌道師範は家集を編まず、歌合の判詞も書かず、歌論書も執筆しない。為世は歌合の判者をしたこともあるし、歌論書もあるが、ともに零細貧弱なもの、少なくとも熱量は感じない。為兼卿和歌抄が、荒削りで難解ながら、力強く深遠な歌論を展開していたのと比較したくなるが、歌道師範の権威は確立しており、もはやみずからこのような仕事をする必要がないのである。そんなことは傍流や庶子がすることで、求められれば優秀な門弟にかわりにさせればよい。これは勅撰集の質とも関わるのではないか。全身全霊で打ち込む編集作業は考えにくいにしても、かなりのところは和歌所の衆に委ねていたはずである。

為世は続千載集の撰歌に際し、たとえ初心未熟な者でも、遠慮せず詠草を出すように奨めていたとの逸話がある。その寛容な姿勢が讃えられているが（井蛙抄）、意地悪く見れば、これも受け入れ体制が整っているからの余裕であろう。

いっぽうで党派性は一層際立ち、門弟以外には偏狭な態度を取った。そもそも勅撰集は治天の君の事業である以上は、不偏不党とは言わぬまでも、穏便を宗とし、歌風が自身の志向と異なる文学観の持ち主でも、面目を潰さないような扱いをするのがよしとされた。為兼が同じようなことをした意趣返しであるとはいえ、為世もまた持明院統・京極派・冷泉家にはひどく冷淡である。

天乙女袖ひるがへすよなよなの月を雲居に思ひやるかな

（五節舞姫が袖を翻して舞う、そんな毎夜の宮中の月をはるかに思うことだよ）

この永福門院の歌を二三句「袖振る夜半の風寒み」と改作して入れ（雑上・一七九三）、女院の抗議にも耳を貸さなかった。のみならず、意味や趣向を改めず、言葉を直すのは「撰者代々の故実」であると開き直った。花園院は、意趣がすでに原作と変わっている、為世は和歌を知らないのだ、と反撥した（花園院宸記正中二年〈一三二五〉十二月十八日条）。また、冷泉家の門弟斎藤道恵の証言によれば、為世は「忝けなくも　伏見院の御製なほもつて入集すべきの御哥無き」と言い放ち、それは「叡聞（えいぶん）（永福門院か花園院か）に達」したという。いかに対立していたとはいえ、治天の君を侮辱するような言動は眉を顰められたであろう。これでは女院の和歌を改作するなど何とも思うまい。さらに、幕府連署であった大仏宣時（おさらぎのぶとき）の、

生きてこそ今年もみつれ山桜花に惜しきは命なりけり（春下・一一六）
（生きているからこそ今年も山桜を見られた。花を見ると惜しくなるのは命だな）

という作、もとは「述懐」題で、「あればこそ今年もみつれ花よりも惜しかるべきは命なりけり」であった。為世が勝手に修正してしまったのである。宣時は宗尊親王以来の歌歴を誇る鎌倉歌壇の長老でもあり、十首入集している。「作者の本懐に非ず」と怒り、詠草を出したことを後悔したという。桜の和歌である以上、「花よりも惜しいものがあってはならない」という考えであろうが、歌の主題が命から花に変わってしまっては、北条氏一門では最も長命であった宣時ならではの述懐は薄められてしまっている。

こうしたことが重なって、二条家は撰者と相違する歌風には寛容ではないとの認識は広まった。いっぽう、冷泉為相は門弟それぞれの個性を尊重し、一つの歌風に拘らない指導をして、支持を集めたらしい。宣時も為相の弟子であった。とはいえ、それも鎌倉での話で、京都では冷泉家の勢力は微弱であった。また二条家の家督為藤は、祖父為氏のように仙洞・禁裏の信頼厚く、かつ

考えも為世より柔軟であり、人望を集めた。頓阿も兼好も、為藤を慕っていた。ところで、為世門の和歌四天王では三名の作が初入集した。

題しらず　　頓阿法師

つもれただ入りにし山の峰の雪うき世にかへる道もなきまで（雑上・一八〇四）

（ひたすら積もれ。世を捨てて入った山の峰の雪よ。現世に帰る道も無くなるまでに）

離山の後、寄杣述懐をよめる　　権律師浄弁

何と又わが立つ杣木年をへてすみえぬ山に心引くらん（雑中・一八三二）

（なぜ今更、何年も経ってから、安住できなかった比叡山に、杣木に墨を引くではないが、心惹かれるのか）

題しらず　　兼好法師

いかにしてなぐさむものぞうき世をもそむかで過ぐす人にとはばや（雑下・二〇〇四）

（どうやって慰められるものなのか。現世を捨てないで過ごす人に尋ねてみたい）

いずれも遁世者としての心境を詠む。頓阿の詠は草庵集・冬にも見え、そこに詞書「二条大納言家（為世）にて深山雪」とあるから和歌所の会の作であろう。「み吉野の山の白雪ふみ分けていりにし人のおとづれもせぬ」（古今集・冬・壬生忠岑）により、「入りにし人」の立場で詠み、か

すかに残る現世への未練を断ち切ろうとする心境である。

浄弁の詠の「わが立つ杣」とは伝教大師最澄の和歌により比叡山のことである。浄弁はそこでの経歴を捨てて、遁世したのである。それなのに、いまさらなぜ心惹かれるのかという。真剣な後悔ではなく、「住み」には「墨」を懸け、「引く」とともに「杣木」の縁語となっている（木匠(もくしょう)は杣木を伐るのに墨縄を引く）。技巧的であり誹諧がかっている。

兼好の詠は最も素直で曲がない。家集には「修学院といふところにこもり侍りし頃」との詞書がある。

それぞれ雑部に一首のみ入集、まだ小さな存在に過ぎないが、それでも三者三様の個性が観じられるのが面白い。なお、浄弁のみ詞書があるが、詞書は歌歴のない歌人には付けなかったらしい（源承和歌口伝）。浄弁は康元(こうげん)元年（一二五六）頃の生、頓阿・兼好より三十歳ほど年長であった。

## 顕教密教を詠む長歌

巻七は「雑躰」で長歌・旋頭歌・折句・物名・誹諧歌を収めている。ほんらいは末尾に近く置かれるので（古今集は巻十九。新勅撰は巻二十、ただし巻名は単に「雑五」とする）、やや珍しい。

巻頭は後宇多の「顕密の教法の心をよませ給うける長歌」である。長歌はこの時代には特別の機会にしか詠まれない。「顕密の教法」とは、言語に説かれた顕教と、人智では把握できない密教と、それぞれの教えであるが、後宇多は空海の弁顕密二教論（べんけんみつにきょうろん）や十住心論（じゅうじゅうしんろん）に沿って、顕教は密教に包摂されるとする立場を取る。従って内容は密教に著しく傾斜する。全体で八十一句にも及ぶが、およそ三段に分かれる。便宜、句番号を付して引用する。

1 曇りなき　心はそらに　てらせども　我とへだつる　5 うき雲を　風のたよりに　さそひきて
いつをはじめと　冥（くら）きより　10 冥き道にも　まよふらん　これをすくはん　ためとてぞ　三世（みよ）の仏は　15 出でにける　ときおく法（のり）は　さまざまに　七（なな）の宗まで　わかるれど　20 心ひとつを　たねとして　まことの道にぞ　たづねいる　しかはあれども　25 これはみな　鹿の園生（そのう）の　風の音　吹きそめしより　鷲の峰　30 八年（やとせ）の秋を　むかへても　闇をてらせる　光にて　霧をいとはぬ　35 月ならず　鶴の林の　煙より　八（やつ）のももとせ　すぎてこそ　40 まこ

図8–3　後宇多法皇像（大覚寺蔵）
出典：『大覚寺の名宝』

との法は　ひろめむと　ときけることは　末つひに　三(みつ)の国々　つたへきて　わがやまとに
ぞ　とどまれる　あまねく照らす　大ひるめ　本(もと)の国とて　真木柱(まきばしら)　つくりもなさぬ　こ
とわりの　かくあらはれて　山鳥の　おのれとながく　ひさしくぞ　国をまもらん　かため
にて　代々(よよ)をかさねて　たえせねば　閻浮(えぶ)の身ながら　このままに　さとりの位　うごきな
く　世ををさむべき　しるしとて　清きなぎさの　伊勢の海に　ひろへる玉を　みがきもち
しほのみちひも　てにまかせ　吹く風降る雨　時しあらば　民のかまども　にぎはひて
万代(よろづよ)ふべき　あしはらの　水穂(みづほ)の国ぞ　ゆたかなるべき

　反歌

よよたえず法(のり)のしるしをつたへきてあまねくてらす日の本の国

（煩悩で曇らぬ心は空に光を放つが、これを隔ててしまう浮雲を風の吹くにつれて自分から招いてしまい、一体いつからと闇から闇へと抜け出ずに迷うのだろう。これを救うためといって、過去・現在・未来の諸仏は出現されたのだ。

　世に説いた教えはさまざまで七宗に分岐し、根源の真理を起点に仏道を探究するのだが、そうはいっても、釈尊が鹿野苑(ろくやおん)で成道(じょうどう)してより、霊鷲山(りょうじゅせん)で法華経を説いた最後の八年を迎えるまでのこれら顕教は、みな闇を照らす光であって、秋霧を嫌がらず自ら光を放つ清浄な月のような密教とは違うのである。沙羅双樹が白く枯れた釈尊入滅の時より、八百年を経過してからこの密教を弘めようと説かれたことは、最終的にその通りになって、印度・中国・日本と三国を伝来し、わが日本にとどまったのだ。

世界を遍く照らす天照大神、つまり大日如来は、その大日のもとの国だといって、心の御柱をそのままに飾りもせず立てて伊勢に鎮座し、真理はこのように明らかになった。大日如来はみずから永久にこの国をまもる守護者となり、それは何代を経ても絶えないので、私も人間の身ながら、教えを受けた阿闍梨として大覚の位を得たまま揺るがず、世を統治するはずの象徴として、伊勢の海の清浄な浜辺で拾う玉、すなわち大日如来の如意宝珠を磨いて所持し、潮の干満も思いのままにし、風を吹かすのも雨を降らすのもその時機を得ていたら、民衆の炊事の煙も勢いよく上がり、これから万代を経るであろう、葦原の瑞穂の国は豊かに栄えるはずだ。

反歌

何代も絶えず仏法を伝えて来て、結果大日如来が遍く照らす、大日のもとの大日本国)

まず第一段では、心は菩提心（悟りを求める心）、雲は迷妄で、法華経「従冥入於冥、永不聞仏名」の句を引き（9－11）、無明の闇に迷う衆生を救うために、諸仏が出世したとする。

つぎに第二段では、説かれた教えは七宗の区別はあるが（17－18）、「心ひとつ」（20）をもって仏道を探究すると言う。神皇正統記で「およそ本朝流布の宗、いまは七宗なり」として、真言・天台・華厳・三論・法相・律・禅の順に挙げ、この理解と同じか。20は仏教語「一心」を和らげた表現で、どの教えであれ通底する絶対真理を重視して、七宗のいずれかに偏重することを戒める。ここから顕密の教相判釈となる。釈尊は成道の最初に「鹿の園生」鹿野苑に入り小乗を説き

（25−28）、最後は霊鷲山で法華経を八年にわたり説いたという（29−31）。しかし、この顕教は「霧をいとはぬ月ならず」（34−35）、つまり自ら光を放つ月のような、密教の清浄な菩提心とは根本的に違う、と転ずる。これは密教経典の瑜祇経（金剛峰楼閣一切瑜伽瑜祇経）・第七品（大勝金剛心瑜伽成就品）に見える偈のうちの「秋八月の霧、微細清浄の光あるが如し」という句に拠る。霧は地上では月を愛でる障りとなるが、月宮にあれば霧はかえって照らされて微細清浄の光明を放つ。悟りを開けば障りは問題でなくなるという喩えである。瑜祇経にとどまらず、密教を象徴する句で、後宇多自身、この句を「まどかなる八月の月の大空に光となれる四方の秋霧」（新後撰集・釈教・六四八）と詠んでいた。そして密教の付法へと進む。密教の第一祖の大日如来が大日経と金剛頂経を説き、第二祖の金剛薩埵が南天竺の鉄塔に納めていたが、釈尊入滅から八百年、この両部大経を第三祖の龍猛が取り出した（36−39）。それを継承した第五祖の金剛智が入唐して、第七祖の恵果に伝わり、第八祖の空海の手で、密教は三国を経て日本にもたらされた（43−47）。

第三段が長歌の核心で、密教の力で国を護るという思想を詠む。まず「あまねく照らす」（48）は遍照金剛、智恵の光で遍く宇宙を照らす大日如来であり、これが垂迹したのが「大日孁貴」（49）、天照大神である。「大日本国」を「大日の本の国」と解するのも、この時代の真言神道の重要な教説である（伊藤聡「天照大神・大日如来同体説の形成」）。そして、「真木柱つくりもなさぬことはり」（51−53）は、表現は「…真木柱作る杣人いささめに借廬の為とつくりけめや…」（万葉集・七・一三五五）を借りるが、大日如来と天照大神の習合に拠るのであれば、伊勢神宮の正殿の床下にあり、依代とされる「心御柱」を想起させよう。神宮に垂迹した大日は永久にこの国を護ろうと誓いを立てたというのも中世神話の主要なテーマである。「閻浮の身ながらこのままにさとりの位うごきなく」(62-65)とは、龍猛の菩提心論の「父母所生身、速証大覚位」に基づく。父母から授かったこの身のままで、すみやかに仏の悟りの境地を得るとの主張は、空海の即身成仏義や秘蔵宝鑰にも引用され、即身成仏の根拠として広く知られた。「閻浮の身」とは俗世で生きる身、仏教語であるが、やはり古今集の長歌に「…降る雪のけなばけぬべく思へどもえぶの身なれば猶やまず思ひは深し…」(雑躰・一〇〇二)と詠まれた歌語でもある。そしてこれは大日如来の法流を汲み、天照大神の子孫である後宇多自身である。したがって「清きなぎさの伊勢の海にひろへる玉をみがきもち」(68-71)とは、大日如来の象徴である如意宝珠である。中世日本紀では如意宝珠は龍王の宝物であり、彦火火出見尊が海に入り龍宮で授けられた、いわゆる「山幸海幸神話」の二つの玉(潮満瓊・潮涸瓊)でもある。それが神璽さらに天照大神と一体視されたから、「世をさむべき　しるしとて」(66-67)と詠むのにふさわしい。なお、これまで吉田兼右筆二十一代集所収本により、71は「みかきもり」の本文が通行していた。しかし、複数の古写本で「みかきもち」とあり、それは上述の中條の分類のAB両系統に亘って確認できるから、この形が妥当である。この玉を磨き持てば、国を外敵から護り、潮の干満も意のままに、天候も穏やかに、民も豊かに国が栄える、と壮大に詠いおさめる。

如意宝珠は東密で特別な意味を持った。たとえば、弘法大師御遺告第二十四条に「東寺の座主、

図8-4　摩尼宝珠曼荼羅（海の見える杜美術館蔵）鎌倉時代

大阿闍梨耶、如意宝珠を護持すべき縁起」がある。そこではことさら如意宝珠を護持する理由を次のように説く。

道理の意を案ずるに、大海の底の龍宮の宝蔵に無数の玉在り、しかれども如意宝珠は皇帝たり、まさにその実体を伺ふに、自然道理の釈迦の分身なり、何をもてかこれを知る、この玉は宝蔵より、海龍王の肝頸の下に通じ、蔵と頸と不断常住なり、ある時は善風を出し、雲を四洲に発して、万物を生長し、一切衆生を利益せしむ、水府陸地に生まるる万物、誰か利益を蒙らざらんや。

如意宝珠は王権の象徴であり、四洲に風を吹かせ、雨を降らせて、万物を育む、としており、典拠としてよい。しかも、密教の阿闍梨は「能作性の宝珠」、つまりこれを人工的に造ることができるとされた。光宗の渓嵐拾葉集巻十一によれば、空海は稲荷・高野・室生・鳥羽・御室など国内の霊場に如意宝珠を納め、公武の政治家は行方に大いに関心を持ったという。他ならぬ後宇多が伊勢神宮に参詣し、能作宝珠五顆を造りだして奉納したとある。後宇多の参宮は記録では確認できないが、同時代にこのような説が語られること自体、如意宝珠の絶大な法力に政治家が魅了されていた証であろう。

繰り返すが、この長歌の主題は大日如来と天照大神の習合・同体である。これは真言付法纂要抄が参考になる。康平三年（一〇六〇）、真言宗小野流の成尊が後三条天皇に撰進した書で、第一祖の大日から第八祖の空海までの密教付法の歴史、また密教の優越する所以を説いたものである。

たとえば、その十、外護殊勝に、

抑も、贍部洲八万四千聚洛の中にして、ただ陽谷（日本）内にのみ秘密の教を盛んにする事、上文に見えたり。昔威光菩薩摩利支天、即ち大日の化身なり、常に日宮に居して、阿修羅王の難を除けり。今遍照金剛は鎮へに日域に住し、金輪聖王の福を増す。神を天照尊と号し、邦を大日本国と名づく。自然の理、自然の名を立てり。誠にこれを職とする由なるや。この故に南天の鉄塔は迮しと雖も、全く法界の心殿を包たり。東垂の陽谷は鄙しと雖も、皆是大種姓の人なり。明らかに知りぬ、大日如来加持の力の致す所なり（引用は真福寺蔵本による）。

とある。大日如来が垂迹して、日本の金輪聖王（世俗の王、つまり天皇）の福を増すため、神を天照尊と号し、国を大日本国と名づくのは自然の理だという。成尊は後三条から特別な信頼を寄せられ、たとえば即位灌頂も成尊が後三条に秘印を授けたのを濫觴とする。密教と神国思想が接近したこの時代、改めて顧みられたに違いない。

さらに弘法大師御遺告に倣って記された後宇多院御遺告は、その政治宗教観を知る捷径である。ここで後宇多が「夫れ以んみれば、我が大日本国は、法爾（自然摂理の）の称号にして、秘教相応の法身の土なり、故に我が後に血脈を継ぐの法資、天祚を伝うるの君主、盛衰を同じくすべし、興替を伴にすべし、我が法断廃せば、皇統も共に廃せん」（真俗運びを同じくして興隆に励むべき縁起第三）というのは、日本の国号は大日如来に因むとする教説を無条件に受け入れたもので、その上で、密教（法流）と天祚（皇統）の一体を強調するのである。

後宇多は真言密教に傾倒し、徳治二年（一三〇七）出家後は、ほぼ密教僧といってよい生活を送った。教法研鑽に専心するため、やがて政務を後醍醐天皇に譲るのは有名なことである。しかし、この長歌には政務を厭う姿勢は感じられない。

詠作時期は明らかではないが、治天の君として政を聴いている時期と見られ、かつ密教の阿闍梨となった晩年であろう。この勅撰集のために賦したとしてもあながち誤りではなかろう。内容がとても短歌では収まらないため、長歌の形式にし、そこで雑躰の巻が設けられたとしたら考え過ぎであろうか。治天の君がこうした思想を表明するのは重要であり、後醍醐への継承も大いに考えられよう。

しかも続千載集には同じ後宇多の、

わが国に内外(うちと)の宮とあらはれてつたへし法をいままもるらん（神祇・九〇八）
（わが日本国に伊勢の内宮・外宮として出現し、三国を伝えて来た教えをいままさに護っているのだ）

という、胎金両界曼荼羅と伊勢両宮との習合を詠んだ、両部神道思想そのままの作も収められている。続千載集の神祇・釈教の巻は鎌倉時代後期の思想地図であるとさえ言え、もっと注目されてよい。ただ、為世や一門に新機軸を出そうとする姿勢はなく、時代性と下命者の意図がたいへん強く現れた結果と見るべきであろうか。続千載集には面白味に欠けるという評価がつきまとうが、同時代人にはそうでもなかった。本文の乱れはそれだけ広く享受された証拠であるし、実際成立に近い年時古筆切が多数残存する。

＊附記　この項、高橋悠介氏の教えを受けたところがある。記して感謝申し上げる。

## 作者の下地となる「打聞」

続千載集にも「打聞」に相当する私撰集があったであろう。

いまのところそれは不明であるが、為世は続千載集の完成後、元亨三年（一三二三）秋頃、続(しょく)現葉集(げんようしゅう)を編んだ。前半十巻、七五九首が現存し、後半の巻々は散佚したが、成立当初と見られる古筆切が紹介されている。父為氏の現葉集と同じく、現存歌人を対象とし、続千載集の撰外佳作集としての性格を持ち、かつ次の勅撰のための「打聞」としても利用されたのであろう。覚如(かくにょ)の慕帰絵詞(ぼきえことば)巻九に「宗匠二条入道前亜相為世卿、言葉集を家に撰せしは、勅撰に擬して且はのぞまむ輩は向後(きょうこう)作者の下地たるべしなと、御所さまも御沙汰あるよしきこえしかば、その打聞に法印(覚如)加はり侍ける」とあるのは、この続現葉集を指すと考えられる。

続千載集の完成後も、後宇多法皇・後醍醐天皇・皇太子邦良親王と大覚寺統の歌壇ではそれぞれ歌会が頻りであった。そして元亨元年十二月、後宇多は政務を後醍醐に譲った。親政開始を受けて、後醍醐に近しい関係にある為世たちは、やがて勅撰和歌集の命が下されることを予想していたのであろう。

なお、直後の元亨二年三月に撰ばれた拾遺現藻和歌集もまた、二条派勅撰集の「打聞」としての性格を濃厚に持つ私撰集である。全十巻、八二六首で、続現葉集の半分ほどの規模であるが、仮名序を持つ点は特異である。撰者は不明であるが、四十年ほどしてから新拾遺集の撰歌に利用されており、為藤か為明（為藤の長男）ではないかと考えている。

# 第九章 倒幕前夜の歌壇——続後拾遺和歌集

## 続後拾遺集の下命

元亨三年（一三二三）七月二十二日、権中納言為藤が後醍醐天皇の勅を奉じて、第十六番目の勅撰和歌集を編むことになった。八月四日に和歌所で撰歌始、連署衆は為明・為親（ためちか）（為道の長男、為定の兄）・津守国道・同国夏（くになつ）（国冬男）。長く和歌所開闔であった長舜は老齢のため加わらず、かつ撰歌の途上で歿し、かわって実子の実性が地位を継承した。なお為定の名がここに見えないが、疎外されているわけではあるまい。すでに三十余歳、玉葉集以来の作者であり、官歴も順調で、蔵人頭を二年ほど務めた後、この年正月十三日には参議に任じられた。朝廷の中心にあって多忙を極めていたはずである。

連署衆とは別に、編集に携わる寄人が置かれ、医師惟宗光吉（これむねのみつよし）が就いた。この惟宗氏は光吉六代の祖俊雅が丹波忠明の門弟となって始まる新興の医家である。家に伝統はなかったが、和歌もよく詠んで、為世・為藤に信任された。徒然草一〇三段に登場する医師丹波忠守も歌人であり、和歌所に出入りしていた。光吉・忠守は地下の身分ながら、後宇多院に見出されて上北面となり、ついで後醍醐が内昇殿を許した。政治の機密にも関わったらしい。為氏の家司であった藤原盛氏の弟、対馬守盛徳（元盛法師）も健在で、後醍醐の治世に大いに期待していたことが作者異議により分る。盛徳の女子は女蔵人万代の名で在位当初から出仕していた。後醍醐は二条家を重んじ、和歌所にも梃子入れを惜しまず、結果、熱烈な後醍醐シンパというべき、異色の人材が集うことになったのであろう。

## 撰者の交替

為藤は翌四年正月十四日、家の例で民部卿を兼ねたが、七月十七日、五十歳で急逝してしまう。老いた為世はもとより、周囲の衝撃は大きかった。為定が後継すると思われたが、為世が難色を示し、内紛があったごとくである。けっきょく十一月一日、為定が参内、撰者たるべしと直接仰せを蒙って、十日、改めて事始を行った。奉行は後醍醐の寵臣、中宮大夫花山院師賢であった。ほぼ一年後、正中二年（一三二五）十二月十八日、四季部六巻を奏覧した。半年後の嘉暦元年（一三二六）六月九日に二十巻を返納した。為定の参内には、十六歳の為忠が手箱を持って従った。

為忠は為藤の二男、為定の従弟だが、為世に鍾愛された。これをもって実質的な完成とするのは続千載集と同じである。集名は続後拾遺、同じく親政下ということで、白河天皇の後拾遺集を範とした。序はない。部立では巻七を物名歌としたのは珍しい。古歌も対象としているが、巻頭歌は為世である。本文は二類に分かれ、若干の改訂の跡が認められる。第一類の最善本とされる吉田兼右筆二十一代集所収本では千三百五十三首を収める。

直前の続千載集から六年しか隔てず、応製百首も正式には召されず（正中百首は内々のもので終わった）、歌風に際立った特色が見いだせないとされる。

ところで、北畠親房（ちかふさ）は後年、南朝にあって後村上天皇のために古今集注釈書（古今集親房注）を執筆した。その序注で親房は古今集から続後拾遺集までを簡単に紹介した。つまり南朝にあっても勅撰集の計画を忘れないように諭したのであるが、そこに「新古今の時初めて二千首を集めらる。玉葉の時四千首に増す。続後拾遺の時千首に減ぜられをはりぬ」とある。玉葉集の四千首とはまったく誇張であるが、玉葉集・続千載集と肥大したのを適正な数に絞ろうとした意識はあったかも知れない。

実際、コンパクトなゆえによくまとまっているし、撰者や開闔の交替があったにもかかわらず、続千載集のような粗笨（そほん）さはない。後醍醐にとってはみずからの意志で撰ばせた最初の勅撰集であり、かつ撰集の最中には公武融和を宗とした後宇多院が崩御し、直後に正中の変が起こるなど、東西の緊張が高まった時期に相当し、政治史的・文化史的な意義は決して小さくない。

## 「歌道」を詠んだ歌群

この集の作者は五百六十人弱であるが、武家歌人は鎌倉幕府の関係者に限っても六十人を優に越える。もとよりその大半は一、二首の入集にとどまるが、作者層として見れば決して小さなものではない。武士が勅撰集に多く採られるようになったことはこれまでにも触れた。それでは彼らにとり勅撰作者となるとはどのようなことなのか、今度は作品から考えてみたい。巻十六・雑歌中・一〇八一から始まる十一首の歌群を示す（適宜表記を改めた）。

前大納言為世よませ侍りし春日社三十首歌中に
民部卿為藤

①身ひとつを立つるぞからきもしほ焼く浦の苫屋の煙ならねど

百首歌奉りし時
前大納言経継

②もしほ草かきあつめずは何をして老の心のなぐさめにせん

題しらず
平貞直

③かひもなき和歌の浦わのもしほ草かきおくまでを思ひ出にせん

源高氏

④かきすつる藻屑なりともこの度はかへらでとまれ和歌の浦波

藤原範秀

⑤数ならぬ水屑ながらも和歌の浦の浪にひかれて名をやかけまし

大江高広

⑥白波のよるべも知らでいたづらにこぎはなれたる和歌の浦舟

侍従隆教

⑦うきにのみ袖はぬるとも代々へぬる跡をば残せ和歌の浦波

前中納言定資

⑧代々の跡と思へば和歌の浦千鳥まよふ方にぞ音もなかれける

法眼源承わづらひ侍りける時、相伝の文台とて送りつかはして侍りければ

法眼行済

⑨和歌のうらや代々にかはらずすむたづのふみおく跡を形見ともみん

返し

法眼源承

⑩あしたづの代々にふみおく跡なれば忘れずしのべ和歌の浦風

題しらず

藤原長遠

⑪和歌の浦や雲井を知らぬあしたづは聞こえん方も波になくなり

雑部は広く人事や事物に関する詠を集めるが、この歌群は井上宗雄が「廷臣・歌道家・法体・

武家、各々の境遇で和歌にたずさわる感懐を吐露したもので、当時の人々がどのような気持で和歌の道に対していたか、という心境を窺いえて興味深い」（『中世歌壇史の研究　南北朝期』）と述べた通り、歌道あるいは和歌そのものをテーマにしている。隣接する詠が互いに歌語を共通させ、少しづつ歌境を変化させていく排列の妙が依然として看取できる。

まず①撰者為藤の詠が置かれる。為藤の歌は正和三年（一三一四）の作であり、立身の苦しさを立ち上る煙に寄せて詠んだものである。必ずしも歌道に関する述懐ではない。

しかし、②経継（つねつぐ）の詠とは「もしほ」が共通、呼応する。古代の製塩は、ホンダワラなどの海藻を吊して天日に晒し、そこに海水を繰り返し注いで、得られた鹹水（かんすい）をさらに火で煮詰めるという工程を経た。ゆえに「藻塩草」「藻屑」は浦の縁語であるが、「掻いて集める」ことから、しばしば書かれた作品、とりわけ詠草を意味する。したがって②の内容は詞書にある通り、正中百首の作者となった喜びとなる。とすれば、①の為藤の詠は、「藻塩を焼く煙」を詠むことで、撰集の業にたいへん苦労しているのだ、という述懐と読めるようになり、②のみならず、③以下の多数の入集希望の作とも呼応するようにもなっている。

③〜⑧は「題しらず」である（撰集では詞書・作者が空白の場合、それが存する直前のものが懸かる）。したがってそれぞれの作歌事情は知られないが、③北条（大仏）貞直・④足利高氏（尊氏）・⑤小串範秀・⑥長井高広は、③④が鎌倉幕府に、⑤⑥が六波羅探題に仕える武家である。⑦⑧は当時の公家であり、意図的な構成である。しかも③〜⑪にはすべて「和歌の浦」が詠まれる。紀伊国

の歌枕であるが、同時に歌壇の換喩となる。そこで「掻いて集める」藻屑・水屑とはもちろん和歌のことである。これらは強弱の程度はあるにしろ、自詠が入集するよう期待する内容である。かつ武家の四人はそろってこの集に一首の入集である。

⑨の行済（ぎょうさい）は仁和寺の歌僧（晩年の定家と最も親しかった覚寛（かくかん）の孫）、⑩は為氏の弟、源承である。源承は仁和寺歌壇でも活動し、行済を後継者と見込んで、形見分けに文台を譲った。同じ和歌の浦を詠みつつ、古歌の「和歌の浦に潮満ちくれば潟をなみ葦辺をさして鶴鳴き渡る」により、歌壇での源承の偉業と高潔を讃えるため鶴を出した。⑩は鶴から連想した「鳥跡」が文字や和歌の換喩であるために「踏み置く」と詠んだが、文台なので「書置く」を懸ける機智がある。撰者の立場では、類聚歌苑などいくつかの打聞を撰んで、実家のために貢献した源承を顕彰する意図は明らかで、さらに行済には同じ役割を期待したとも受け取れる。

この歌群は、自然な排列が階層を越えた歌壇の拡がりを思わせる。そして歌人が一首だけでも勅撰集に名を留めることをいかに切望したかを強く印象付ける。とくに武士たちの卑屈なほどの謙遜の詠みぶりは、いかに約束事とはいえ、驚くばかりである。前後の集でもこのような歌群が設けられることはあったが、この集は、勅撰集の権威について、かなり意識的である。

ちなみに④は足利尊氏の最も早い和歌である。当時は執権北条高時の偏諱を受け、高氏と名乗っていた。この詠によって晴れて勅撰作者となったが、前回の続千載集の時にも詠草を送ったが不採用、今度はとどまって欲しいと哀願する詠である。撰者にしてみれば初心歌人とのささやか

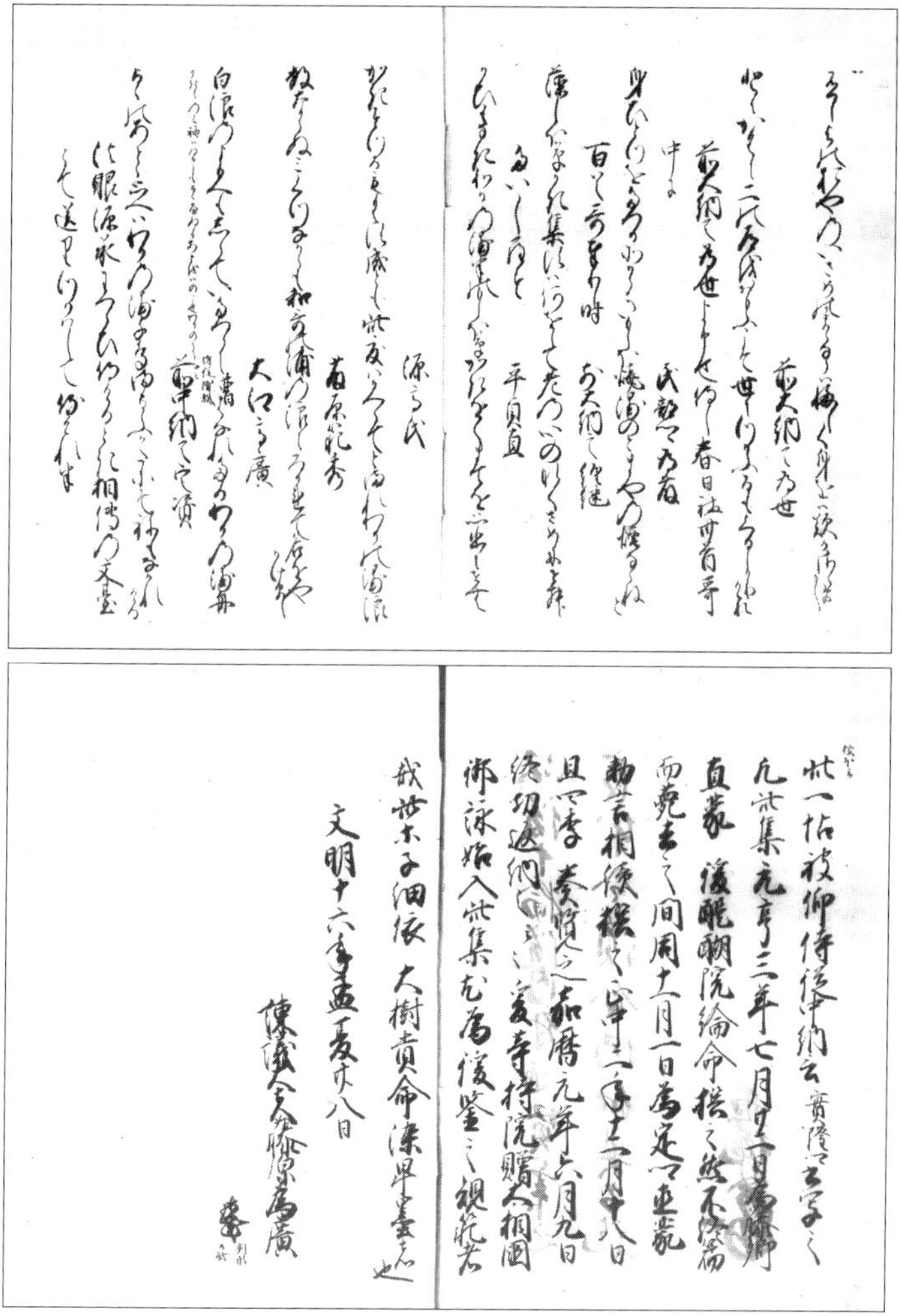

図9–1　続後拾遺集・雑中および奥書（宮内庁書陵部蔵飛鳥井雅章筆二十一代集所収本）

なやりとりに過ぎなかったが、この詠のゆえに室町幕府将軍は続後拾遺集を特別視した。たとえば、九代将軍義尚は、文明十六年（一四八四）四月、冷泉為広に本集を書写させ、奥書に「爰に等持院（足利尊氏）贈大相国の御詠始めてこの集に入る、尤も後鑒の規範たる者かな、此等の子細、大樹（足利義尚）貴命に依り卑墨を染むる者なり」と記させている（前頁図版参照）。

## 得宗被官の入集

ところで、⑪の藤原長遠は、「塩飽左衛門尉」と称した武士で、六位の得宗被官である。吾妻鏡建長二年（一二五〇）十二月十八日条に時頼に仕える「塩飽左衛門大夫信貞」が塩飽氏の史料上の初見、以後は時宗・貞時・高時に近侍した。俗名・法名とも「遠」を通字とした一族で、太平記巻十「塩飽父子三人自害之事」に、幕府滅亡の時に高時に殉じた「塩飽新左近入道聖遠」は長遠の近親であろう。長遠の歌は、「波」は「無み」の懸詞であるから、自分は雲井、つまり堂上歌人に縁もなく、聞いてくれる人もいないので、鶴が葦間で鳴くように泣いている、という意である。④と同じく大した歌歴も縁故も持たないとする、初学の者の述懐である。なお、⑪は第一類の諸本はじめ持たない伝本が多く、歌群の最末に位置することからも（武家の歌は武家でまとめる傾向がある）、明らかに奏覧の後になって追加された一首であろう。

この時期、得宗被官が実力を貯え、幕府政治を壟断したことはよく知られている。うち長崎・

尾藤・諏方の三家が筆頭であり、得宗家公文所の執事でかつ内管領を務めた。貞時は入集を禁止したというが、続後拾遺集では六位の得宗被官が、他に少なくとも三名いる。

まず、新後撰集の作者であった安東重綱が二首入集、うち一首が、

なつみ川さゆる嵐もふくる夜に山陰よりやまづこほるらん（冬・四七一）
（夏箕川が凍るほどの嵐も吹いて更ける夜は、山陰からまず凍るのだろうか）

と、四季部に入れられた（吉田兼右筆二十一代集所収本では作者を季綱とするが、他本および作者部類により重綱が正しいと分る）。夏箕は大和国の歌枕（現吉野町菜摘）。吉野より吉野川を少し遡る。新古今集（萬葉集にも）・冬・湯原王「吉野なる夏箕の川の川淀に鴨ぞなくなる山陰にして」の本歌取りで、夏箕川という名なのに凍るという機智もある。

ついで、尾藤六郎左衛門尉頼氏。頼氏はすでに玉葉・続千載二代の作者で、ここでは一首採られている。

袖におく露にはかはる色もなし草葉のうへや秋もみゆらん（雑上・一〇二一）
（袖に置いた露は変わった色もない。色づく草葉の上に置いたら秋と分かるのだろう）

露は涙を暗示するが、述懐色も薄く、秋部に入集しても問題ない。雑歌とされたのは、安東重綱とのバランスに配慮したのかも知れない。なお了俊歌学書に「尾藤六良左衛門と云ひける数寄物」「尾藤は為相卿の弟子にて」などとあり、頼氏は冷泉門であった。

さらに、北条高時の内管領として著名な長崎高資（たかすけ）の歌は、深津睦夫によれば、巻十七・雑歌下に「よみ人しらず」の隠名入集であったものが、巻十六・雑歌中に移されて、かつ「平高資」と名を顕されているという。高資は続現葉集の作者であり、歌道の嗜みがあった。太平記によれば、正中の変に際し、高資は後醍醐の配流を声高に唱え、二階堂道蘊（どううん）らと対立したという。少なくとも幕閣では強硬派であった。深津が推定するように、懐柔を狙う後醍醐の意を受けて、撰者が名を顕わすように改訂した可能性はかなり高い。

勅撰集への武家歌人の入集をめぐっては、さまざまな政治的な力学が働いていた。自身和歌を愛した北条貞時が一門の被官に入集を禁じたのは、「六位は入れない」という原則に抵触するからだが、被官が勅撰集のなかで肩を並べることは許容しがたかったであろうし、また歌道を介して公家社会の思惑に巻き込まれることを警戒したのかも知れない。しかし勅撰集に名をしるすことを切望した被官の和歌好尚は、そんな禁制くらいでとどめられるものではなかった。それは完全に主君の意向に反していた。続後拾遺集における得宗被官の扱いは、この層が政治・文化の諸相を実質的に動かしていくことさえ予想させるのである。

とはいえ、権勢の絶頂期にあり、それにものを言わせて入集したはずの彼らの和歌には、穏やかではあるが沈鬱な作が目立つ。

うき世には聞くぞさびしき山里にすまばならひの松風の声（高資）

（辛い世にいれば聞くだけで寂しい。山里に住めば慣れて何も感じなくなる松風の声）

うきことのなほも聞こえばいかがせん世のかくれ家と思ふ山路に（重綱）

（いやなことをまた耳にしたらどうしよう。この世から隠れて住む家と思う山中に）

第二類本においてこの二首は雑歌中の遁世をテーマとした歌群にある、それらは厭世観の表明、山林隠遁への憧れ、踏み切った後悔などを詠んでいる。もちろんポーズであり、真情ととる必要はなく、時代の風潮なのである。この手の歌は、「題しらず」で一括してまとめられて、同工異曲の歌が多くたちならぶため、個性を発揮する余地もなく埋没してしまう。撰者の計算なのであろう。

このようなしきたりは、決して続後拾遺集に限られることではあるまい。十三代集ではそのようなことがいわば常態であったはずであるし、遡って八代集とてそうした工夫が必要であろう。政治的配慮を求められるいっぽう、格調を損なわず、かつ信奉する歌風も主張して、治天の君の期待に応えなければならない。歌風の低調ばかりが非難される十三代集であるが、もし撰集を一つの有機体として見るならば、大きな破綻はないと言える。文藝的に高い価値があるとして数多くの研究者の関心を惹き付け、さまざまな角度から分析されている恵まれた集とて、事情は同じであろう。このようなことは文学とは関係ない事柄であると無視し、後世末流のこととして取り上げない傾向は、非生産的で危険なことではないかと思う。知り得ることは当時の人の知っていたことの何十分の一であるとしても、それを追尋復原する試みは続けるべきであろう。

## 二八明題集と二八要抄

続後拾遺集で勅撰和歌集の数は十六に達した。本書で主として取り上げた鎌倉時代だけでも九集を数える。つぎの風雅集までは約二十年の間隔がある。意図した空白ではなく、全国を巻き込んだ元弘・建武の戦乱によるのだが、この時期、勅撰集の歴史を顧みるような仕事がいくつか生まれている。

十六の勅撰集を総計すればすでに二万三千四百首に及ぶ。通読も困難であろう。そこで成立するのが二八明題和歌集である。十六集より六五八九首を抄出、四季・恋・雑十巻に、二千二百余りの歌題を新たに設け、その下に歌を配した、類題和歌集である。

撰者は不明である。永正十二年（一五一五）に、駿河の戦国大名今川氏親が、二八明題集の後を受け、風雅集から新続古今集を対象に、続五明題和歌集を撰んだ。その序を駿府在国中の冷泉為広が寄せている。そこで二八明題集に触れて「古今集より続後拾遺にいたり十六代集の歌、しげ糸の一ふしある題、つのさふる岩の一日のかど侍る歌どもを撰び出して、二八明題和歌集と称せるもの侍り」と述べている。今川家は代々冷泉門であったから、為広は敢えて触れないだけで、二八明題集は今川家の生んだ偉大な歌人、了俊（貞世）の撰であったと見る説もある。ただ、二条為冬を伝承筆者とする、南北朝時代初期の古筆切が多数現存するので、鎌倉時代最末期の成立と断じてよい。了俊では若年に過ぎる。

さらに為広が「一ふしある題」と「かど侍る歌」を抄出した、と評価したのは重要である。定家八代抄、八代集部類抄など、勅撰集の抜書は過去にもあったが、二八明題集は、主として結題（むすびだい）（複数の事物・概念を結びつけた歌題）を立てており、題詠が盛んになって以後の、曲折ある詠を選んでいるようである。したがって、これまでの抜書とは逆に、三代集・後拾遺集の詠はわずかで、十三代集の詠が大量に採られる。多いものは玉葉集（千百四首）・続古今集（七百十四首）・続千載集（六百六十首）の順であり、また各集の全歌数に対する抄出の比率では、金葉集（三百三十四首）が五割以上を採って突出する。異端とされた勅撰集の比重が高いことが注目される。歌人で多く採られたのは俊成（百五十三首）・為家（百四十二首）・定家（百三十九首）・後嵯峨院（百十九首）・西園寺実氏（百十二首）…となるが、そもそも多数入集者で、特定の歌人を尊重したわけではない。ちなみに為世四十四首に対して為兼二十七首、歌壇の党派色は余り感じられない。

歌題別に過去の勅撰集所収歌を一度に参照できるのだから、室町・戦国期には詠歌の手引きとして広く読まれたらしい。それゆえ、武家の好士の手になるとする考えも生ずる。ただし、歌題の分類が極めて細かく、むしろ題詠の技法についてかなり専門的な知識を持った歌人の仕事であろう。およそ新後撰集から続後拾遺集の時代まで、和歌所で右筆として多年活動した藤原盛徳は、作者部類のほかにも、類題集や類句集などを多く編んだらしいので、撰者にはむしろこのような人物を擬した方がよいかも知れない。

なお、二八要抄という私撰集もある。やはり古今集から続後拾遺集までの勅撰集を抄出したもので、現在恋部八巻、八百八十六首が残る。こちらは詞書などもそのまま残し、類題集としての編纂意識は乏しく、二八明題集と直接の関係は認められない。

撰者は不明であるが、花山院師賢筆の零本・古筆切が残存している。師賢（一三〇一〜一三三二）は後醍醐の寵臣である。元弘の乱では後醍醐の身代わりとなって捕縛され、下総国の謫所（たくしょ）で病没している。その自筆本が残るとなれば、二八要抄は嘉暦元年（一三二六）から元弘元年（一三三一）の間に成立したことになる。師賢は和漢の学に秀でて、続後拾遺集でも奉行を務めた。為定とはすこぶる親しかったと増鏡が伝えている。撰者を師賢に擬してもよいであろう。ちなみに尹大納言絵巻も師賢が画中詞を執筆しており、現在は二軸と断簡をとどめるのみだが、嘉暦元年ころの後醍醐天皇の内裏を舞台にして、廷臣・女房の対話形式で、宮廷の出来事や実在の人々のエピソードを取り上げたものである。さきに触れた通り、玉葉集について批判する会話があり、そこでは成立したばかりの続後拾遺集が称賛されていたことが想像される。

以上の実例を見ていると、倒幕の前夜で緊張を孕んでいたのは事実であるが、朝廷の雰囲気は

**図9–2　尹大納言絵巻断簡**（藤田美術館蔵『玉依潤疊』所収）

予想外に活気があり、文化的な成果は豊饒である。鎌倉時代後期は、公家・武家ともに、支配構造の変化と社会不安、それに対応できない政治家の迷走が喧伝されている。時代の始まりの清新さに対して、どうしても分が悪いにしろ、逼塞した闇黒の時代のように考え過ぎてきた嫌いがある。

幕府の崩壊は突発的なものであって、人々には予想もできなかったらしい。大覚寺統の治天の君はむしろ治世を楽しむ余裕さえもっていた。そのもとで二条家は繁栄を謳歌した。続後拾遺集はその記念碑であり、和歌所に集う面々は当時の一流の人々である。かつ周辺には派生したいくつもの試みがあった。

## 勅撰作者部類の成立

この時期に勅撰作者部類もまとめられた。

これまでも何度か言及したが、勅撰集に入集した歌人を網羅し、身位・位階によって三十六部に分類してさらに初出勅撰集の順に排列した上で、各人に世系・極官位・没年などの略歴と、各集への入集状況を示した便覧である。和歌所に属した藤原盛徳の手になる。その末尾に建武四年（一三三七）七月六日の識語がある。その後、同じく和歌所寄人であった惟宗光之（みつゆき）（光吉男）が康安二年（一三六二）正月、風雅集・新千載集の作者を増補した。現存諸本はすべて光之の増補本（旧作者部類）を祖本とする。

盛徳は幼年より為世の弟定為に「随順」し、新後撰集に初入集、玉葉集は零、続千載集に四首、続後拾遺集に二首、二条派歌人と言えるが、主に右筆として活動した。作者異議によれば、盛徳は生涯をかけて「宗匠ノ家ニ寄スベキ部類、五百巻バカリ」を編纂したという。この部類とは要するにさまざまな文献の記事を主題ごとに抄出し分類した、百科全書的な、巨大な類書（るいしょ）であり、勅撰作者部類もその一部なのである。具体的には、歴代の勅撰和歌集の目録を統合したと思われ、原形は早くから和歌所で作られていたであろう。

過去の和歌所の活動の痕跡もとどめている。たとえば、四位・五位の廷臣には、平安時代（すなわち八代集）の歌人に限り、殿上人として活躍した年代の注記が見られるが、これは新勅撰集の時、為家が中原師季に送らせた「八代集作者四位以下の伝」が反映されている（一〇三頁）。それから、続拾遺集・新後撰集の作者にしばしば「現」「故」を注記するのは、両集の目録（現存・故人）の転記である。さらに、五位の源季広（清季）という歌人にわざわざ「兼氏の先祖」との注記があるのは、続拾遺集の開闔源兼氏ないしその近親が、目録の編纂に携わっていたと推測させる。新後撰・続千載・続後拾遺など二条派勅撰集の撰進について、内部事情に及ぶことがあるのも、盛徳が編纂の現場にいたからに他ならない。

作者部類でしか知られない伝記情報は多いが、中世唯一の文学者名鑑というべきこの書を活用すれば、勅撰集の構造をこれまでと違った観点で評価することができる。

ところで、江戸時代に勅撰作者部類は作者索引としての用途を求められた。残りの三勅撰集の作者を追加し二十一代集に対象を広げ、かつ身分階層別の分類を撤廃し、名字の頭字の音読みで排列し直した、改編本が生み出された。『校訂増補五十音引　勅撰作者部類』（六合館）、『校注国歌大系』第二十三巻（国民図書株式会社）、『八代集全註』第三巻（有精堂出版）など近代に通行した活字本はすべてこの改編本を底本とする。この改編本では、盛徳・光之の原撰本の有した注記が相当に誤写されたり、削除されたりしてしまった（スピアーズ　スコット「『勅撰作者部類』の諸問題」）。注記のみならず、原撰本での部類、排列にこそ大いに意味があった。拙著では原撰本を初めてそのまま校刊したので、参照されたい。

## 藤原盛徳の願い

さて本書は、綺羅星のごとき才能の集った、新古今集の和歌所から始めて、南北朝時代の直前に活動し、勅撰作者部類を編んだ藤原盛徳のもとに至った。

このような偉業が文学史上ではほとんど無名の歌人によって達成されたことは驚くべきであるが、そのことを盛徳は自覚していた。「スヱノ世マデモシノバレヌベキ一首」を詠めなかったので、この部類をまとめて後世に残していくのだ、と告白する。この妄執、当時の和歌所のメンバーに共通していた。開闔の長舜は、続後拾遺集の撰歌の途中で歿したが、「和歌所に小蛇か小鼠かに成りて候はんと覚え候。さやうのものの見え候はん時、かまへて手かけさせ給ふな」（井蛙抄巻六雑談）と遺言した。果たして和歌所の文書の間に小蛇が蟠っていた。息の実性は恐怖に震えたという。

盛徳が勅撰作者部類を完成させたのは、続後拾遺集の成立から十年ほど経った建武四年（一三三七）のことであった。八十歳に近かったと思われる。

> 建武四年七月六日、これを類聚し、更に清書す、余算の相迫るを忘れ、多日の労功を成す、速かにこの愚老の業力を翻し、忽ちにかの作者の菩提に資せんのみ、元盛判

もとより、白居易の著名な詩句「願はくは今生世俗の文字の業、狂言綺語の誤りをもつて、翻して当来世々の讃仏乗の因、転法輪の縁とせむ」（和漢朗詠集・仏事）を踏まえ、文学は仏道修行の妨げとなるという、いわゆる狂言綺語観を克服しようとしたものである。そうした考えじたいは珍しくない。ただ、勅撰集の業の深さは格別のものであった。

撰歌は撰人であった。勅撰集が撰進されるたびに、夥しい歌人が情熱を傾け、喜んだり憂えたりして、生涯を終えていった。三千人の伝記を整理し終えた時に、盛徳は名を留める歌人たちを思って、みずからの注いだ労力を反転させて、妄執に迷うであろう彼らが悟りに至るための一助としたい、と記したのであった。それは盛徳自身の願いでもあろう。

凡才は天才を越えられず、恨みは深い。後鳥羽院や京極為兼の個性は際立って鮮やかであり、そういう天才が手を下した撰歌は実に見事であった。ただ、それはやはり一回かぎりの奇跡である。中世の勅撰集とは、押し寄せる歌人の、歌道への情熱を吸収し、ともかく余計な波瀾を起こさず、確実に続けなければならない事業である。和歌所で黙々と働き、撰者を助けて、勅撰集を完成させていたメンバーは、かつてであれば、おそらく名も残らなかった人々であった。その勅撰集の紙面も、六位や凡僧が実名で飾るようになった。やがて、歌壇には頓阿ら和歌四天王が躍り出て、天皇や将軍への和歌の指導さえ代行する。こうした野僧の活躍はまさに文学史の下剋上であるが、どれほど人材が払底しようとも、歌道師範家には忠誠を尽くし、勅撰集の権威を決して否定しようとはしなかった。

この時、後醍醐天皇は吉野に奔り南朝を開き、足利尊氏が擁立した北朝の光明天皇の世となっていた。二条家の人々は京都にとどまったものの、為世は翌年に歿し、為定・為忠・為明ら、いずれも後醍醐の愛顧を受けたために逼塞している。住吉・天王寺一帯は、たびたび北朝方と南朝方の激戦地となり荒廃、津守氏の一門は南朝方につき、和歌所には戻って来なかった。勅撰和歌集の歴史の上で、続後拾遺集と風雅集の間には、見えないが深い断絶があった。これがどのようにして再生するのか、あるいは新しい伝統が生まれるのかは続編で記すことにしたい。

## 主要参考文献

比較的近年の編著論文を中心とした。各章内では編著者名順に排列したが、影印本・校注本・史料集等を始めに掲げた。


### ＊全体に亘るもの

後藤重郎編『勅撰和歌十三代集研究文献目録』和泉書院、一九八〇年
冷泉家時雨亭文庫編『冷泉家古文書』、冷泉家時雨亭叢書51、朝日新聞社、一九九三年
有吉保『勅撰和歌集入門　和歌文学理解の基礎』勉誠出版、二〇〇九年
井上宗雄『中世歌壇史の研究　南北朝期』明治書院、一九六五年〔改訂新版一九八七年〕
井上宗雄『鎌倉時代歌人伝の研究』風間書房、一九九七年
井上宗雄『中世歌壇と歌人伝の研究』笠間書院、二〇〇七年
小川剛生『中世和歌史の研究　撰歌と歌人社会』塙書房、二〇一七年
深津睦夫『中世勅撰和歌集史の構想』笠間書院、二〇〇五年
福田秀一『中世和歌史の研究』角川書店、一九七二年
福田秀一『中世和歌史の研究　続篇』岩波出版サービスセンター、二〇〇七年
「特集　勅撰集をどう見るか」国文学解釈と鑑賞33‐4、一九六八年三月

### 序章　「和歌所」の源流

太田静六「宇治関白藤原頼通の邸宅・高陽院の考察」『寝殿造の研究』吉川弘文館、一九八七年

永田和也「御書所と内御書所」国学院大学大学院紀要文学研究科編20、一九八九年三月
西下経一『古今集の伝本の研究』明治書院、一九五四年
増田繁夫「勅撰和歌集とは何か」『和歌文学論集2　古今集とその前後』風間書房、一九九四年
村瀬敏夫『紀貫之伝の研究』桜楓社、一九八一年
簗瀬一雄「『和歌政所一品経供養表白』について」『俊恵研究』簗瀬一雄著作集1、中道館、一九七七年
山口博「後撰和歌集の成立」『王朝歌壇の研究　村上冷泉円融朝篇』桜楓社、一九六七年
山口博「古今集の形成」『王朝歌壇の研究　宇多醍醐朱雀朝篇』桜楓社、一九七三年

## 第一章　開闔・源家長と歌人たち——新古今和歌集

石田吉貞・佐津川修二著『源家長日記全註解』有精堂出版、一九六八年
稲村榮一『訓注明月記』一〜八、松江今井書店、二〇〇二年
ノートルダム清心女子大学古典叢書刊行会編『新古今集断簡』ノートルダム清心女子大学古典叢書、福武書店、一九八一年
藤田一尊ほか校注『源家長日記　飛鳥井雅有卿記事　春のみやまぢ』中世日記紀行文学全評釈集成3、勉誠出版、二〇〇四年
冷泉家時雨亭文庫編『隠岐本新古今和歌集』冷泉家時雨亭叢書12、朝日新聞社、一九九七年
冷泉家時雨亭文庫編『源家長日記　いはでしのぶ　撰集抄』冷泉家時雨亭叢書43、朝日新聞社、一九九七年
冷泉家時雨亭文庫編『翻刻　明月記紙背文書』『翻刻　明月記』一〜三、冷泉家時雨亭叢書別巻1〜4、朝日新聞社、二〇一〇〜一八年
太田克也「家長日記の成立と家長本新古今和歌集」三田國文63、二〇一八年一二月
鹿嶋（堀部）正二「藤原定家自筆の撰集草稿断簡に就いて」上、清閑4、一九三八年一〇月

久保木秀夫・中川博夫『新古今和歌集の新しい歌が見つかった！８００年以上埋もれていた幻の一首の謎を探る』笠間書院、二〇一四年
後藤重郎『新古今和歌集の基礎的研究』塙書房、一九六八年
佐々木孝浩「勅撰和歌集と巻子本」『日本古典書誌学論』笠間書院、二〇一六年
佐藤恒雄「定家進覧本の形態と方法」『藤原定家研究』風間書房、二〇〇一年（初出一九八一・八二年）
杉本まゆ子「資料から見る撰集作業」瞿麦30、二〇一六年三月
田渕句美子『新古今集　後鳥羽院と定家の時代』角川選書、角川学藝出版、二〇一〇年
田渕句美子「『新古今和歌集』の変容――『明月記』等に見える切継」文学・語学217、二〇一六年一二月
寺島恒世「国文学研究資料館蔵「新古今和歌集撰歌草稿」について」調査研究報告33、二〇一三年三月

## 第二章　撰者の日常――新勅撰和歌集

神作光一・長谷川哲夫『新勅撰和歌集全釈』一～八、風間書房、一九九四～二〇〇八年
中川博夫『新勅撰和歌集』和歌文学大系6、明治書院、二〇〇五年
樋口芳麻呂解題『新勅撰和歌集』日本古典文学影印叢刊13、貴重本刊行会、一九八〇年
久松潜一編校『歌論集　一』中世の文学、三弥井書店、一九七一年
石田吉貞『藤原定家の研究』文雅堂銀行研究社、一九五七年
石田吉貞「新勅撰集の考察」『新古今世界と中世文学』上、北沢図書出版、一九七二年
久曾神昇「新勅撰集の稿本」『仮名古筆の内容的研究』ひたく書房、一九八〇年
五味文彦「中納言定家と上卿故実」『明月記の史料学』青史出版、二〇〇〇年
佐藤恒雄「新勅撰和歌集の成立」『藤原定家研究』風間書房、二〇〇一年
中川博夫「『新勅撰和歌集』序の定家」中四国中世文学研究会編『中世文学研究――論攷と資料』和泉書院、

一九九五年
樋口芳麻呂『平安・鎌倉時代秀歌撰の研究』ひたく書房、一九八三年
松野陽一「西光寺蔵「新勅撰和歌集」について」地方史静岡25、一九九七年五月
森晴彦『新勅撰和歌集巻頭巻軸歌の研究』おうふう、二〇〇八年
森幸夫『北条重時』人物叢書、吉川弘文館、二〇〇九年

**第三章　創られる伝統——続後撰和歌集**

佐藤恒雄『続後撰和歌集』和歌文学大系37、明治書院、二〇一七年
今井明「続後撰和歌集に見る「新古今時代」——その撰歌と歌壇像」香椎潟46、二〇〇〇年一二月
今井明「勅撰和歌集と天皇正統観——続後撰和歌集の場合」文芸と思想69、二〇〇五年三月
小川剛生「『百人一首』の成立」中川博夫・田渕句美子・渡邉裕美子編『百人一首の現在』青簡舎、二〇二二年
加地宏江「〈資料紹介〉津守氏古系図について」人文論究37-1、一九八七年七月
佐藤恒雄「後嵯峨院の時代とその歌壇」「続後撰和歌集の配列」「続後撰和歌集の撰集意識」「続後撰和歌集の当代的意識」『藤原為家研究』笠間書院、二〇〇八年
田渕句美子『百人一首　編纂がひらく小宇宙』岩波新書、岩波書店、二〇二四年
樋口芳麻呂「続後撰目録序残欠とその意義」国語と国文学36-9、一九五九年九月
保坂都『津守家の歌人群』武蔵野書院、一九八四年

**第四章　東西の交渉と新奇な試み——続古今和歌集**

藤川功和ほか『続古今和歌集』和歌文学大系38、明治書院、二〇一九年

三角洋一・高木和子『物語二百番歌合　風葉和歌集』和歌文学大系50、明治書院、二〇一九年
山本啓介・石澤一志・佐藤智広『為家卿集・瓊玉和歌集・伏見院御集』和歌文学大系64、明治書院、二〇一四年
小川剛生『武士はなぜ歌を詠むか　鎌倉将軍から戦国大名まで』角川叢書40、角川学藝出版、二〇〇八年
佐藤恒雄「続古今和歌集の撰集下命」「続古今和歌集の撰集について」「続古今和歌集の御前評定」『藤原為家研究』笠間書院、二〇〇八年
渋谷虎雄編『古文献所収万葉和歌集成　平安・鎌倉期』桜楓社、一九八二年
田渕句美子「『風葉和歌集』恋歌の編纂と享受――「風」、ジェンダー、異性装など」国文学研究194、二〇二一年六月
前田雅之『記憶の帝国　「終わった時代」の古典論』右文書院、二〇〇四年

## 第五章　和歌所を支える門弟――続拾遺和歌集

小林一彦『続拾遺和歌集』和歌文学大系7、明治書院、二〇〇二年
源承和歌口伝研究会『源承和歌口伝注解』風間書房、二〇〇四年
古文学秘籍複製会編・三条西公正解題『古今和歌集　寂恵本』上・下、古文学秘籍叢刊、一九三三、三四年
寂恵法師文輪読会「『寂恵法師文』翻刻」研究と資料42、一九九九年一二月
寂恵法師文輪読会「『寂恵法師文』注釈」上下、研究と資料45、50、二〇〇一年七月、二〇〇三年一二月
冷泉家時雨亭文庫編『古記録集』冷泉家時雨亭叢書61、朝日新聞社、一九九九年
福田秀一・井上宗雄編『中世歌合集と研究』上、未刊国文資料刊行会、一九六八年
赤澤春彦『鎌倉期官人陰陽師の研究』吉川弘文館、二〇一一年
小川剛生「謡曲「六浦」の源流――称名寺と冷泉為相・阿仏尼」金沢文庫研究347、二〇二一年一〇月

久保田淳「順教房寂恵」『中世和歌史の研究』明治書院、一九九三年（初出一九五八年）
小林一彦「為家・為氏・為世——新古今の亡霊と定家の遺志」国文学解釈と教材の研究42-13、一九九七年一一月
佐藤恒雄「覚源・慶融その他——附、御子左藤原為家系図」「為家の所領譲与」『藤原為家研究』笠間書院、二〇〇八年
下沢敦「『太平記』の記述に見る京都篝屋」共栄学園短期大学研究紀要18、二〇〇二年三月
平舘英子「伝為兼卿筆『続拾遺和歌集』」国文目白44、二〇〇五年三月
舟見一哉「寂恵の古典書写をめぐって——筆跡と本文」東京大学史料編纂所研究紀要26、二〇一六年三月
田渕句美子『阿仏尼』人物叢書、吉川弘文館、二〇〇九年
塚本ともこ「鎌倉時代篝屋制度の研究」ヒストリア76、一九七七年九月
藤本孝一『本を千年つたえる　冷泉家蔵書の文化史』朝日選書、朝日新聞出版、二〇一〇年

**第六章　打聞と二条家和歌所——永仁勅撰企画・新後撰和歌集**

久保田淳・石澤一志・小山順子『新後撰和歌集』和歌文学大系8、明治書院、二〇一三年
濱口博章解題『陽明文庫蔵　為兼卿和歌抄・京都大学附属図書館蔵　為兼卿記』和泉書院影印叢刊8、和泉書院、一九七九年
冷泉家時雨亭文庫編『冷泉家歌書紙背文書』上下、冷泉家時雨亭叢書81・82、朝日新聞社、二〇〇六〜七年
井上宗雄『京極為兼』人物叢書、吉川弘文館、二〇〇六年
岩佐美代子「巻頭巻軸歌から見た玉葉集の特色と意義附、「定成朝臣玉葉集正本」考」『京極派和歌の研究』笠間書房、一九八七年
小川剛生「兼好の居る場所」中世文学67、二〇二二年六月

久保木秀夫「類聚歌苑」『中古中世散佚歌集研究』青簡舎、二〇〇九年（初出二〇〇四年）
小林大輔「長舜と二条家和歌所」和歌文学研究83、二〇〇一年一二月
中條敦仁「『新後撰和歌集』伝本考」同朋文学33、二〇〇五年三月
森幸夫『六波羅探題の研究』続群書類従完成会、二〇〇五年
森幸夫『六波羅探題　京を治めた北条一門』吉川弘文館、二〇二一年
渡邉裕美子「『千載和歌集』の成立過程――「うちぎき」から勅撰集へ」神作研一ほか編『和歌史の中世から近世へ』花鳥社、二〇二〇年

## 第七章　おそろしの集――玉葉和歌集

岩佐美代子『玉葉和歌集全注釈』上・中・下・別、笠間書院、一九九六年
佐々木孝浩ほか校注『歌論歌学集成』第十巻、三弥井書店、一九九九年
中川博夫『玉葉和歌集』上・下、和歌文学大系39・40、明治書院、二〇一六～二〇年
石井良助（清水克行ほか編集）『新版　中世武家不動産訴訟法の研究』高志書院、二〇一八年（原著一九三八年）
岩佐美代子『京極派と女房』笠間書院、二〇一七年
佐伯梅友・村上治・小松登美編『和泉式部集全釈［正集篇］』笠間書院、二〇一二年
佐野みどり「尹大納言繪巻斷簡」國華1179、二〇一二年四月
田村悦子「尹大納言絵巻に関する若干の考察」美術研究326、一九八三年一二月
次田香澄（岩佐美代子責任編集）『玉葉集風雅集攷』笠間書院、二〇〇四年
森茂暁「鎌倉後期における公家訴訟制度の展開」『鎌倉時代の朝幕関係』思文閣出版、一九九一年

## 第八章　法皇の長歌――続千載和歌集

久保田淳編『吉田兼右筆十三代集　続千載和歌集』笠間書院、一九九七年
国文学研究資料館編『中世先徳著作集』真福寺善本叢刊〈第二期〉3　臨川書店、二〇〇六年
伊藤聡「天照大神・大日如来同体説の形成」『中世天照大神信仰の研究』法藏館、二〇一一年
恵良宏「鎌倉時代における住吉大社」、田中卓監修『住吉大社史』下、住吉大社奉賛会、一九八三年
小川剛生『拾遺現藻和歌集　本文と研究』三弥井書店、一九九六年
酒井茂幸「二条為世の玉津島信仰をめぐって」『禁裏本歌書の書誌学的研究――蔵書史と古典学』新典社、二〇二一年
佐々木孝浩「巻子装の勅撰集――続千載和歌集を中心に」神作研一ほか編『和歌史の中世から近世へ』花鳥社、二〇二〇年
武内孝善訳注『詳解後宇多法皇宸翰御手印遺告　後宇多法皇御入山七百年記念』大本山大覚寺、二〇〇七年
中條敦仁「『続千載和歌集』諸本論」和歌文学研究80、二〇〇〇年六月
中條敦仁「作者・官位表記異同にみる『続千載和歌集』の諸伝本と撰集過程」同朋文学30、二〇〇一年三月
中島義紘「津守国冬の生涯、付、「津守国冬五十首」翻刻」新大国語2、一九七五年三月
野口実・長村祥知・坂口太郎『公武政権の競合と協調』京都の中世史3、吉川弘文館、二〇二二年
平野多恵「中世後期の勅撰和歌集における釈教歌――『新後撰和歌集』『続千載和歌集』の宗教性と政治性」国語と国文学92-5、二〇一五年五月
深津睦夫「中世勅撰和歌集における「天照神」像――中世神道説による変容の可能性をめぐって」『神道と和歌』和泉書院、二〇二四年
藤田明良「鎌倉後期の大阪湾岸――治天の君と関所」ヒストリア162、一九九八年一一月
真木隆行「後宇多天皇の密教受法」大阪大学文学部日本史研究室編『古代中世の社会と国家』清文堂出版、

一九九八年
村山修一「如意宝珠の霊能」『変貌する神と仏たち　日本人の習合思想』人文書院、一九九〇年
山本啓介「中世勅撰和歌集考──『続千載和歌集』巻七「雑体」をめぐって」青山語文51、二〇二一年三月

## 第九章　倒幕前夜の歌壇──続後拾遺和歌集

深津睦夫『続後拾遺和歌集』和歌文学大系9、明治書院、一九九七年
宮内庁書陵部編『二八明題和歌集』上下、圖書寮叢刊、宮内庁書陵部、一九七九～八〇年
稲田利徳『和歌四天王の研究』笠間書院、一九九八年
スピアーズ　スコット「『勅撰作者部類』の諸問題──その改編を中心に」和歌文学研究95、二〇〇七年一二月
田中登「八代集部類抄から二八明題集へ──付、二八要抄の古写断簡」『古筆切の国文学的研究』風間書房、一九九七年

# 附録

## Ⅰ　新古今和歌集撰歌草稿（国文学研究資料館蔵）

水上落花といふことヲ人〳〵よみ侍りけるに

1　かすみゆくやよひのそらの山のはをほの〳〵いつるいさよひの月

中納言雅兼

2　（金葉集）はなさそふあらしやみねにふきつらん

さくらなみよるたにかはの水

3　よしの山くもにうつろふ花のいろをみとりのいろにはる風そ吹

花十首哥よみ侍りけるに

左京大夫顕輔

4　ちらはちれよしやよしのゝ山さくらふきまふ風はいふかひもなし

5　ふもとまておのへのさくらちりこすは

可在一上浄　たなひくゝもとみてやすきまし

五十首哥たてまつりける時はるの心を　御製

6　わきてこのよしのゝ花のをしきかはなへてそつらきはるの山風

藤原家隆朝臣

7　さくらはなゆめかうつゝかしらくもの

たえてつれなきみねのはるかせ

花哥とてよみ侍りける　左近中将公衡

8 あまのかはくものしからみかけとめよかせこすみねに花そちりかふ
百首哥中にはるのうたとて　八条院高倉
9 はなさかり風にしられぬやとも哉
ちるをなけかて時のまも見ん
家に五首哥よみ侍りける時　春哥とてよみ侍りける
左大臣
10 あたら夜のかすみゆくさへをしきかな
花と月とのあけかたの山
入道俊成
11 又やみんかたのゝみのゝさくらかり
はなのゆきちるはるのあけほの
二品法親王家五十首か中に　権中納言兼宗
12 吹風ヲうらみもはてしさくら花ちれはそみつるにわのしらゆき
有家　権律師海慧
13 わかやとはむなしくちりぬさくらはな
花見かてらもくる人そくる
有家朝臣
山花をたつぬといふ心を
14 ヲハツセノフモト
ノイホモカホル
ラム
サクラフフキマク
ミヤマヲロシ
ニ

## 為家卿続古今和歌集撰進覚書（宮内庁書陵部蔵永正十七年貞敦親王筆本、伏・六五七）

肥前島原松平文庫蔵本（「歌書集頌」所収、伏見院御宸翰）で校合し、異同のある文字は〔　〕で、私注は（　）で示した。

勅撰事、十代集のうち、八代集は□〔廿〕巻、二代集金葉・詞華十巻、部類、集ことにかはれり、新古今五人の撰者あれとも、部のたてやうなとは和哥所にて評定、上より御さためあり、はしめの三代集〈古今・後撰・拾遺〉同躰に上古哥入、後拾遺天暦以後、千載集には永延以往も少々相交歟、新古今之時、更上古以後哥可撰進之由、和哥所之寄人に被仰て、新古今とも名つけられたり、新勅撰・続後撰おなしく上古哥撰入之上者、上古哥定難得歟、仍重勅撰事被仰下し日、当座に申上き、後拾遺・千載集の例にまかせて、定て上古哥難得候歟、永延以後哥を可撰進之由申上き、これよりも又さためて上より、ともかくも被定仰候んすらん、人丸・赤人・伊勢・小町・貫之・躬恒、名はまことに大切なれとも、哥なくは先々の集に哥は劣て今更書連られは、作者のためきはめて不便いとをしかるへし、且は雲葉・明玉集なと披露の時、打聞共も見及き、上古哥ともは、たゝ作者名大切はかりにて、代々撰者きらひすてたる哥ともとこそ見えしか、さてはいまも哥のため詮なかるへくや、後拾遺作者以後は、少々なとかもとめいたさゝらん、まつこれらまてもよく〱見わきて存知すへき事也、ちかき世の千載・新勅撰なとかきをきたるを見るたにも、猶おほつかなき事おほし、ましてたゝそらにをして我身はかりたのみては、ひか事おほかるへし、かまへて才学もいり心にもそめて、よく〳〵思惟すへき事也、ときは井(西園寺実氏)のほかには、しかるへき哥もちたる人ありかたくやあらむ、まことに当座にはいくらもいてきもせむすらん、関東に上下たとひ多〔とも、それはその撰者あらんすらん、いたく〳〵入たちてしらねともくるしかるまし、その中にも、年来の門弟とも哥よろしきあらは見いたしして可入、京にも重代のもの、このたひいらすは家もたえぬへきは、一首つゝも哥にしたかひてかならすすつましき事也、重代にもあらす集のためも面目もなき物の撰者に物とらせていらむと思たるか、返々おそろしき事にて候也、又哥は次の事にて、それかしいれはたれかしいらていかゝあるへきなといふこと、すちなき事也、有長子(源)兼氏、永光(藤原)子則俊、秀能(藤原)子秀茂、兼倫(源)子兼泰、光行(源)子共なとは、すてられん不便事也、続後撰時、親行、奏覧之後、哥たひて追て入も又むつかしかりき、又住吉神主国平(津守)、内宮一禰宜延季(荒木田)、日吉祝成賢(祝部)兄弟(成範か)なとは、一首もいれられは、うれしかりて本社に世をいのり、亦君臣民事物のため御いのりにてもあれは、心をゆかす(る)へきこと也、高僧たちもおなし事也、されはとて、いたく徳行きこえぬ人、左右なく上人なとかきいるれは、傍輩難出来てうるさし、

おほかた撰者事、わたくしにとかく思へき事にてなし、たゝし新古今撰者五人の内の余流みな公卿にて、四十五十はかりにて左兵衛督教定(飛鳥井)・九条侍従三位行家なとは尤其仁歟と覚、桑門中に信実(藤原)入道、九十にをよひて重代堪能先達にていきのこられたり、和哥所の寄人余流いとをしけれと、これらはいたつら事しるましき事歟、猶々よく〳〵さたあるへき事也、晴(朦カ)気てわなゝきてもしか(文字形)た見ら

れは、おなし事なる、人にかきうつさす、心ほそきさまなれは、子孫のためにかきをく也、

弘長五（二）年五月廿四日　　　　在判

（約二行分空白）

本云 弘安六年六月廿五日書写之

（約六行分空白）

右一巻以正応宸翰（伏見天皇）卒如本写之、

于時永正十七年十一月廿有三、

Ⅲ　寂恵自筆書状（大垣博氏蔵）

前兵衛督殿御辺同御事候之間、別不申入候、可有其御心得候也、此状無何其憚候、即可被破却給也、

去十三日令下著鎌倉候、其後不得便宜候之間、不令言上候、恐欝如山岳候、御辺何条御事候哉、抑今月中旬　勅撰令披露関東候、彼本加一見候了、返上之後少々相違事候歟、但雑春部四代御詠猶以如元候、　花山院御製被載第廿巻々終候、拾遺賞翫之故候歟、然而熊野御修行之詞、強不甘心候、又春上　上皇御製、位におまし〳〵ける時とて、おりてこそと被載候、頗可有用意候歟、如此事等定不少候歟、又可有　勅撰事御契約非一身事候けり、去年十月廿五日被送遣関東、武家之人々」（第一紙）進発之時、進置候了、彼裏書等、如撰集書載候し程に、和詞には平懐事等候歟、可有其憚事候者、可令直御候乎、又御申状案少々中承之仁令見候、被痛思食候歟之由思給候之間、綷不及広候之処、事趣兼以披露云々、不可説事候也、道理之所指、無所遁候歟之由申入候了、勅撰今者京都定皆披露候歟、其間珍事候者、先必為才学可被注下候、委細以後信可令言上候、恐惶謹言、

三月廿一日　　寂恵上」（第二紙）

な



に

## ち

## し

## さ

## う



## え



## お



## か

# 〈索引〉

凡例

一、主要な歌人名・神仏名・書名を採録し、見出しとした。必要に応じ催し・建造物・用語・概念なども件名として立項した。

一、見出しは、人名は原則最も通行する実名を掲げた。（　）には姓名・家名、著名な別称、本文中の表記、説明などを注した。近代の人名と外国人は姓から掲げた。また催しや書名で、区別のために催行年月日・所蔵者が冠されている場合は、これを外し（　　）に入れて示した。

一、見出しは、現代仮名遣いの五十音別で排列した。よみは通行のものに従った。一部の有名文学者と女性名は字音とした。

一、頁数字のうち、ゴチック体はそこにやや詳しく記してあることを示す。–は連続して現れる場合、…は毎頁ではないがその間に頻出することを示す。

一、適宜見よ項目を立てた。また頁数字の後の→は参照する項目である。

**小川 剛生**（おがわ・たけお）
1971年、東京都生まれ。慶應義塾大学大学院文学研究科博士課程退学（2000年学位取得）。現在、慶應義塾大学教授。専門は中世文学・和歌文学。著書に『中世和歌史の研究　撰歌と歌人社会』（塙書房）、『武士はなぜ歌を詠むかー鎌倉将軍から戦国大名まで』（KADOKAWA）、『兼好法師 徒然草に記されなかった真実』（中公新書）、『二条良基』（吉川弘文館）など多数。

**NHK** BOOKS 1285

# 「和歌所」の鎌倉時代
## 勅撰集はいかに編纂され、なぜ続いたか

2024年6月25日　第1刷発行

著　者　小川剛生

発行者　江口貴之
発行所　NHK出版
東京都渋谷区宇田川町10-3　郵便番号150-0042
電話 0570-009-321（問い合わせ）　0570-000-321（注文）
ホームページ　https://www.nhk-book.co.jp
装幀者　水戸部 功
印　刷　三秀舎・近代美術
製　本　三森製本所

Printed in Japan ISBN978-4-14-091285-0 C1392

# NHK BOOKS

## *文学・古典・言語・芸術

日本語の特質　金田一春彦
言語を生みだす本能(上)(下)　スティーブン・ピンカー
思考する言語—「ことばの意味」から人間性に迫る—(上)(中)(下)　スティーブン・ピンカー
ドストエフスキイ—その生涯と作品—　埴谷雄高
ドストエフスキー　父殺しの文学(上)(下)　亀山郁夫
英語の感覚・日本語の感覚—〈ことばの意味〉のしくみ—　池上嘉彦
英語の発想・日本語の発想　外山滋比古
絵画を読む—イコノロジー入門—　若桑みどり
フェルメールの世界—17世紀オランダ風俗画家の軌跡—　小林頼子
子供とカップルの美術史—中世から18世紀へ—　森　洋子
形の美とは何か　三井秀樹
オペラ・シンドローム—愛と死の饗宴—　島田雅彦
伝える！　作文の練習問題　野内良三
宮崎駿論—神々と子どもたちの物語—　杉田俊介
万葉集—時代と作品—　木俣　修
西行の風景　桑子敏雄
深読みジェイン・オースティン—恋愛心理を解剖する—　廣野由美子
スペイン美術史入門—積層する美と歴史の物語—　大高保二郎ほか
「古今和歌集」の創造力　鈴木宏子
最新版　論文の教室—レポートから卒論まで—　戸田山和久
「新しい時代」の文学論—夏目漱石、大江健三郎、そして3・11後へ—　奥　憲介

## *歴史(I)

「明治」という国家［新装版］　司馬遼太郎
「昭和」という国家　司馬遼太郎
日本文明と近代西洋—「鎖国」再考—　川勝平太
戦場の精神史—武士道という幻影—　佐伯真一
古文書はいかに歴史を描くのか—フィールドワークがつなぐ過去と未来—　白水　智
関ヶ原前夜—西軍大名たちの戦い—　光成準治
天孫降臨の夢—藤原不比等のプロジェクト—　大山誠一
親鸞再考—僧にあらず、俗にあらず—　松尾剛次
山県有朋と明治国家　井上寿一
歴史をみる眼　堀米庸三
天皇のページェント—近代日本の歴史民族誌から—　T・フジタニ
江戸日本の転換点—水田の激増は何をもたらしたか—　武井弘一
外務官僚たちの太平洋戦争　佐藤元英
天智朝と東アジア—唐の支配から律令国家へ—　中村修也
英語と日本軍—知られざる外国語教育史—　江利川春雄
象徴天皇制の成立—昭和天皇と宮中の「葛藤」—　茶谷誠一
維新史再考—公議・王政から集権・脱身分化へ—　三谷　博
壱人両名—江戸日本の知られざる二重身分—　尾脇秀和
戦争をいかに語り継ぐか—「映像」と「証言」から考える戦後史—　水島久光
「修養」の日本近代—自分磨きの150年をたどる—　大澤絢子
語られざる占領下日本—公職追放から「保守本流」へ—　小宮　京
「幕府」とは何か—武家政権の正当性—　東島　誠

※在庫品切れの際はご容赦下さい。